20SHIJI ZHONGGUO WENXUESHI CONGKAN
XINZHU GUOYU WENXUESHI

20世纪中国文学史丛刊

新著国语文学史

凌独见 ◎ 著

丛书主编：陈文新　余来明
本册整理：方　宪　李艳华

时代出版传媒股份有限公司
安徽文艺出版社

图书在版编目（CIP）数据

新著国语文学史/凌独见著；方宪，李艳华整理.--合肥：安徽文艺出版社，2021.9

（20世纪中国文学史丛刊 / 陈文新，余来明主编）
ISBN 978-7-5396-6881-9

Ⅰ．①新… Ⅱ．①凌… ②方… ③李… Ⅲ．①中国文学－文学史 Ⅳ．①I209

中国版本图书馆CIP数据核字(2020)第026444号

出 版 人：段晓静
责任编辑：秦　雯　　　　　　　　　　装帧设计：张诚鑫
....
出版发行　时代出版传媒股份有限公司　www.press-mart.com
　　　　　　安徽文艺出版社　www.awpub.com
地　　址：合肥市翡翠路1118号　邮政编码：230071
营 销 部：(0551)63533889
印　　制：安徽联众印刷有限公司　(0551)65661327
....
开本：700×1000　1/16　印张：25.5　字数：400千字
版次：2021年9月第1版
印次：2021年9月第1次印刷
定价：68.00元
....

（如发现印装质量问题，影响阅读，请与出版社联系调换）
版权所有，侵权必究

本书为国家社科基金重大招标项目"中国文学史著作整理、研究及数据库建设"(17ZDA243)阶段性成果。

前　　言

1923 年,商务印书馆出版了一套"新著"系列教科书,《新著国语文学史》是其中之一,扉页有"中等学校用"字样。这部中国文学史受胡适《国语文学史》影响的痕迹较重,出版后受到的评价不高,长期以来也未引起文学史研究者的重视。然而,这是中国第一部以"国语"命名并且作为中学教材出版的中国文学史。我们只有将其置于 20 世纪初国语运动的具体历史语境中,才能深入理解其产生的文化背景及历史意义。

一、"国语讲习运动"的开展

国语运动是从晚清开始一直延续到 20 世纪三四十年代的一场语言革新运动,它是一场开始于语言而着眼于整个社会文化革新的运动。1920 年是国语运动的一个里程碑,"国语运动,在民国以前十多年已经发生,至民国九年以后才告成功"[①]。这是被普遍认可的事实。从这一年开始,教育部下令在学校中推行国语。为培养师资,教育部开办国语讲习所,这对推广国语起到了关键作用,一场"国语讲习运动"迅速开展起来。

所谓"国语讲习运动",指的就是 20 世纪 20 年代初,以教育行政力量为主推动的,以开办国语讲习所为形式的一系列推广国语使用的活动。

这项活动是由教育社团率先开展的,随后获得官方行政力量支持全面推开。通过开办国语讲习所,不仅国语教育师资问题得以解决,更重要的是,一条向广大知识青年传播国语知识乃至新文化思想的渠道也得以形成。胡适等新文化人在国语讲习活动中扮演了重要角色,他们同时也借机宣传、推广自己的主张,扩大新文学和新文化的影响。凌独见的《新著国语文学史》就是在这一历史背景中产生的。

[①]　陈青之:《中国教育史》,北京:北京联合出版公司 2015 年版,第 707 页。

1910年,宣传和推广国语的社会呼声渐高,教育界做出了自觉努力,成立了一些组织,旨在促进国语的使用和标准的统一。其中比较重要的是"国语研究会"和"国语统一筹备会"。

　　1916年,"国语研究会"在北京成立,最直接的目的是促进小学国文教材实现向白话语体的转变。根据当时媒体的报道,"北京教育界中人,为改良初等小学校起见,发起国语研究会于本京",报道还载有发起者会后征求会员书,其中说道:"中华民国国语研究会之起源,盖由同人等目击今日小学校学生国文科不能应用,与夫国文教师之难得,私塾教师之不晓文义而无术以改良之也……职是之故,同人等以为国民学校之教科书必用白话文体,此断断乎无可疑者……此同人等发起私会之旨也。"①1917年,第三次全国教育会联合会议召开,江苏、浙江、湖南等省都有关于国语教育的提案,江苏省教育会提出"各学校用国语教授办法"议案,请教育部酌用。次年(1918),教育部颁布了训令,北京、武昌、沈阳、南京、广州、成都六所高等师范学校附设"国语讲习科",教授注音字母及国语,以培养国语教育师资。

　　1919年4月,在多方努力之下,"国语统一筹备会"成立。与"国语研究会"的社会团体身份不同,这一机构被纳入官方教育行政体制之内,体现了教育部对国语教育的支持。应国语推广人士之请,教育部公布了《国语统一筹备会规程》。按照此规程,"国语统一筹备会"为教育部附设机关,筹备国语统一事项、推行办法。它的组成人员包括教育部指派职员如黎锦熙、陈懋治等,部辖学校推选的教师如钱玄同、胡适、周作人等,以及延聘的其他文化、教育界知名人士。

　　1920年1月,教育部同意了第五次全国教育联合会关于将国民学校"国文科"改为"国语科"的议案,通令全国学校进行国语教学改革,国民学校一律将"国文"改为"国语",高等小学则视"国语"与"国文"同等重要,在教学

---

① 长沙《大公报》1917年3月16日报道,参见李永春:《湖南新文化运动史料》,长沙:湖南人民出版社2011年版,第1335页。

中增加国语,减少文言。① 这是中国实施国语教育的先声,被胡适认为"是几十年来第一件大事"②。在行政力量的支持下,国语教育迅速推开。

此时,教育部也积极开设国语讲习所,并通令各省教育厅举办国语讲习所,组织国语统一筹备会。国语讲习所成为教育行政部门推广国语传习的重要机构。

1920—1922年,教育部共举办四期国语讲习所。1920年4月,举办第一期国语讲习所,招收各省区教育厅选派的学员约172人(官费、自费合计),其中包括中学师范毕业生或现任小学教员,为期两个月,考试毕业合格161人;1920年6月,举办第二期讲习所,招收各省区师范学校选派的现任国文教师,约141名学员,为期两个月,修业合格124人;1921年10月,举办第三期讲习所,招收大学文科、高师毕业生,师范本科或中学毕业有国语基础者,现任及曾任教师或具有同等学力者,各省区选送3人,剩余名额在北京考录,共招生约102人,为期三个月,毕业合格69人;1922年12月,举办第四期讲习所,投考录取,毕业54人。③

同时,国语讲习在地方也迅速开展起来,受到地方军政、教育界的重视和教师、知识分子的欢迎。1920年,湖北省立国语讲习所第一期举办后,由于经费问题,本来无力举办第二期,但由于学员"向学情殷""及各管教之热心",由第一期的官费改为自费,继续举办。④ 在日益高涨的国语讲习的推动下,国语运动迅速推进,产生了广泛的社会影响,时任湖北省教育厅厅长的路孝植不无感慨地描绘这种情景:"当民国八年,湖北能语者几人?今年九年,

---

① 1920年教育部颁令:"从本年秋季业起,国民学校的一、二年级都改用国语。"见胡适:《〈国语讲习所同学录〉序》,胡适主编:《中国新文学大系·建设理论集》(影印本),上海:上海文艺出版社1980年版,第258页。

② 胡适:《〈国语讲习所同学录〉序》,胡适主编:《中国新文学大系·建设理论集》(影印本),上海:上海文艺出版社1980年版,第258页。

③ 黎锦熙:《国语运动史纲》,《民国丛书》第二编,上海:上海书店1990年版,第124—125页。

④ 雷乙丙:《国语讲习所第一次毕业志盛(续)》,《大汉报》1920年11月12号。

合高师所办者已有三次毕业,是传播之根基已定。"①可以说,国语讲习所的开办对于国语运动的成功起到了关键作用。

国语运动与文学革命、新文化运动的联合,是这一时期国语运动大盛的主要原因。黎锦熙在《国语运动史纲》中将国语运动分成了四个时期——"切音运动""简字运动""注音字母与新文学联合""国语罗马字及注音符号"②。1920年初正是国语运动进行的第三期,也是运动发展的高峰期,其最大的特点是,国语运动与文学革命、新文化运动合流,语言和文学二者合力,共同形成了较大的社会文化影响。

国语运动起初并没有太大影响,从国语研究会会员数量来看,1916—1918年,会员人数由数百增加到1500余人③,增长并不多,更遑论其社会影响。造成这种情况的一个重要原因在于,国语运动的重心在对于语言本身的理论问题的探讨和争论上,理论重于实践,并且,由于在国音的统一标准、国语与方言关系等问题上存在分歧,国语的推广实践工作受到较大限制,停滞不前。

胡适率先提出了应对策略,指出国语运动发展的方向,应是国语的研究和国语文学"双管齐下",在实践中推动国语的宣传、教育。他认为:"有些人说:'若要用国语做文学,总须先有国语。如今没有标准的国语,如何能有国语的文学呢?'我说这话似乎有理,其实不然。国语不是单靠几位言语学的专门家就能造得成的;也不说单靠几本国语教科书和几部国语字典就能造成的。若要造国语,先须造国语的文学。有了国语的文学,自然有国语。这话初听了似乎不通。但是列位仔细想想便可明白了。天下的人谁肯从国语教科书和国语字典里面学习国语?所以国语教科书和国语字典,虽是很要紧,

---

① 雷乙:《国语讲习所第二次毕业详记》,《汉口新闻报》1920年12月17号。
② 黎锦熙:《国语运动史纲》,《民国丛书》第二编,上海:上海书店1990年版,第3—4页。
③ 吴晓峰:《国语运动与文学革命》,北京:中央编译出版社2008年版,第39页。

决不是造国语的利器。真正有功效、有势力的国语教科书,便是国语的文学;便是国语的小说、诗文、戏本。国语的小说、诗文、戏本通行之日,便是中国国语成立之时。"①正是以胡适为首的新文学倡导者高举起"国语文学"的大旗,才使得推行国语由一个最初局限于语言文化学者、教育界人士讨论的议题,成为一个经文学革命、新文化运动洗礼后具有广泛社会影响的文化运动。随着1919年五四运动的爆发,白话被应用于大量新文化书刊的宣传中,"国语的种子撒遍全国,国语的文学的价值,也就十分确定"②。不仅国语和国语文学得以被更广泛的社会群体了解,并且,国语研究会会员数量在1919年激增至约9800人,1920年达到约12000人。③ 由此可以看出文学革命、新文化运动对于国语运动的推动。

从教育部国语讲习所的师资可以看到,除了语言学方面的黎锦熙、汪怡、王璞、钱玄同等,文学方面的胡适更是讲习所极受欢迎的教员。

从1920年第一期直到1922年第四期,胡适全程参与国语讲习所的教学。1920年教育部第一期国语讲习所开办,胡适在讲习所演讲了十余次,大受欢迎,应邀作《〈国语讲习所同学录〉序》。在这篇序中,胡适再次强调了"建立国语标准的唯一方法",就是推行国语应用,在教育、实践中逐步达成标准的统一,而非相反,以标准未统一为理由拒绝国语的推广。1920年第二期讲习所,胡适负责"讲读作文"课程。1921—1922年第三期、第四期国语讲习所,胡适主要讲授"国语文学史"课程。第三期国语讲习所授课期间,胡适在八个星期内编写了约八万字的十五篇讲义,总题为《国语文学史》,由于第三期讲习所在1922年1月结业,讲义只写到第十五讲《南宋的白话文》。尽管如此,胡适还是运用历史进化论观点对中国文学发展进行了重新阐释,构建出一个以国语文学发展史为线索的中国文学史框架,形成一套国语文学/

---

① 朱正:《胡适文集》第1卷,广州:花城出版社2013年版,第43页。
② 乐嗣炳:《国语学大纲》,上海:大众书局1935年版,第188页。
③ 吴晓峰:《国语运动与文学革命》,北京:中央编译出版社2008年版,第39页。

活文学、文言文学/死文学的二元对立,此消彼长,进化演变的文学史话语,为推行国语找到了历史合法性依据。胡适的这种国语文学思想给当时的学员带来了极大影响。

第三期国语讲习所肄业的学员盛先茂在《传播国语的我见》中说:"由文言改语体,借注音字母为工具,来实行统一国语,这个举动……却有很长又很光明的历史可以寻着的,……《水浒》《三国》《西游》《金瓶梅》,不是三四百年前的作品吗?《儒林外史》《红楼梦》不是一百四五十年前的作品吗? 我们要知道,这几百年来,中国社会里销行最广、势力最大的书籍,就是这些'言之不文,行之最远'的白话小说。老实说来,这就是国语文学的历史的背景。这个背景,早已造成了《水浒》《红楼梦》,早已养成白话的信用了,时机已成熟了。所以国语文学能在最短的时间,收着很大的功效。"① 从这段话可以看到,胡适所提倡的国语文学思想在国语讲习所深入人心,而这些接受了新文化和新文学思想洗礼的年轻学员回到地方,也成为地方国语运动的先锋分子和中坚力量。1925—1926 年,由于教育部人事变动等一系列原因,行政机关对于国语运动的态度趋于消极,国语运动也一时转入低潮,但 20 世纪 20 年代初在教育部推动下的国语讲习活动确实为国语运动的成功奠定了基础。

二、《新著国语文学史》的问世

《新著国语文学史》的作者凌独见,又名凌荣宝,浙江衢州江山人,有说因其眇一目,故号"独见"。凌独见幼年曾入私塾,高等小学毕业后因家贫未能升学,1914 年春考入杭县小学教员养成所,1919 年秋进入浙江省立第一师范学校。在"一师"学习期间,他经常发表时评,独立主办了《独见》周刊,对于五四时期新文化阵营"激进"的观点有所驳正,引起了时人的关注。② 1920

---

① 李永春:《湖南新文化运动史料》,长沙:湖南人民出版社 2011 年版,第 1052 页。

② 翟骏:《新文化运动中的"失语者"——论凌独见与五四时代》,《学术月刊》2016 年第 4 期。

年,凌独见从"一师"毕业,任高等小学教员,由于在报刊媒体上的活跃,他得到了浙江省教育厅厅长夏敬观的赏识。1921年9月17日,凌独见成为浙江省教育厅的办事员,10月,他被派往北京参加教育部举办的第三期国语讲习所培训,《新著国语文学史》就是他这次培训学习后产生的成果,其蓝本是《国语文学史纲》。

凌独见撰写《国语文学史纲》,与浙江省的国语讲习活动密切相关。他就读的浙江省立第一师范学校曾率先进行国文科改革。1919年秋季,时任校长经亨颐就决定,"一师"附小的国文科教授一律改用白话,夏丏尊、陈望道、刘大白、李次九等教师编纂了配套的国语教材。不过,这一改革随后遭到守旧势力的打击,"一师"和经亨颐遭到查办,夏丏尊等人也受牵连。①

然而,随着1920年教育部关于国文科改国语科训令的颁布,浙江的国语运动也迅速回暖,自县至省踊跃举办国语讲习所,各地不仅想要解决国语师资急缺的问题,更将国语教育视为一种文化新潮,唯恐落后,"自教育部通令国民学校改为语体,司教育者对于此项教授尤形竭蹶。现浙省教育先进之县,除特派人员前往肄习国音外,并多购留声机,以资熟练。在彼通都大邑,素称文化发达之区,尚且汲汲讲求,而我山陬僻壤,当此潮流鼓荡之际,讵可拘拘自守?"②这段话反映了当时浙江地方教育界对国语教育的迫切需求。

浙江省教育会早在1918年8月就曾举办了注音字母讲习会。1920年7月20日至8月20日利用暑假开设国语讲习会,由各县保送学员约100人参加学习。这两次讲习班时间较短,学员有限。为进一步推广国语,1922年初,浙江省教育会积极筹办国语传习所,推选张行简、叶兆骏、许倬云为干事,聘请教育部国语讲习所毕业的范寿民、凌独见、张倬、郑焕卿、费树人为讲师,开设课程有教学法、言语学、国语发音学、国语文学史、文法、音韵学等③,1922

---

① 张彬:《浙江教育史》,杭州:浙江教育出版社2006年版,第445页。
② 见《浙江教育月刊》1921年第6期,转引自张彬:《浙江教育史》,杭州:浙江教育出版社2006年版,第446页。
③ 张彬:《浙江教育史》,杭州:浙江教育出版社2006年版,第445页。

年3月13日开学,为期十周。

由于受教于教育部国语讲习所,得亲炙于胡适、黎锦熙等新文化名家,凌独见俨然也被视为国语文学专家,受聘为国语文学史讲师。为教学之需,他编著了讲义,在查阅《四库全书》等资料的基础上,大致在1922年夏完成了《国语文学史纲》,由杭州寿安坊印行①,全书约381页,前有自序以及夏敬观、马叙伦所作的序。

在自序中,凌独见叙述了写作的缘起:

> 今年三月里,浙江省教育会举办国语传习所,邀我去讲国语文学史,因为义务事情,不好推辞,故当时就慨然应允。《国语文学史》胡适之先生已编到十四讲了,大可拿它来现成用一用,为什么要另编呢?这个里面却有两个缘故:第一,我和胡先生意见上有大不同的两点,1.他只主张从汉朝说起,我却主张从唐虞说起。2.区分时期上,他只分两期,北宋以前为第一期,南宋以后为第二期;我却认为,必须要分四期,自唐虞到周为第一期,自秦到唐为第二期,自宋到清为第三期,民国以后为第四期。第二,我是一个很想努力读书而又极懒惰读书的人,要想克制这个"懒惰",只有利用机会。这本东西,就是激励鞭策自己,一面讲授,一面读书,杂乱编纂成的,这是我编纂这部书的缘起。②

从这段话中可以看出三点。第一,凌独见编写这部《国语文学史纲》的性质是授课讲义,这与他为浙江省教育会举办的国语传习所授课的经历是分不开的,从时间上看,传习所授课从3月13日起,历经10周,大约在5月下旬结束,本书随后出版,应是根据授课内容稍加整理编辑而成。第二,凌独见编

---

① 瞿骏认为,《国语文学史纲》出版的时间最早不超过1922年8月中旬,参见瞿骏:《"新青年"凌独见》,《读书》2015年第10期。
② 凌独见:《国语文学史纲》自序,杭州寿安坊1922年版,第6—7页。

写《国语文学史纲》,深受胡适的影响,而又有所区别。可以看出,他的文学史是以胡适著作为参考,同时,他强调了和胡适意见不同的两点,即国语文学史的起始和分期。第三,他编写这部文学史讲义的另一目的是为督促自己"读书",故而这部文学史在作品文献的搜集上比较丰富。

1923 年 2 月,《国语文学史纲》由具有全国影响的出版社商务印书馆再版发行,书名改为《新著国语文学史》,增加了黎锦熙所作的序,并在封面上标明了"中等学校用"的字样。

《新著国语文学史》是商务印书馆发行的丛书之一,这套以"新著"命名的中学教科书共十五种二十六册,除了历史、地理、图画、公民须知等科目内容之外,语言文学学科是重头戏,包括黎锦熙《新著国语文法》一册、何仲英《新著中国文字学大纲》一册及《新著中国文字学大纲参考书》一册、汪怡《新著国语发音学》一册、凌独见《新著国语文学史》一册以及供师范学校用的黎锦熙《新著国语教学法》一册。这样一来,籍籍无名的《国语文学史纲》摇身一变,成为商务印书馆"新著教科书"丛书中的一员,其身价不可同日而语。

这套中学教科书的出版,与 1922 年新学制改革有关。1922 年 9 月,北洋政府召开全国学制会议,随后于 11 月 1 日发布《学校系统改革令》,即"新学制",又称"壬戌学制",这是中国教育史上具有重大影响的学制,是中国教育制度从近代向现代转变的标志。

新学制对中等教育阶段做出了较大的调整,修业年限从四年改为六年,分为初、高两级,初中阶段实行选课制,高中阶段实行分科制,设普通、农、工、商、师范、家事等科,普通科又分为文科组、理科组。1923 年,全国教育会联合会公布了《中小学课程标准纲要》,根据该纲要,初中课程分为必修课、选修课,高中课程分为公共必修课、分科专修课、纯选修课。在课程设置上,语言文学学科方面,发布了吴研因起草的《小学国语课程纲要》,叶圣陶起草的《初级中学国语课程纲要》,胡适起草的《高级中学公共必修的国语课程纲要》《高级中学第一组必修的特设国文课程纲要》。初中、高中必修课都包含国语科,高中分科专修则反映不同学科的课程特色。

有两点值得注意,其一,国语科已全面取代国文科,打破了旧有国文科以文言为中心的格局,形成语体文占据绝对优势的局面,在教学目的、教材内容上,贯彻了"言文一致"、推广白话文的原则。其二,高中普通科下设的文科组课程中,"中国文学史"被纳入了必修课。胡适起草的《高级中学第一组必修的特设国文课程纲要》中规定了两个部分:一是"文字学",二是"中国文学史"。

"中国文学史"课程目的包括:"1. 使学生略知中国文学变迁沿革的历史。2. 使学生了解古文学与国语文学在历史上的相当位置。3. 引起学生研究文学的趣味。"内容则是:"1. 第一时期:从《诗经》到《史记》。2. 第二时期:从司马相如到初唐四杰。甲、贵族文学。乙、平民文学。(南北乐府)3. 第三时期:唐五代。甲、古文。乙、韵文。丙、白话文。4. 第四时期:两宋与金元。甲、古文。乙、韵文。丙、平民文学。(一)曲子与戏曲。(二)小说。5. 第五时期:明与清。甲、贵族文学与科举文学。乙、平民文学的成熟时期。小说。6. 革命与建设。"①

可以看到,"中国文学史"课程内容,基本上就是胡适所倡言的"国语文学史"。随着新学制与新课程标准的颁布,各种配套教科书也应运而生。阮真曾谈到当时国文教科书的情况:"到了民国十一年(1922),改行现行的新学制,教科书又经了一番改革。在国文教学上受了提倡语体文,创造新文艺,灌输新思想,和研究国学、整理国故各种思潮的影响,国文教科书的形式上、内容上都不能不改变了。"②学校和出版市场对于国语(白话)文学史教科书的需求也变得十分迫切。胡适介绍当时因教学之需,他的国语文学史讲义被各处翻印的情况:"我的朋友黎邵西先生在北京师范等处讲国语文学史时,曾把我的改订本增补一次,印作临时的讲义。我的学生在别处作教员的,也有

---

① 黎锦熙:《新著国语教学法》,上海:商务印书馆1925年版,第258—259页。
② 阮真:《几种现行初中文教科书的分析究》,《岭南学报》1929年第1卷第1期。

翻印这部讲义作教本的。"① 黎锦熙也承认,"学校里要教国语文学史的,想得到胡先生原来的讲义的还很多"②。不过,当时忙于诸多事务的胡适"始终不能腾出工夫"将其国语文学史讲义修订出版。

经过1920年教育部国文科改国语科改革和1922年新学制改革,反应迅速的大型出版公司立即着手赶制适应新学制的教科书。从1922年末起,商务印书馆新学制适用教科书陆续出炉,多数在1923—1925年间初版。③ 在这种情况下,凌独见的《国语文学史纲》显得十分应景。正是在这种背景下,商务印书馆将其作为中学文学史课程配套教材《新著国语文学史》出版。

三、《新著国语文学史》的价值取向

从思想上看,凌独见的《新著国语文学史》无疑受到新文学观念的影响,其最直接的来源是胡适的国语文学思想。

关于文学的功用、目的,可以明显见出凌独见的新文化立场,他是完全站在"文学革命"追随者的立场来写这部文学史的。"文学革命"的意旨在于通过文学改造国民思想、更新社会文化。凌独见认为,国人最大的错误,就是"把文学当作消遣品看待",他眼中的文学,是"改造社会的原动力","因为文学有这种伟大的感动力,所以它的结果,能够变更民众思想;思想一变,举动言语行为随之而变,因此,革命家目为'革命种子'"④。

从一个文学与文化"革命者"的思想立场出发,关注和研究中国文学本身并非他的目的,知"旧"方可维"新",或者说,从传统文学发展变迁的历史中为新文学的建设寻求合法性依据,才是其意图所在。他认为,"要建设新

---

① 胡适:《白话文学史》序,上海:上海三联书店2014年版,第7页。
② 姜义华主编、曹伯言编:《胡适学术文集》,北京:中华书局1998年版,第3页。
③ 石鸥、吴小鸥:《简明中国教科书史》,北京:知识产权出版社2015年版,第77页。
④ 凌独见:《新著国语文学史》,上海:商务印书馆1923年版,第4页。

文学,必须从研究旧文学入手,必须要晓得文学进步的历程,以及沿革变迁的前因后果。文学史的任务,就是把这些材料供给我们的,我们研究了文学史,才知道今后文学的趋势,才可建设新文学的方针,所以研究文学史,是建设新文学必须的准备"①。这是我们阅读和评价凌著文学史要首先澄清的问题。

具体来说,凌著文学史所受的直接影响来自胡适。无论是研究国语文学的历史逻辑,还是国语文学史的整体架构、具体表达,胡适的影子都清晰可见。

第二编关于"国语文学"的叙述,最明显体现出胡适的影响。例如,在谈到"我们为什么要研究国语文学史"时,凌独见说:"历史教训我们,文学要用'国语'作的,才有生命,才有价值,才受世人的欢迎。社会上为什么爱看《水浒传》《红楼梦》呢?因为这两部小说是白话来作的。为什么爱读李太白的诗、李后主的词呢?因为他们俩的诗词,是用白话来作的。中国的诗,谁都知道唐宋的最好,好在哪里?就因为它'明白如话'。因此我们要研究'国语'文学史。"②

这很容易让我们联想到1918年胡适在《建设的文学革命论》中的一段话:"中国这二千年何以没有真有价值、真有生命的'文言的文学'?我自己回答道:这都是因为这二千年的文人所作的文学都是死的,都是用已经死了的语言文字作的……我们为什么爱读《木兰辞》和《孔雀东南飞》呢?因为这两首诗是用白话作的。为什么爱读陶渊明的诗和李后主的词呢?因为他们的诗词是用白话作的……简单说来,自从《三百篇》到于今,中国的文学凡是有一些价值,有一些儿生命的,都是白话的,或是近于白话的。其余的都是没有生气的古董,都是博物院中的陈列品!"③可以说,从"国语文学"的新角度、新眼光重构中国文学史是胡适的创造,这种思维的立场和逻辑被凌独见

---

① 凌独见:《新著国语文学史》,上海:商务印书馆1923年版,第4页。
② 凌独见:《新著国语文学史》,上海:商务印书馆1923年版,第5页。
③ 朱正编选:《胡适文集》第1卷,广州:花城出版社2013年版,第41页。

继承。

在整体构架上,凌著以语体文学、平民文学的发展为线索贯穿起来,体现了胡适的新文学思想。

凌独见将国语文学史分为四期:第一期唐虞到周,是"创造的""国语的"文学;第二期秦到唐,是"摹仿的""脂粉的"文学;第三期宋到清,是"偶然的""游戏的"文学;第四期是民国(西历一九一二)以来,是"有意的""平民的"文学。除去第四期是对民国以来国语运动和新文学发展的介绍,前三期是对中国文学史的叙述。

第一期文学被他评为是"创造的""国语的",是由于其时言、文尚未分家,内容也较质直,其评价标准是胡适在《文学改良刍议》中提出的"八项原则",核心是反对摹古、用典,他对这一时期文学的典奥问题做出了创造性的阐释。

上古至先秦文学时常被评价为雅驯典则,也是后世复古者追摹的对象,但是凌独见认为:"我们欣赏唐虞的文学,觉得胸襟很阔大,气象很雄浑,风神很敦厚,至于意思的质直,体气的硬强,行文的简洁,这是由于时代的敦朴,人智还未开,言辞尚稀少的缘故,并非故意作成这种样子,后世不明这层意思,竭力追摹,断无是处。"①并且,这时的文学:"你说过的话,我不引用;我说过的话,他不引用。正是尔为尔,我为我,各树一帜,各执一说。本来文学应该贵乎独出心裁,切忌抄袭陈言,这一期的文学,这种色彩最浓。……这一期的文学,是'创造的',后人以善于运用'典故'为能,真不足训。"②

第二期叙述从秦到唐的文学发展,体现了对平民文学和语体文学的推崇,尤其重视汉乐府、南北朝民歌。例如,他认为"乐府中最伟大的杰作,自然要推《庐江小吏妻》……是我们中国文学史上最伟大、最精彩的一篇东西"③;

---

① 凌独见:《新著国语文学史》,上海:商务印书馆1923年版,第34页。
② 凌独见:《新著国语文学史》,上海:商务印书馆1923年版,第35页。
③ 凌独见:《新著国语文学史》,上海:商务印书馆1923年版,第45页。

谈到南北朝文学时,认为"这一时代的平民文学,可载入国语文学史的材料,是比贵族文学要来得多,单是《子夜歌》就不下二百首,这里面所表现的,全是青年儿女的恋爱"①。南北朝民歌的文学价值得到肯定,"《子夜歌》描写女儿的心事,可算尽表现之能事了"②,北朝民歌的代表《木兰诗》则被盛赞:"女子中有个木兰,女子增光不少;文学中有了《木兰诗》,文学也增光了不少!"③

唐代文学部分叙述了唐诗初、盛、中、晚四期的发展,观照的角度也是白话文学。值得注意的是,在评价上,他一反前人论调,对晚唐诗的评价较高,认为历来评唐诗的人贬低晚唐诗:"何非是因为这一期的诗太俚俗了。太俚俗,换句话说就是纯粹是白话了,这样说来,古文文学史上的晚唐,就是国语文学史上的盛唐了。"④他认为晚唐是"国语文学"的"盛唐",代表作家是杜荀鹤、"三罗"等人。对盛唐、中唐诗歌的观察角度也是如此。盛唐诗推崇李白、杜甫,理由是他们的一些诗具有白话化的特征,"他们值得我们仰慕的地方,全在那些白话的诗,原来李杜都是平民诗人,他们过的生活是平民生活,平民生活非常曲折,要描写出来非得用白话不行,因此他们的诗都白话化了"⑤。中唐诗也得到了较高的评价,所选元稹、刘禹锡、张籍、贾岛、姚合、孟郊等人的诗,"首首和说话一样明白的,也是首首脍炙人口的,可见诗定要白话作的,才有价值"⑥。中唐诗人中,白居易被认为是"这一时期最大的诗人",因其"白话的色彩更浓厚"⑦。可见,他评价唐诗的重要标尺是语言的白话程度。

第三期文学从宋到清。凌独见评价这一期文学是"偶然的""游戏的",

---

① 凌独见:《新著国语文学史》,上海:商务印书馆1923年版,第71页。
② 凌独见:《新著国语文学史》,上海:商务印书馆1923年版,第72页。
③ 凌独见:《新著国语文学史》,上海:商务印书馆1923年版,第78页。
④ 凌独见:《新著国语文学史》,上海:商务印书馆1923年版,第113页。
⑤ 凌独见:《新著国语文学史》,上海:商务印书馆1923年版,第87页。
⑥ 凌独见:《新著国语文学史》,上海:商务印书馆1923年版,第106页。
⑦ 凌独见:《新著国语文学史》,上海:商务印书馆1923年版,第106页。

主要是着眼于文学创作主体的身份、态度。宋以降,中国科举社会形态走向成熟,官僚士大夫成为文学创作的主体,在凌氏眼中,为了科举功名、官僚应酬和"载道"而作的文言文学,与国语文学的旨趣大相径庭。"这一期的文人,在庙堂上做的,都是古文;离开庙堂,在山川间游玩,和知己朋友谈笑,或是在家里抱儿女,或是因失意陷于烦闷中,在这种种时候,高兴起来,欢呼几声,无聊起来,偶然遣闷的出产品,都是用白话的。"①故而,他认为此期的国语文学是文人偶然性的游戏之作。

《新著国语文学史》出版后,评价者寥寥,其中不少批评意见。那么,凌著的价值和意义又在哪里呢?若从具体的时代语境出发去观察,至少有这样几点值得关注:

其一,凌著文学史是从西方"纯文学"观念出发撰著中国文学史的早期实践。20世纪一二十年代,中国文学史撰著处于起步时期。大致而言,这一时期新、旧文学观念交织,文学史写作处于融会传统学术范式与借鉴域外经验的探索中。20年代以前的文学史经典是林传甲、黄人、曾毅、谢无量等人的著作,更多表现出沿袭传统学术的痕迹;20年代后,以凌独见、胡怀琛、谭正璧等人的著作为代表,一批受西方现代文学思想影响的"新派"中国文学史著作问世,标志着中国文学史书写进入新阶段。

从文学思想上看,凌著受到西方现代纯文学观念的影响较深,如《通论》部分对文学的定义、起源、功用等的论述,体现的是典型的西方现代纯文学观念。

凌独见给文学下的定义是:"文学就是人们情感、想象、思想、人格的表现。"②他对文学的认知是站在纯文学的角度,重视文学的情感特质、审美属性。他认为:"人们果真能够用真挚的情感,丰富的想象,健全的思想,伟大的人格,去表现所要表现的,不期然而然会有艺术的结构,优美的体裁,普遍的

---

① 凌独见:《新著国语文学史》,上海:商务印书馆1923年版,第330页。
② 凌独见:《新著国语文学史》,上海:商务印书馆1923年版,第1页。

性质,永久的价值,不期然而然能够唤起读者的兴趣,获得读者的同情。"①由此,他将文学的起源归结为"人生的不平","我们有了苦痛和悲哀,就要借文学去表现;我们有了快乐和欣慰,要借文学去表现;我们有了厌恶和愤怒或委曲,也要借文学去发泄,去申诉"②。这是从文学本体的角度给出的定义。自新文化运动以来,西方文学本体理论受到国内文学研究者的高度关注,20世纪初期,周作人、罗家伦等人对西方现代文学概念的介绍,给文坛带来一股新空气。1918年周作人《人的文学》、1919年罗家伦《什么是文学——文学界说》详细考察了西方理论对文学的界说,总结出"人生的表现""最好的思想""想象""感情""体裁""艺术""普遍""永久"八个要素。1921年,郑振铎发表《文学的定义》,也强调文学的"情绪""想象"要素及其自身的艺术价值和趣味。可见,在20世纪20年代,西方纯文学观念成为中国文艺批评的新思潮。

　　凌独见率先在其文学史编撰中采用了这种新思想,并且特别表明了对"杂文学"观念的态度。杂文学观的代表章太炎的著名观点——"文学者,以有文字著于竹帛故谓之文;论其法式,谓之文学"。在凌氏看来,"这个定义,在现代站不住,因为论文法式,是'文法'和'修辞学'范围里的事。文学的任务,不是论文法式"③。可见,在20世纪20年代初西方现代纯文学观被接受后,文学有了日益清晰的学科对象和边界性。

　　陈伯海将20年代初定为中国文学史书写的"草创期",即是着眼于此。"草创期当断于1923年至1925年间。从某种意义上说,这仍是传统文学史学向近现代文学史学的转变与过渡阶段。一方面,独立的文学史学科已经建立;而另一方面,它还带有由传统学术因袭来的痕迹,尚不能给人以面貌焕然一新的感觉。……直到1923年前后凌独见、胡怀琛、谭正璧的几种文学史的

---

① 凌独见:《新著国语文学史》,上海:商务印书馆1923年版,第2页。
② 凌独见:《新著国语文学史》,上海:商务印书馆1923年版,第2页。
③ 凌独见:《新著国语文学史》,上海:商务印书馆1923年版,第1页。

相继问世,着意破除文学作品与非文学性文章之间的纠葛,明确标举'纯文学'的概念,我们才有了从内容到形式都符合现代人准则的中国文学史。"①在这批以新文学观书写的文学史著作中,1923年出版的《新著国语文学史》无疑是一种较早的有益实践。

其二,凌著文学史体现出结构完整、资料丰富的特点。凌独见在胡适文学史著作之外写作"新著"文学史的重要原因是,胡适的文学史并不完整。胡适的《国语文学史》从汉代写起,一方面是由于时间仓促。黎锦熙后来回忆道:"他这部讲义从汉魏六朝编到南宋为止,没有头尾,只是文学史的中段,他的初稿是民国十年(1921)给教育部第三届国语讲习所编的……国语讲习所是两个月毕业的,过了年,不久就举行毕业式,不但他的讲义编不完,就是我的《国语文法》《国语教学法》,还有钱玄同先生连编带写石印的《声韵沿革》,也都是戛然中止的,这也是五六年前的事了,假使那时候的部章把国语讲习所定为四个月,我想他这部书的工作一定完成了。"②1927年文化学社《国语文学史》出版后,郑宾于曾就其中的问题提出质疑,胡适回信坦言:"《国语文学史》是北京有人翻印的,不曾得我的同意。此乃未定之稿,本不敢拿出来问世,也不值得严格的批评。"③可见,当日流传的《国语文学史》,编著的过程比较仓促,只是在胡适的国语讲习所授课讲义基础上匆忙出版的。另一方面,胡适最初的立场是为白话文学张本,其立意或不在编写一部完整的中国文学史。黎锦熙认为胡适文学史的范围是"国语"的文学,而非全部

---

① 陈伯海:《中国文学史学》,《陈伯海文集》第2卷,上海:上海社会科学院出版社2015年版,第261页。
② 姜义华主编、曹伯言编:《胡适学术文集:中国文学史》(上),北京:中华书局1998年版,第1—2页。
③ 郑宾于:《我读了文化学社印行胡适之先生的〈国语文学史〉》,《新文化》1927年第1卷第6期。

中国古代文学。① 无论是何种原因，胡适的《国语文学史》作为一部中国文学史在结构严谨、完整方面的缺憾是客观事实，不过，在其基础上，胡适于1928年修订出版了《白话文学史》，成为20世纪中国文学史的经典。

较早对胡适《国语文学史》的这一缺憾做出补充的，正是凌独见。无疑，凌著表现出体例结构上的严整性。全书分编、章，共七编、三十三章。前两编《通论》《本论》和第七编《结论》主要是从总论的角度展开，《通论》从文学本体论出发，对文学的定义、起源、用途以及文学史的目的等进行了叙述；《本论》对国语文学的范围，国语文学与专制政体、科举制度、古代文明、文法等的关系，国语文学的分类、史料、分期等问题做出了论述；《结论》对中国古代文学进行了整体总结评价，从"体裁""美质"及缺陷等方面进行分析，并且对中国文学发展做出了展望。

第三编至第六编则对从唐虞时代到民国时期文学的历时性发展进行详细论述，从白话文学、平民文学的角度出发分四编论述了中国文学史的发展。每编下设章、节，按照朝代单元叙述各时代文学发展，每编最后一章为《小结》，如第三编《从唐虞到周》下设第一章《唐虞》、第二章《三代》、第三章《春秋》、第四章《战国》、第五章《小结》。章下又设节，如第四编第七章《唐》下设四节《初唐》《盛唐》《中唐》《晚唐》分别叙述四个时期，第五编第一章《宋》下设三节《北宋》《南宋》《辽金》。从整体上看，整部文学史由《通论》和《本论》提纲挈领，主体部分详细论述，《结论》总结评价；每编按朝代顺序分章节叙述，一编之末是小结，结构上较为严谨、完整。

---

① 关于胡适文学史秦以前内容缺失的问题，沈兼士、凌独见对此都提出了质疑。黎锦熙辩白说："《国语文学史》断自秦汉，在胡先生确有相当的理由。……因为语文分歧，愈分歧愈远，所谓中国文学史者，只让'文'的一方面独占了二千多年，'语'的一方面的文学，简直无人齿及。所以有特编《国语文学史》之必要；所以《国语文学史》要托始于语文初分歧之时代——战国、秦汉间——而语文未分歧以前和既合一以后就不一定划入范围。所以他第一篇第一章的标题是'古文是何时死的?'……"姜义华主编、曹伯言编：《胡适学术文集：中国文学史》（上），北京：中华书局1998年版，第3页。

另一特点是所引作品文献资料较为丰富。若与同时期其他中国文学史比较,凌著的这一特点较为突出。从篇幅上看,葛遵礼《中国文学史》(1920)约六万字;刘贞晦、沈雁冰《中国文学变迁史》(1921)古代文学部分约两万五千字;李振镛《中国文学沿革论》(1924)约一万三千字;胡怀琛《中国文学通评》(1923)约四万七千字,《中国文学史略》(1924)则约六万字、附文近两万字。① 凌著篇幅约二十一万字,他在自序中谈道,不主张对作者生平、作品评价花费大量笔墨,而应将重点放在作品本身上,"我现在把某时代,某大作家足以代表时代精神的,足以代表个人作品的,抄些下来,平铺在书里面,让读者自己去赏识,去评判,这是我这部书编纂的大意"。"我这部书,着重在抄出历代许多最好的作品"②。如果与胡适的《国语文学史》比较,胡著汉代部分收录作品约十篇,凌著约三十五篇;胡著唐至五代部分收录作品约一百一十七篇,凌著近三百篇。凌著文学史共收录作品一千余篇,其丰富性得到外界的一致认可,黎锦熙序其书说,"虽然没有详细地看,可是大略地翻了一翻,觉得他搜集材料很不少,很足表示他读书的勤快"③,商务印书馆广告说其"材料丰富得未曾有,为中等学校最切用之教本"④。

其三,凌著文学史站在弘扬"国语文学"的立场上,对国语运动亦有捍卫之功。凌著文学史产生的直接背景是国语运动,对国语文学史的研究和弘扬,就是对国语运动的支持。1920年,胡适发表《国语的进化》一文,其中提到当时国语运动的状况,"现在国语运动总算传播得很快很远了,但是全国的人对于国语的价值,还不曾有明了、正确的见解。最错误的见解就是误认为白话为文言的退化,这种见解是最危险的阻力。……因为我们既认某种制度文物为退化、绝没有还肯采用那种制度文物的道理。如果白话真是文言的退

---

① 陈玉堂:《中国文学史书目提要》,合肥:黄山书社1986年版,第16—20页。
② 凌独见:《新著国语文学史》自序,上海:商务印书馆1923年版,第2页。
③ 凌独见:《新著国语文学史》序三,上海:商务印书馆1923年版,第2页。
④ 《教育杂志》1923年第15卷第4号,转引自瞿骏:《新文化运动中的"失语者"——论凌独见与五四时代》,《学术月刊》2016年第4期。

化,我们就该仍旧用文言,不该用退化的白话。所以这个问题——白话是文言的进化呢?还是文言的退化呢?——是国语运动的生死关头。这个问题不能解决,国语文与国语文学的价值便不能确定。"①事实上,在1920年初国语运动轰轰烈烈开展的同时,文言在社会应用上仍然有很大势力,人们对于国语的价值仍不确定,对于在初等教育即国民学校中推行国语基本无异议,但中等学校国语教育明显滞后。1922年,国语讲习所学员盛先茂观察到,长沙"各中等学校大半无这等钟点,乡间小学还有教国文者,其他州县更不用说。我前天在商务馆看得有某某县人在那里买小学教科书,买的尽是国文,简直不识国语为何物。这等现象,真是可怜!""教育部已经有数次的通令,在小学改用的固多,在中学以上加授的还少。即或有之……为毕业期限决不会有彻底的研究。今日中学生毕业后,出任小学教师的,不知凡几,对于国语,若漫不研究,贻误教育,定属不少。"②可见,当时中学国语教育的需求和价值多么巨大。凌独见的《新著国语文学史》,不唯是解决中学亟须的国语教材的一种尝试,更重要的是,它以追随胡适《国语文学史》的姿态梳理了国语文学由古至今的发展历史,阐明了国语文学的价值,为支持国语教育和传播做出了切实的贡献。

《新著国语文学史》现可见有商务印书馆1923年2月初版及同年6月再版两个版本。本次整理的底本是国家图书馆馆藏初版《新著国语文学史》。1923年6月再版的版本也流传广泛,国内馆藏较多,北京大学图书馆、中国人民大学图书馆、武汉大学图书馆、复旦大学图书馆、浙江大学图书馆、浙江省图书馆等均有藏本。再版正文内容与初版相同,序言部分删去凌独见自序内容。本次整理时,文中行文涉及词语与现代汉语词语用法明显不同的,根据现代汉语用法更改,如"元来"改为"原来","精采"改为"精彩"等。但保留

---

① 赵家璧主编、胡适编:《中国新文学大系建设理论集》第1集,上海:上海文艺出版社1980年版,第233页。

② 李永春:《湖南新文化运动史料》,长沙:湖南人民出版社2011年版,第1056页。

了原著者的行文风格和五四时期的语言特色。文中标点符号依据现代标点符号使用规则更改,如分号、冒号的使用。文中讹误脱衍处,依通行点校本直接订正,如原著将唐代诗人"许浑"误作"许军","罗隐"误作"罪隐",杜牧《秋夕》误作《秋水》等,必要时加以注释说明。文中目录及正文中关于朝代时间的划分,由于历史局限性,未能与当下通行的《我国历代纪元表》相统一,除将第四编第七章中唐朝结束时间由"八〇六"改为"九〇六"(根据下文可知,是原著作者笔误)外,其他朝代的起止时间未作更改,保留了原作风貌。笔者学识所限,疏漏难免,有不当之处,祈请方家指正。

方宪

序　一

往古邈矣，后之人欲以先世之文化抽绎而胪陈之，编为史乘，以昭示来者，则其材料之抉择，可不谨严耶？

世之言文学史者，恒托始于黄帝，然黄帝书皆不传，今但有伪《内经》，既不足以当文学，尤不足以当国语文学。他若《击壤之歌》《断竹之诵》，吉光片羽，亦难据为史料。《尧典》作于后代，自非邃古之文；《卿云》之歌，断系赝品；有夏承之，篇章泯弃，靡有孑遗。降而下之，历迨商代，文史其当托始于斯乎？考《周南·汝坟》之二章云："鲂鱼赪尾，王室如毁。虽则如毁，父母孔迩。"汝坟为殷畿内水，此诗自是殷末遗音。又《关雎》篇云："在河之洲。"章太炎云："南国无河，岐去河亦三四百里，今诗人举河洲，是为被及殷域，不越其望，且师挚，殷之神瞽，殷无风，不采诗，而挚犹治《关雎》之乱，明其事涉殷。"是《关雎》又为殷诗之明证，而文史所以应托始于商也。

凌君独见以近编《国语文学史》见示，并属为序，意甚盛也。撷其内容，条理明晰，取材丰盛，甚足为后来编文史之参考，钦折之余，更以末议弁其端，资商榷焉。

中华民国十一年七月夏敬观序。

序　二

往古文辞，非独以载语言，且或以表声气。言语以达意，声气以宣情。人之情感，言语有所不能达者，往往以声气出之。故记之文字，音容毕肖。“都”“俞”“吁”“咈”，矢口之语毕陈；虞、夏、商、周，四代之言互异。《公羊》著“齐言”“鲁语”之分；《论语》有“回也”“参乎”之别。仰而视之曰“嚇”，下车而泣曰“嚘”，笑之曰“咄”，叱之曰“訾”，莫不以文传语，声容并载。是则古代文章，即其语言明矣。降及后世，言文渐殊，矜奇之士，一意摹古，及其弊也，乃舍己从人，削趾适屦。昔刘子玄致憾史臣，以为怯书今语，勇效昔言，言不近真，事多致谬，以例文学，尤有同慨！盖桃李不言而成蹊，其实存也；男子树兰而不芳，无其情也。伏以草木之微，依情待实；况乎文学，述志为本。言与志违，文岂足征？凌君有鉴乎此，抉择古今文辞之具有特性且能与时代相辉映者，凡千数百首，抽绎而条陈之，为《国语文学史纲》。书成，属序，喜其方颇精审，足为文史之鉴也，爰濡笔弁其端。

中华民国十一年八月十五日　马叙伦

序　三

我的朋友凌独见先生编辑了这一本书，写信叫我作一篇序子，我虽然没有详细地看，可是大略地翻了一翻，觉得他搜集材料很不少，很足表示他读书的勤快，在他自己作的序子中间说，"我编这部书的目的，是在勉励自己读书，所以这部东西，在我自己不过是一部'读书录'罢了"。我以为他这个话，的确是现在青年们发表文字、刊行著作物的一种应该具备的精神。

民国一二(二三)，一，三。黎锦熙。（章寿栋译）

自　　序

今年三月里,浙江省教育会开办开国语传习所,邀我去讲国语文学史,因为义务事情,不好推辞,故当时就慨然应允。

《国语文学史》胡适之先生已编到十四讲了,大可拿它来现成用一用,为什么要另编呢?这个里面却有两个缘故:

第一,我和胡先生意见上有大不同的两点:

1. 他只主张从汉朝说起,我却主张从唐虞说起。

2. 区分时期上,他只分两期,北宋以前为第一期,南宋以后为第二期。我却认为必须要分四期,自唐虞到周为第一期,自秦到唐为第二期,自宋到清为第三期,民国以后为第四期。

第二,我是一个很想努力读书而又极懒惰读书的人,要想克制这个"懒惰",只有利用机会。这本东西,就是竭力鞭策自己,一面讲授,一面读书,杂乱编纂成的,这是我编纂这部书的缘起。

从来编文学史的人,都是叙述某时代有某某几个大作家,某大作家,某字某地人,做过什么官,有什么作品,作品怎样好坏,大概从"廿四史"的《列传》当中,去查他们的名、字、爵里;从《艺文志》上,去查他们作有哪种作品,从评文——《文心雕龙》《典论》……评诗——各种诗话,以及序文当中,去引他们作品的评语。

我的编法不是这样。某时代有某某几个大作家,我们固然不能不说,而某大作家的某名字、某爵里,我以为我们不知道它,并没有什么要紧。至于从评文评诗、序文当中,去引评语,某人的作品怎样,我以为最容易叫人等闲看过,最容易束缚人的思想。这种编法,我不赞同。我现在把某时代某大作家,足以代表时代精神的,足以代表个人作品的,抄些下来,平铺在书里面,让读者自己去赏识,去评判,这是我这部书编纂的大意。

从第一层意思看来,我编这部书的目的,是在勉励自己读书,所以这部东西，在我自己不过是一部"读书录"罢了。

从第二层意思看来，我这部书，着重在抄出历代许多最好的作品，所以这部东西，希望读者不要当《国语文学史纲》看，最好当作《古今白话诗选》去读，那么可以减少我许多误人的罪过。因为我对于史学、古学、考证学都没有研究，错误的地方，必然有许多。

这部书当诗选读，我自以为是还好的，因为我书里面，共有诗词一千二百多首，从总数上一看，似乎是太多了，其实分系在各时代各作家名下，只嫌其少，不嫌其多。有人问我，你为什么不选文呢？是不是文不胜选吗？我答：不是，因为文——除开小说——是主智的多；诗，词——诗之余，故词亦诗——是主情的多；文学是主情的文，故多选诗。

有些人说，你里面所选的诗，恐怕不免说真方卖假药，未必全是最好的国语的呢。我说不全是最好的，因为我眼光钝，在所不免。至于国语文言，古今都没有划然的界限，杭州人说"十个"是白话，说"拾枚"是文言，而北京的车夫，倒反不会说"十个"，只会说"拾枚"。胡适先生有首诗，诗中有一段是，"古人叫作'欲'，今人叫作'要'；古人叫作'至'，今人叫作'到'；古人叫作'溺'，今人叫作'尿'。本来同是一字，声音少许变了，至于古人叫'字'，今人叫'号'，古人'悬梁'，今人'上吊'，古名虽未必不佳，今名又何尝不妙。至于古人'乘舆'，今人'坐轿'，古人'加冠束帻'，今人但知'戴帽'，若必叫'帽'作'巾'，叫'轿'作'舆'，岂非张冠李戴，认虎作豹……"，可见得国语和文言，是因时因地而异，甲地的白话，每为乙地的文言，此时的文言，每为彼时的白话，总之，比较起来，最普通的，最浅明的，就是国语，我所选的，是拿定这个做标准的。

中华民国十一年六月，凌独见记

目 录

前言(方宪) / 001

序一 / 001

序二 / 002

序三 / 003

自序 / 001

第一编 通论 / 001

第一章 文学的定义 / 003

第二章 文学的起源 / 004

第三章 文学的用处 / 005

第四章 文学史的目的 / 006

第二编 本论 / 007

第一章 国语文学史的范围 / 009

第二章 为什么要研究国语文学史 / 010

第三章 国语文学与专制政体 / 011

第四章 国语文学与科举制度 / 012

第五章 国语文学与古代文明 / 013

第六章 国语文学与文法 / 014

第七章 国语文学的分类 / 015

第八章　国语文学的史料 / 016

第九章　国语文学史从哪里说起 / 019

第十章　国语文学史的时期区分 / 021

第三编　从唐虞到周 / 023

第一章　唐虞(西历前二三五七到前一一三三) / 025

第二章　三代(西历前一一三四到前七六九) / 028

第三章　春秋(西历前七七〇到前四六七) / 034

第四章　战国(西历前四六八到前二四五) / 040

第五章　小结 / 043

第四编　从秦到唐 / 045

第一章　嬴秦(西历前二四六到前二〇五) / 047

第二章　两汉(西历前二〇六到二一九) / 049

第三章　三国(西历二二〇到二六四) / 063

第四章　两晋(西历二六五到四一九) / 072

第五章　南北朝(西历四二〇到五八八) / 079

第六章　隋(西历五八九到六一七) / 092

第七章　唐(西历六一八到九〇六) / 096

第八章　五代(西历九〇七到九五九) / 150

第九章　小结 / 163

第五编　从宋到清 / 165

第一章　宋(西历九六〇到一二七六) / 167

第二章　元(西历一二二七到一三六七) / 226

第三章　明(西历一三六八到一六四三) / 255

第四章　清(西历一六四四到一九一一) / 288

第五章　小结 / 342

第六编　中华民国 / 343

第七编　结论 / 363

后记 / 372

第一编　通论

第一章　文学的定义

文学英文叫作"Literature",实出于拉丁语的"Litera",当初罗马人用这个字,含有文字、文法、学问三个意义。至于我们中国,"文学"这两个字,最早见于《论语》,《论语·先进》里有:"文学,子游,子夏。"孔子教人,分为四科,文学就是其中之一;这个文学,虽是科目名称,依我看来,含有"博学"的意思。这是文学的解释,不是文学的定义。

文学的定义,西洋学者,讲过不少,推开许多文学专书不去参考,单看英国《百科全书·论文学》那一篇,就很可观,因为例太多了,这里不便遍举,只得一概割爱不录。反观我们中国,说也可怜!只有章太炎先生曾经下过一个定义,章先生说:"文学者,以有文字著于竹帛故谓之文;论其法式,谓之文学。"这个定义,在现代站不住,因为论文法式,是"文法"和"修辞学"范围里的事。文学的任务,不是论文法式。我如今暂下一个定义:文学就是人们情感、想象、思想、人格的表现。

我晓得研究过文学的人,看见我这个定义,一定不会满意,要进而指导我:"文学的性质,岂仅仅乎此?还有:艺术的结构,优美的体裁,普遍的性质,永久的价值;还要能够唤起读者的兴趣,获得读者的同情。"这话不错。不过我以为,人们果真能够用真挚的情感,丰富的想象,健全的思想,伟大的人格,去表现所要表现的,不期然而然会有艺术的结构,优美的体裁,普遍的性质,永久的价值,不期然而然能够唤起读者的兴趣,获得读者的同情。苏辙说:"孟子的文章,宽厚宏博,太史公的文章,疏荡有奇气。"下文结论说:"此二子者,岂尝执笔学为如此之文哉?其气充乎其中,而溢乎其貌,动乎其言,而见乎其文,而不自知也。"我于文学,也是这样一个见解。

第二章　文学的起源

世界上，无论怎样小的事情，决没有突然发生的，能够细细去考究，总可得到一个缘起，何况文学这种大事情呢？

文学的起源，总括一句话就是"人生的不平"。人生而有感觉，有感觉，就有好恶。或感快，或感不快，快不快感于心，发于口，为言语，为诗歌；形于纸，为文章，为文学。我们有了苦痛和悲哀，就要借文学去表现；我们有了快乐和欣慰，要借文学去表现；我们有了厌恶和愤怒或委曲，也要借文学去发泄，去申诉。

《诗传序》说得好："人生而静，天之性也；感于物而动，性之欲也。夫既有欲矣，则不能无思；既有思矣，则不能无言；既有言矣，则言之所不能尽，而发于咨嗟咏叹之余者，必有自然之音响节奏而不能已焉，此诗之所以作也。"诗是文学当中的一种，诗的起源，可说就是文学的起源。

韩愈说："草木之无声，风挠之鸣；水之无声，风荡之鸣，其跃也或激之，其趋也或梗之，其沸也或炙之；金石之无声，或击之鸣；人之于言也亦然。"言之形诸笔墨诉诸感情者，就是文学。所以我说，文学起源于"人生的不平"，是表现人生，批评人生的。

第三章　文学的用处

中国人有个最大的错误,就是把文学当作消遣品看待。文学的用处,如果仅仅乎在消遣,我来大书特书也太无谓了。

有句俗话叫作"情人眼里出西施",我于文学,倒很有几分相像;我眼中的文学,是"改造社会的原动力"。这话怎样讲呢?

人们喜怒哀乐爱憎怨的情绪,都可借文学来表现,我们看了这种表现人生的文学,每于不知不觉中,深深地受作者的同化。回想我们看小说的时候,书中人喜,我们也喜;书中人怒,我们也怒;书中人哀,我们也哀;书中人乐,我们也乐;书中人爱憎怨,我们也爱憎怨。因为这个缘故,我们多看几本奇谋小说,不知不觉地也弄出小聪明来了;多看几本侠义小说,不知不觉地也做些侠义事来了。你看,中国人因为很爱看神怪小说,所以迷信很深。西洋人因为很爱看侦探小说,所以奇案迭出。

因为文学有这种伟大的感动力,所以它的结果,能够变更民众思想;思想一变,举动言语行为随之而变,因此,革命家目为"革命种子"。

第四章　文学史的目的

因为文学有变更思想、变更行为的能力,推而至于其极,能够移风易俗,改造社会。所以现在有心人、有智识的人、有改造思想的人,都想建设新文学。

要建设新文学,必须从研究旧文学入手,必须要晓得文学进步的历程,以及沿革变迁的前因后果。文学史的任务,就是把这些材料供给我们的,我们研究了文学史,才知道今后文学的趋势,才可建设新文学的方针,所以研究文学史,是建设新文学必须的准备。

第二编 本论

第一章　国语文学史的范围

　　一国的语言,从时间说,有古今的不同;从空间说,有南北的不同。因此,《国语》这部书,现在人读起来,佶屈聱牙。苏州的说话,北京人说起来,疙里疙瘩,明白这一层,才好同他说"国语"。

第二章　为什么要研究国语文学史

我们为什么要研究文学史？这个问题，已在《文学史的目的》那一章里答过了。我们为什么要研究"国语"文学史，这是现在想讨论的。

历史教训我们，文学要用"国语"作的，才有生命，才有价值，才受世人的欢迎。社会上为什么爱看《水浒传》《红楼梦》呢？因为这两部小说是白话来作的。为什么爱读李太白的诗、李后主的词呢？因为他们俩的诗词，是用白话来作的。中国的诗，谁都知道唐宋的最好，好在哪里？就因为它"明白如话"。因此我们要研究"国语"文学史。

第三章　国语文学与专制政体

有人问我,依你说起来,国语文学,是文字的极轨了。那么,为什么古人对待它那样冷漠呢?我答:这其中有好几个缘故,专制政体就是好几个缘故当中的最大的一个。

原来我们中国,自从禹传其子启为天子起,直到清宣统止,都是专制政体那班做王帝——秦以前称王,秦以后称皇帝——的,因为要搭架子,样样东西,都同平民分家。明明说"我",在王帝偏要说"朕";明明说"死",在王帝偏偏要说"崩";明明说"给",在王帝偏偏要说"赐",而平民却只许他说"贡"。诸如此类,举不胜举。

用"朕"、用"崩"、用"赏"便觉尊严,用"我"、用"死"、用"给"、用"贡"便觉多少卑下。这样看来,要搭架子,自非古文不可,假使他也采用国语,这种架子,从哪里搭起?

王帝的威风,与国语文学,势既不能两立,自然王帝生、国语死,王帝死、国语生了。

第四章　国语文学与科举制度

专制政体,是国语文学的死对头,我已经说过;科举制度,是国语文学的老冤家,说明如下文:

古文文学,利于王帝搭架子,那么,做王帝的,当然要竭力提倡了。古文说煞,"上有所好下必甚",加之那时人民思想,又以势利功名为人生观,出入台阁为无上上荣,所以做王帝的,只要很轻微地说声"古文作得好的,就有官做",做人民的,就会拼命去读古文,拼命去做科举文章。王帝要诗赋,大家弄诗赋;王帝要经义,大家弄经义;王帝要八股文,大家弄八股文;王帝要策论,大家弄策论。在国家,不费一个钱的教育经费,能使全国人民都埋身在古文堆里,这种好法子,就是创造飞艇的西洋人听了,也要惊服。然而委屈了国语文学了。

第五章　国语文学与古代文明

"工欲善其事,必先利其器"这两句话的意思,是说工具的重要,推行国语文学,自然也要工具。什么是国语文学的工具呢? 自然是笔墨纸砚和印刷机这类东西了。

讲到这事,古不及今。查我国古代写字,非常繁难。是用刀漆等刻画在石金、甲骨、竹木上的,这样写字,一天能写多少呢? 直到周的刑夷造墨代漆,仲由造砚磨墨,秦的蒙恬用鹿羊等毛制笔,后汉蔡伦用破布鱼网造纸,从此写字才方便一点。至于刻板印书,唐朝才发明,机器印书,清朝才从外国输入,这样说来,唐以前的文书,都是用手抄的了。以古比今,古代一人十年的抄写,现在只要一点钟就能印出,国语文学之古衰而今盛,这个或者也是一个缘故?

第六章　国语文学与文法

国语文法和古文文法不同,试拿国语文法和《马氏文通》比照一下,就可明白了。比较好丑起来,国语文法要好得多,古文文法要逊得多。

古文文法,受了古人习惯的束缚,常有许多费解的地方,且节录胡适之先生做的《国语的进化》中一段话来做个实例,胡先生说:"例如'莫我知''不汝贷''未之见',何以这三个'止词'——我、汝、之——一定放在动词之前?何以'不知命''不知人'等用名词作止词,便不能移在动词之前呢?何以不能说'不命知''不人知'呢?这种条例,就是古文大家也不能说出所以然与所以不然的道理,何况普通一般国民呢?"胡先生又说:"但是一般小百姓是不怕得罪古文的,他们觉得'莫我知'一类的文法,实在不方便,故他们不知不觉地遂把它改成'没有人知道''不晓得你''不曾见过他',都改成最容易懂的文法了。"

国语文法,不曾受文人的干涉,让小百姓自由使用,越变越简易、越方便,到如今成了全世界最简易、最方便、最合理的文法。这真是古人说"大器晚成",可贺可贺。

第七章　国语文学的分类

国语文学的分类,约如下表:

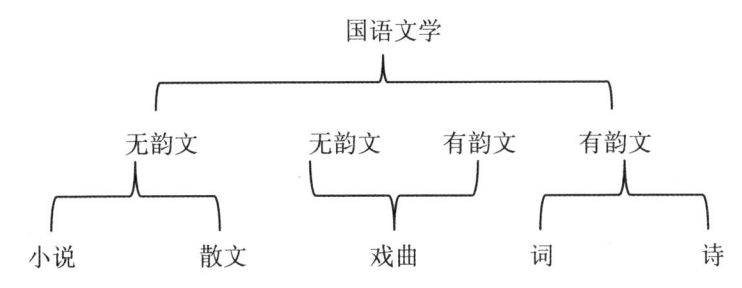

```
                    国语文学
        ┌──────────────┼──────────────┐
      无韵文         无韵文  有韵文    有韵文
      ┌─┴─┐            │      │      ┌─┴─┐
     小说 散文         戏曲    词     词   诗
```

这个表,是就大体立的,若是细细分起来,单是"有韵文"还可分为歌谣、箴、铭、戒、祝、赞、颂、雅、辞、赋、骚、操……单是诗,还可分为古体、今体,今体诗又可分为律诗、绝句,照这样分起来,太琐碎了,故略之如上表。

第八章　国语文学的史料

国语文学史的史料,搜集宋以后的倒不难,搜集宋以前的倒为难。难点有二:

第一,我认定的国语文学史的史料,在人家偏偏说是古文文学史的史料。

第二,别人认定的国语文学史的史料,在我又偏偏说是古文文学史的史料。"古逸"是最古的诗,"五经"是最古的文,一般人都认它是邃古文学,而我呢,却咬定是国语文学;唐诗一般人病其浅露,以为是国语文学,而我呢,又咬定是国文文学,这不是我有意立异,实在有我的见地。

我咬定"古逸""五经"……总之在战国之前的,都是国语文学,有三个见解:

第一,仓颉观察鸟兽蹄远的痕迹,造出"象形"字来。字的形象,固然与物相像,字的声音,当然与语一致。所以那个时候,只要稍有一点聪明,识得字形,就会读音知义的。所以我推知言文是合一的,其后人事日繁,象形字不够用,到周朝加了"指事""形声""会意""转注""假借"五个法子,可以多方变化,运用不穷,而这五个法子,仍是本于"象形"。班固说:"象形,象事,象意,象声,是指事,会意,谐意,亦出于象形者焉。"郑氏说:"六书者,象形之变也。"许慎说得更仔细,他说:"仓颉之初作书,盖依类象形,故谓之文;其后形声相益,即谓之字;书于竹帛,谓之书。文者,物象之本;字者,言孳乳而浸多也。"照这样说来,"古逸""五经",认它是国语的一点也不勉强。

第二,无论都市,无论乡野,我们只要一跑出去,就可听到那般劳动界的人,张开嘴巴,提起破锣似的喉咙,唱那俗不可耐的讪歌,就现在推想往古,安知"古逸"不是古代的讪歌呢?至于有人——钱玄同先生就是其中的一位——疑心古代歌谣,如尧时的《击壤歌》,舜时的《卿云歌》之类,是秦汉间人所伪造的,《尚书·皋陶谟》篇末所载舜和皋陶所作的歌,是春秋战国时候的儒者所伪造的。(尧《皋陶谟》《禹贡》诸篇,是儒家"托古改制"的文章,不是古代的信史。)——见钱玄同的《国音沿革略》。发这种议论的人,当然自有他的根据,或者就是根据康有为先生的说话,也未可知。康先生在《孔子改制考》上曾经说过:"凡六经,皆孔子所作,昔人言孔子删述者,误也。孔子盖自立一宗旨,而凭之以进退古人,去取古籍;孔子改制,恒托于古,尧舜者,孔子所托也;其人有无,不可知。即有,亦事至寻常,经典中尧舜之盛德大业,皆孔子理想上所构成也。"在《新学伪经考》中又说:"凡古文,皆刘歆伪作。"康先生说这二套话自然也有他的见地和理由。写到这里,我要发个疑问,《论语》这部书,是否一部可靠的孔子言行录? 如果是的,孔子明明说自己"述而不作",那么,康先生的话,就有点靠不住。如果非的,那么孔子也说谎了。到底孰是孰非,非把古人掘起来对证,是不能剖白的。但是我的意思,以为正史所载,假也只好认真了。《击壤》《卿云》两歌,都收入正史里,都是古代的讪歌,都是国语的文学。

第三,《诗经》的《国风》,是由民间搜集拢来的,左氏的《国语》,是用当时的方言作成的,这两部国语书,谁都不能反对。我们拿这两部书做标准,再去看旁的书——限于战国以前的——虽然间有出入,然都大致相近。

孔子说:"诗书执礼,皆雅言也。""雅言"就是周的国语,本应作"夏言"的。《说文》:"夏,中国之人也。"张行孚说:"所谓中国者,以天下言之,则中原为中国,以列国言之,则王都为中国。"这一段话,很可帮助我证明前一说。

周以前,言文是合一的。这一句,我于上文说过,《说文》序上有一段话:"其如诸侯力征,不统于王,恶礼乐之害已而皆去其典籍,分为七国……言语异声,文字异形。"可知言文直到战国才分家,因此嬴秦统一中国以后,有"一同文书"的必要,所以屡屡提起"同书文字"。我们从这里反证过去,更可断定周以前,是言文一致的了。所以我咬定"古逸""五经"……总之在战国之前的都是国语文学。

我咬定秦到唐的文学,不是国语的,乃是国文的,也有一个见解:

从秦到唐这七百年当中,韵文则尚辞赋,散文则尚骈俪,以"词胜""追古"为高,"浅显""明白"为鄙。习俗相沿,视为当然。汉武帝的时候,丞相公孙弘有个奏，奏中有一节是："臣谨案诏书律令下者，明天人之际，通古今之谊，文章尔雅，训辞深厚，恩施甚美，小吏浅闻，弗能究宣，无以明布论下以治礼。"

我们从这四十八个字里，可以想知当时文章的深奥，连做官的，也都不懂。在这个潮流当中，即使要作白话文，也有些脱不了文言的窠臼，即使作成白话文，也连自己有些信不过去。所以白居易每次新诗作好，先要请教老太婆，问她懂不懂。

这一期的仿古文学，创始于汉的扬雄，结局于唐的韩愈，导源于秦的李斯，斯不会作时文，去制造"仿古"文，试看他那篇《逐客书》，古的色彩，多少浓厚！文的脂粉，多少华藻！至于韩文，人家誉为"文之极轨"，说他的文能够本之《书》以求其质，本之《诗》以求其恒，本之《礼》以求其宜，本之《春秋》以求其断，本之《易》以求其动；参之《穀梁》以厉其气，参之孟荀以畅其支，参之庄老以肆其端，参之《国语》以博其趣，参之《离骚》以致其幽，参之《太史》以著其洁，因之恭维他"文起八代之衰"。我以为一个时代必有一个时代的精神，一个时代就有一个时代的文学，在一千年之后的人，作一千年之前的文，一点时代精神都没有，我们讲国语文学的人，实在不敢瞎恭维。然而与古文有交情的人，遇到这种出色人才，当然大捧特捧了。所以他们在古文文学史上，大书特书这一期是"古文全盛时期"，在这种古文得势的时期中，要搜集国语史料，恐怕有点牵强吧。所以我咬定从秦到唐的文学不是真正语体的，实是浅近的文言，读者能够谅解我这几层意思吗？

第九章　国语文学史从哪里说起

胡适之先生的国语文学史,是从汉讲起的,我以为文学是一个时代一个社会,或是一个人的反映。那么,既有人,有社会,有时代,就有文学——国语可分口头上和书面上的,文学亦可分口头上和书面上的。

乾坤震巽,坎离艮兑消息。(郑玄《易论》)

这是伏羲的教训,在没有文学的时候,也可说是伏羲的文学。

丈夫丁壮不耕,天下有受其饥者。妇人当年不织,天下有受其寒者。故其耕不强者,无以养其生,其织不力者,无以衣其形。(《文子》)

有石城十仞,汤池百步,带甲百万,而无粟不能守也。(《汉书》)

这是神农的教训,也可说是神农的文学。黄帝教诲颛顼说:

爰有大圜在上,大矩在下,汝能法之,为民父母。(《吕氏春秋》)

这可说是黄帝的文学。

至道不可过也,至义不可易也;功莫美于去恶而为善,罪莫大于去善而为恶,故非吾善善而已也,善缘善也;非恶恶而已也,恶缘恶也,吾日慎一日。(《贾子》)

这是颛顼的遗文,也可说是颛顼的文学。

缘巧者之事而学为巧，行仁者之操而与为仁也，故节仁之器以修其躬，而身专其美矣，德莫高于博爱人，而政莫高于博利人，故政莫大于信，治莫大于仁。(《贾子》)

这是帝喾的遗文，也可说是帝喾的文学。

这是就散文而言。

至于韵文，据史所载，有葛天氏的《八阕》、伏羲的《网罟歌》，可惜早已失传，现在徒存其名，这一类的东西，既然无从见面，自然讲不来了。但是唐虞的文学，现在倒是还有，所以我从唐虞说起，这是我和胡适之先生意见不同的地方，也就是另起炉灶编这本小册子的缘起。

第十章　国语文学史的时期区分

国语文学史，我们从"精神上""形式上"两方面观察起来，可以分作四个时期：

第一期唐虞①——周（西历前二三五七到前二四五）

第二期秦——唐（西历前二四六到九五九）

第三期宋——清（西历九六〇到一九一一）

第四期民国——　（西历一九一二——　）②

第一期的文学是创造的、国语的。第二期的文学是摹仿的、脂粉的。第三期的文学是偶然的、游戏的。第四期的文学是有意的、平民的。

第一期是国语文学，第二期是摹仿文学，在第八章上说了许多话，这里可以不必再说，至于何以叫作创造的呢？因为前无其例，言必己出，何以叫作脂粉的呢？因为只求词的华整，不讲文的质理，要晓得第三期的文学，何以是偶然的、游戏的？好不过引胡适之先生的一段话来做个说明，胡先生在《建设的文学革命论》上说："有时陆放翁高兴了，便作一首白话诗；有时柳耆卿高兴了，便作一首白话词；有时朱晦庵高兴了，便写几封白话信，作几条白话信札；有时施耐庵、吴敬梓高兴了，便作一两部白话的小说，这都是不知不觉的自然出产品，并非是有意的主张。""有时"便是偶然的注脚，"高兴"便是游戏的注脚。第四期的文学是有意的、平民的，留心文学的人都懂得，这里可以无须说明了。

还有一句话，历史是一线相连的，继续不断的，有承前启后的关系，没有显然的界限，我这个区分，不过为说明便利起见，请读者不要拘泥。

---

①　原文为唐，为与其后唐朝区分，改作唐虞。

②　关于朝代时间划分，与《我国历代纪元表》的划分有出入。已在前言中作了说明。

第三编 从唐虞到周

第一章　唐虞(西历前二三五七到前一一三三)

时代生思想,思想生文学,文学是时代的产儿,所以要说那一时代的文学,先要说那一时代的情形。以下"一"是那时代的情形,"二"是那时代的文学。

一

自从舜相尧除了四凶之后,中央的主权,一日重一日。诸侯每年朝觐一次,报告报告奉职的情形;天子每五年巡狩一次,考察考察民间的风气。有时见到一个人饿,就说这是我害他饿的;有时见到一个人冷,就说这是我害他冷的。有这样好的天子,难怪人民爱之如父母,戴之如日月,老子赞为至治盛德之世,孔子更为羡慕,曾说:"巍巍乎,舜禹之有天下也,而不与焉!"又说:"大哉尧之为君也!巍巍乎!唯天为大,唯尧则之;荡荡乎,民无能名焉。巍巍乎,其有成功也!焕乎,其有文章。"

二

这个时代,太平无事,上下和乐,所以欢声盈耳。

相传尧有一次微服游于康衢,看见许多人聚在一起,尧想晓得他们在那里做甚,过去一探,原来他们在那里赞美尧的功德,曰:"大哉帝之德也。"这时候独有一个八十多岁的壤父击壤而歌曰:

　　日出而作,日入而息,凿井而饮,耕田而食,帝力于我何有哉?(《帝王世纪》)

尧听完,走到另外一个地方,又听见一群儿童唱着:

　　立我蒸民,莫匪尔极,不识不知,顺帝之则。(《列子》)

尧问儿童:"这是谁教你们的?"儿童说:"我从大夫那里听来的。"问大夫,大夫说:"这是古诗。"到底是怎么一回事,你我更不知道了。《淮南子》上有个《尧戒》:

　　战战栗栗,日慎一日,人莫踬于山,而踬于垤。

我们读了这首短戒,可以想见尧之为人,真不愧是人民的表率。

此外还有什么《大唐歌》《神人畅》,等等,这里不列举了。唐的文学就止于此。更说虞舜的,据史上说,舜即位的第二年,作五弦琴,以歌《南风》歌,曰:

　　南风之薰兮,可以解吾民之愠兮;南风之时兮,可以阜吾民之财兮。(《家语》)

孔子在帝典载舜命夔的说话,"诗言志,歌咏言"这首诗,实是诗教之始。即位十四年上,又作《股肱元首歌》:

　　股肱喜哉,元首起哉,百工熙哉!(《尚书》)

其臣皋陶和之曰:

　　元首明哉,股肱良哉,庶事康哉!

又歌曰：

元首丛脞哉，股肱惰哉，万事堕哉！（《尚书》）

这三首歌，辞句虽然简单，而目的在勉为圣君贤臣，意思极为可取。史上又说，他们君臣唱答完毕，天上景星出，卿云兴，于是帝又歌曰：

卿云烂兮，纠缦缦兮。日月光华，旦复旦兮。（《尚书大传》）

这首歌中的"卿云""纠缦"，说者谓和现在国旗色彩相符，"复旦""光华"又和国名政体隐合，因此选为国歌。

八伯听完，进稽首曰：

明明上天，烂然星陈。日月光华，弘于一人。（《尚书大传》）

以上是就韵文而言，至于散文，则有《二典》《三谟》，其中《禹贡》一篇，虽然系于《夏书》，其实作于虞时，所以可算虞文。这篇东西我最爱它，因为全文只有一千二百多字，能把当时天下之大，华夷之界，山川的脉络，治水的顺序以及土田、贡赋、运道……都一起很仔细地说进在内，真是极大文章。原文太占篇幅，这里不便照录。

第二章　三代（西历前一一三四到前七六九）

舜死，太子商均不肖，诸侯以禹治水有大功，推为天子，十六传至桀，暴虐不仁，商汤起而灭之。

商汤灭夏之后，自为天子，任伊尹、仲虺等，内抚百姓，外征四方，二十七传至纣，暴虐无道，文王昌乘机施仁惠于人民，天下多归心。昌死，子发——就是武王——立，率四方诸侯灭殷，一统天下，制礼作乐，文学极为光昌，孔子有言："周监于二代，郁郁乎文哉！"就是深赞其时文学的美备。

二

三代当中，文学作者，前后辈出，嘉言懿训，流传于今者很多，或者全书尚存，或者逸文散见于诸子百家，现在引点出来做例。

禹以前的天子是选举的，自禹传位于启，君主改为世袭，当时有扈不服这种办法，不免有些异言，启起兵去征他，在甘誓师，其词如下：

> 大战于甘，乃召六卿。王曰："嗟！六事之人，予誓告汝：有扈氏威侮五行，怠弃三正，天用剿绝其命，今予惟恭行天之罚。左不攻于左，汝不恭命；右不攻于右，汝不恭命；御非其马之正，汝不恭命。用命，赏于祖；不用命，戮于社，予则孥戮汝。"（《尚书》）

这篇誓，分三段：第一段，是说出师的原因；第二段，是吩咐战士，各要尽职任；第三段，是说战后的赏罚。语短有威，亦至文也。至于韵文，见于《尚书》者，有《五子之歌》，歌有五首，今录其一：

> 训有之，内作色荒，外作禽荒。甘酒嗜音，峻宇雕墙。有一于此，未

或不亡。

《困学纪闻》里面,有夏后《铸鼎谣》:

逢逢白云,一南一北,一西一东,九国既成,迁于三国。

《周书》上引《夏箴》:

中不容利,民乃外次。
小人无兼年之食,遇天饥,妻子非其有也。大夫无兼年之食,遇天饥,臣妾舆马非其有也。戒之哉!弗思弗行,至无日矣。

《孟子》里有:

吾王不游,吾何以休;吾王不豫,吾何以助。

《新序》上说,桀造瑶台,刮民脂民膏,为酒池糟堤,一鼓而牛饮者,有三千人之多,群臣相持歌曰:

江水沛沛兮,舟楫败兮,我王废兮,趣归薄兮。
乐兮乐兮,四牡跷兮,六辔沃兮,去不善而从善,何不乐兮?

夏的文学,除此之外,还有禹的《夏小正》,内容是专讲岁时,启有《九辩》《九歌》,现在已经失传。

夏的文学已说完,再来说商的文学。

我上文说过,文学是一个时代,一个社会,或是一个人的反映,要了解这句话,最好拿《甘誓》和《汤誓》同时研究一下,启以天子之位,去征苗夷,言正名顺，所以《甘誓》的词气，断制有威。汤以臣放君，骨子里到底不是，故词气非常婉转。试看开头几句，就可明白。王曰："格尔众庶，悉听朕言，非台小子，敢行称乱！有夏多罪，天命殛之。""……予畏上帝，不敢不正……"始终把一担垃圾，倒在天的身上。在《仲虺之诰》上，才老实承认。

"成汤放桀于南巢，惟有惭德，曰：予恐来世以台为口实。"这篇东西，是汤心里过意不去，授意仲虺做的，原意是想解释当时官民人等的疑窦，但是依我看来，不是"欲盖弥彰"吗？

商的散文很多，这里不过举例而已，下面再说韵文。

《荀子》上有《桑林祷辞》：

政不节与？使民疾与？宫室崇与？妇谒盛与？苞苴行与？谗夫昌与？

《说苑》上的《大旱祝辞》就是这篇东西，稍微有些不同，这篇东西为后世祝辞的祖宗。

《礼记》上有《盘铭》：

苟日新，日日新，又日新。

这九个字，我们小的时候在《大学》上就读过了，那时等闲视之，并不觉得稀奇，但是我们拿文学的历史的眼光来看，才知道它是铭文的祖宗，是前世无例、后世无比的奇文。

商的文学，自然还多，我不说下去了。下面说周的文学。

《史记》上说："武王已平殷乱，天下宗周，伯夷、叔齐耻之，义不食周粟，采薇而食之，及饿且死，作歌。"歌曰："登彼西山兮，采其薇矣。以暴易暴兮，不知其非矣。神农、虞、夏忽焉没兮，我安适归矣？吁嗟徂兮，命之衰矣！"

武王用商汤的老法，同是以臣伐君，所以歌中说，以暴易暴。

《史记》上又说:"箕子朝周,过故殷墟,感宫室毁坏,生禾黍。箕子伤之,欲哭则不可,欲泣为其近妇人,乃作《麦秀之诗》以歌咏之。"歌曰:"麦秀渐渐兮,禾黍油油。彼狡童兮,不与我好兮。"

这正是哭不出来的笑声。

这两首歌,辞虽不长,而抒情倒很畅,实开三百篇风气之先。

武王之得天下,以太公之功为最多,武王即位之后,太公进丹书之道,武王看了,恐慌起来,退而作十七铭以自警戒,现在录下五首:

《衣铭》:桑蚕苦,女工难,得新绢,故后必寒。

《镜铭》:以镜自照见形容,以人自照见吉凶。

《几铭》:安无忘危,存无忘亡。熟惟二者,必后无凶。

《锋铭》:忍之须臾,乃全汝躯。

《盥盘铭》:与其溺于人也,宁溺于渊;溺于渊,犹可游也;溺于人,不可救也。

这种不过借器自儆,不必句句切中所铭之器,我们不可读死文章。

姬周最大的文学,自然要推《诗》三百篇,据《史记·孔子世家》里说,古诗有三千多篇,孔子去其重复的,取可施于礼义者,得三百另五篇,别为三类,即风、颂、雅。郑氏樵说:"风者,出于风土,大概小夫贱隶妇人女子之言,其意虽远,其言则浅近重复,故谓之风。雅出朝廷士大夫,其言纯厚典则,其体抑扬顿挫,非复小夫贱隶妇人女子能道者,故曰雅。颂者,初无讽诵,唯以铺张勋德而已。其辞严,其声有节,以示有所尊也,故曰颂。"这话说得很不错。

请问孔子为什么要删诗呢?这因古有采诗之官,王者所以观察民风。自从平王东迁之后,此制废而不行,人民性情失调,偶有吟咏,也是不堪入耳,孔子慨之,乃取古诗删之。他的取诗,以发乎情止乎礼义者为及格,所以《国风》好色而不淫,是以礼为节,且抄一首来,做个证明:

出其东门,有女如云。虽则如云,匪我思存。缟衣綦巾,聊乐我员。

《小雅》怨悱而不乱,是以义为制,也抄一首来,做个证明:

有兔爰爰,雉离于罗。我生之初,尚无为;我生之后,逢此百罹。尚寐无吪。

《颂》正而不谀,也抄一首来,做个证明:

思文后稷,克配彼天。立我蒸民,莫匪尔极。贻我来牟,帝命率育,无此疆尔界。陈常于时夏。

所以孔子说:"《诗》三百,一言以蔽之,曰:思无邪。"三百篇诗,虽以四言为定式,然也长短不一的,如:

缁衣之宜兮,敝,予又改为兮;适子之馆兮,还,予授子之粲兮。

"敝""还",是一言的。

祈父,予王之爪牙。胡转予于恤,靡所止居。

"祈父"是二言的。

叔于田,巷无居人。岂无居人?不如叔也。洵美且仁。

"叔于田",是三言的。

投我以木桃,报之以琼瑶。匪报也,永以为好也。

除去"匪报也",都是五言的。

余如"嘉宾式燕又思"是六言,"如彼筑室于道谋"是七言,"十月蟋蟀入我床下"是八言。

诗是天籁,是很自然的,因此长短不一。后世什么五言诗、七言诗,守住一定的范围,我看他们未见得真懂得诗呢。

我们如其要晓得这个时代到底怎样一个情形,也可从诗里看出:

肃肃鸨羽,集于苞栩。王事靡盬,不能蓺稷黍。父母何怙?悠悠苍天,曷其有所?

这是写人民苦于从征,不得尽其子职去养父母的诗。

苕之华,其叶青青。知我如此,不如无生!

这是说衰世做人都没趣。

匪鹑匪鸢,翰飞戾天。匪鳣匪鲔,潜逃于渊。

鱼在于沼,亦匪克乐。潜虽伏矣,亦孔之炤。忧心惨惨,念国之为虐!

这是描写因为政治黑暗,以致人民苦得不堪。

这不过我随便举的一点,其余的情节,还很多呢,请读者自己去研究吧。

周的散文更多,文王作有卦辞,周公作爻辞、《尔雅》,制有《仪礼》《周礼》,其余如史佚、周任、辛甲诸人,都有作品,散见《左传》《史记》《论语》等书上,《尚书》上那三十二篇,十有八九是梅赜伪造的,故不足为周文。

第三章　春秋（西历前七七〇到前四六七）

一

中国古称万国，周初还有一千八百国，目后次第兼并，到春秋的时候，只剩了一百六十国。这一百六十国当中，最强大的有鲁、卫、晋、郑、曹、蔡、燕、齐、宋、陈、楚、秦十二国。

当时周室不过是个傀儡，徒拥一个虚名，实权都在这十二大国掌握当中，而这十二国呢？各存了一种"统一天下"的野心，常常面子上借了尊王攘夷的名义，暗地里做些吞并谋夺的把戏。于是新鲜事体层出不穷，射王中的也有了，问鼎轻重的也有了，臣子杀王帝的也有了，儿子杀老子的也有了，怪状百出，真是不成样子。

二

这种坏现象谁都看不惯，孔子是个有心人，哪里耐得住。读书人顶大的本领，就是耍笔杆，他就拿起鲁国的旧史，自隐公起到哀公止，应该写的写，应该削的削，应该褒的褒，应该贬的贬。他这部书做好之后，那班浑蛋看了，恐慌起来，混账的事情，才少了些。

讲到这部书的内容，读读是没趣的，研究研究，极有意味，他辨理的地方，每每一字见义。春秋的情形，多少复杂，从空间说有十二国，从时间说有二百四十二年，他只用一万七千个字写尽它。这种简洁谨严的文字，真是难得有的啊！

孔子是以斯文自任的，除掉修《春秋》之外，还删《诗》《书》，订《礼》《乐》，赞《周易》。

孔子是个极好学的人，他看过一百二十国的藏书，佚文秘书，无所不阅，远俗方言,无所不知。因此他能够修删订赞。俗话说:"名师出高徒。"所以他的弟子,成绩大都很好,左丘明著有《春秋传》和《国语》;曾子有《大学》《孝经》;子夏有《诗序》;子游有《礼运篇》;子贡有《乐记篇》;再传弟子,公羊高的《公羊传》;穀梁赤的《穀梁传》;子思的《中庸》《檀弓》,都是文理精绝,文法简约,足为后学模范的。

当时与孔子学说对抗的,要推老子。孔子主张仁义,老子主张不要仁义;孔子主张仁义,自有主张仁义的理由,老子不要仁义,也有不要仁义的理由。老子说:"绝圣弃智,民利百倍;绝仁弃义,民复孝慈;绝巧弃利,盗贼无有。"这是说不要仁义。他又说:"大道废,有仁义;智慧出,有大伪;六亲不和,有孝慈;国家昏乱,有忠臣。"这就是不要仁义的理由。

总而言之,老子的学说,是鼓吹虚无主义的,是主张自然主义的,在理论上讲起来,要比孔子的高一着。在实际上讲起来,孔子的要比老子的实用些,各有所长,各有所短,我们不便硬把他们分个高低。

孔子、老子是春秋时代的代表人物,其余如谏观鱼的臧僖伯,谏纳鼎的臧哀伯,论战的曹刿、子鱼,论劳逸的敬姜、贺贫的叔向等,我说不来这许多,只可一概从略了。以下我想说点韵文。

孟子说:"王者之迹熄而《诗》亡,《诗》亡然后《春秋》作。"读此,可知《春秋》的韵文是退化得很。据我搜集起来,不过少些罢了,还不至于"尽失"。

《淮南子》上有宁戚的《饭牛歌》,歌有三首,现在单录第一首:

南山矸,白石烂,生不遭尧与舜禅。短布单衣适至骭,从昏饭牛薄夜半,长夜漫漫何时旦?

《左传》上说,楚伐宋,宋败华元被虏,宋人拿车马赎华元,城者作了一首歌讥笑他,歌倒很滑稽:

睅其目,皤其腹,弃甲而复。于思于思,弃甲复来。

华元听了,叫骖乘答他:

　　牛则有皮,犀兕尚多,弃甲则那?

役人又答他:

　　从有其皮,丹漆若何?

《左传》上说,子产从政一年,舆人诵之:

　　取我衣冠而褚之,取我田畴而伍之。孰杀子产,吾其与子。

及三年又诵之:

　　我有子弟,子产诲之。我有田畴,子产殖之。子产而死,谁其嗣之?

《家语》上说,孔子始用于鲁,鲁人鹥诵之:

　　麛裘而鞸,投之无戾。鞸之麛裘,投之无邮。

及三载,政成化行,又诵之:

　　衮衣章甫,实获我所。章甫衮衣,惠我无私。

我们读了这四首诵,可以晓得孔子和子产治理政事的能力了。
孔子是个有德行、有才能的人,因为受了世卿制度的影响,一生不曾得志,以致黄钟毁弃。孔子自己对之,也不免有些牢骚。牢骚是关不住的,《史记》上说:"孔子相鲁,鲁大治,齐人归女乐,季桓子受之,三日不听政。郊,又不致膰于大夫,孔子遂行。"歌曰:

> 彼妇之口,可以出走。彼妇之谒,可以死败。盖优哉游哉,维以卒岁。

孔子的牢骚很多,所以他的歌、操,也有不少,且再引些出来:

《蟋蛄歌》:违山十里,蟋蛄之声,犹尚在耳。(《说苑》)

这是孔子借蟋蛄讥鲁政杂乱的歌。

《临河歌》:狄水衍兮风扬波,舟楫颠倒更相加,归来归来胡为斯?(《水经注》)
《楚聘歌》:大道隐兮礼为基,贤人窜兮将待时。天下如一兮欲何之?(《孔丛子》)
《获麟歌》:唐虞世兮麟凤游,今非其时来何求?麟兮麟兮我心忧。(《孔丛子》)
《龟山操》:予欲望鲁兮,龟山蔽之。手无斧柯,奈龟山何!(《琴操》)

我们从这几首歌操看起来,可以想见当时孔子的烦闷了。碰来碰去,都是失意。在我们处到这种境遇,无论吟诗作歌,不免要说绝话,孔子能用很清淡和平的文字表现出来,真是有德行、有才能、有涵养的人的态度。

据《礼记·檀弓》上说,孔子临死的时候,还唱着歌,歌曰:

泰山其颓乎？梁木其坏乎？哲人其萎乎？

孔子历来说话都是很谦让的，直到临死，才老实不客气地估定自己是个哲人。

这个时代，除了出孔子的作品之外，《风俗通》上还有百里奚妻的《琴歌》，歌曰：

百里奚，五羊皮。忆别时，烹伏雌，炊扊扅。今日富贵忘我为？

孙叔敖碑上，有优孟的《慷慨歌》，说得慷慨感人，现在也抄在下面：

贪吏而不可为而可为，廉吏而可为而不可为。贪吏而不可为者，当时有污名；而可为者，子孙以家成。廉吏而可为者，当时有清名；而不可为者，子孙困穷被褐而负薪。贪吏常苦富，廉吏常苦贫。独不见楚相孙叔敖，廉洁不受钱。

孙叔敖做宰相，尽忠为廉，死后萧条，以致儿子穷得来捉柴卖。现在做官的人，哪一个不尽力剥削，或者就是鉴于廉吏之不可为啊？然而做官果真该贪吗？

《庄子》上，楚狂有首《接舆歌》也很好：

凤兮凤兮，何如德之衰也？来世不可待，往世不可追也。天下有道，圣人成焉。天下无道，圣人生焉。方今之时，仅免刑焉。福轻乎羽，莫之知载；祸重乎地，莫之知避。已乎已乎，临人以德；殆乎殆乎，画地而趋。迷阳迷阳，无伤吾行。吾行却曲，无伤吾足。

立身安命的所在，弄到"仅免刑焉""画地而趋""祸重乎地，莫之知避"，试问还有什么生趣？难怪楚狂要狂叫了。

《彤管集》上，有两首《乌鹊歌》，是韩凭妻的作品，据集上说，韩凭的妻子很美，被宋康王看上了，王想捉韩凭来，叫他造青陵台，伊得了这个消息，作这两首歌表明伊的意志：

一

南山有乌，北山张罗。乌自高飞，罗当奈何。

二

乌鹊双飞，不乐凤凰。妾是庶人，不乐宋王。

老老实实说来，格外动听，格外感人。

第四章　战国（西历前四六八到前二四五）

一

春秋的时候，诸侯常常有委任大臣去办理"会盟"的事体，那班做钦差大臣的，每每利用这个机会，内收人心，外连邦交。因此，他们的势力，一天大一天，一到时机成熟，就篡起位来了，弄得国无常君，朝无定臣。

齐有田氏篡国，晋有韩赵魏三家分领晋地，自从后周任命晋三家为诸侯，又十八年，齐田也奉命做了诸侯。到这个时候，春秋的列国，差不多都灭亡了，只有北方的燕、南方的楚、西方的秦，合起齐、韩、赵、魏四新国，世称"战国七雄"。

这七个雄，各以"统一天下"为目标。春秋时代，"统一天下"是关在肚里的，到了战国，都挂在嘴上了。为了这四个字，今日争地，明日夺城，也不知破了多少家，杀了多少人，流了多少血。

二

战国是言论最自由、最发达的时代，造成这种空气，有四个原因：

第一，从前学者所习，不越官司典守，自从周衰，官守散失，言论的权，都移到草野去了。

第二，幽、厉之后，中央的集权，渐渐儿陵夷，封建的制度，就此瓦解了，诸侯都讲兼并，只要有利于国，一点毫无拘忌，所以时君世主，各务求贤自辅，甚至于有"生王之头，不及死士之垄；照乘之珠，不敌干城之将"的高调。

第三，古俗很重世系，此制春秋犹存，因此，以孔子之圣，历聘都不能容。到了战国七雄，务在强兵并敌，只要会设计、会说话，就有官做。

第四，因为七雄的竞争，非常需要人才，学者又以会设计、会说话，可以做官,于是大家角异斗新了,有一个人出奇制胜,就有一个人出来辩驳。儒之剽墨,孔之诋老,就是好例。

从来讲文学的人,都把这个时代的学术,分为儒家、道家、法家、兵家、墨家、名家、杂家、纵横家、阴阳家、小说家九家。

儒家有孟子、荀子、景子、世子、芊子、公孙尼子……他们的学说提倡"孝""悌""仁""义"。

道家有庄子、文子、蜎子、列子、田子、老莱子、黔娄子、鹖冠子、关尹子……他们的学说,鼓吹"自然""虚无"。

法家有李悝、商鞅、尸佼、慎到、申不害、韩非子……他们的学说"崇法术""尚刑名"。

兵家有孙武、吴起、穰苴、尉缭子、司马兵法……他们的学说,专"谈兵"。

墨家有墨子、田俅子、隋巢子、胡非子、缠子……他们的学说,主"利他"。

名家有惠子、尹文子、公孙龙……他们的学说,在"综核名实"。

杂家有吕不韦……他们的言论,儒而杂道墨。

纵横家有苏秦、张仪……他们的言论,讲"权谋"。

阴阳家有邹子……专讲"怪迂之变"。

小说家有燕丹子、宋子……言多怪诞。

以上这九家,人数倒不少,著作也很多,因为都是主智的文章,文学史上,不便多说。此外还有两位辞赋家,一、屈子作有《离骚》二十五篇,二、宋玉作有《高唐》《神女》诸赋。倒很有点文学气味,只因太事雕琢,太格拟古,弄得体胜于理,只好划到古典文学里去,国语文学上,不必收受它。

这一时代,在别本文学书上,都是大书特书的,自我把诸子的作品都看作文章之后,弄得这一时代,没有文学可说,但是我这个意思,倘是真真懂得文学的人,一定会承认我的。这一时代韵文的稀少,已被孟子说破,现在据我搜集,也还有一点,《史记》上有:

禳田者祝
瓯窭满篝,污邪满车,五谷蕃熟,穰穰满家。

渡易水歌
风萧萧兮易水寒,壮士一去兮不复还。

楚人谣
楚虽三户,亡秦必楚。

上面三首东西,第一首的意思很发笑,第二首的音节很苍凉,第三首的意志很激烈,都是好东西。此外,《战国策》上有:

削株掘根,无与祸邻,祸乃不存。
宁为鸡口,无为牛后。

《韩非子》上有:

奔车之上无仲尼,覆舟之下无伯夷。

《列子》上有:

人不婚宦,情欲失半;人不衣食,居臣道息。

《慎子》上有:

不聪不明,不能为王;不瞽不聋,不能为公。

这种虽然非诗非歌,但是亦可当诗看、当歌唱,讲到质更可取。

第五章　小结

　　世界上的东西，如其"只此一件"，我们是分不出高下好丑来的。高下好丑，是许多东西比较的结果。这章里，我想把从唐虞到战国的文学比较起来，评论一下。

　　先从"质"上说一说。我们欣赏唐虞的文学，觉得胸襟很阔大，气象很雄浑，风神很敦厚。至于意思的质直，体气的硬强，行文的简洁，这是由于时代的敦朴，人智还未开，言辞尚稀少的缘故，并非故意作成这种样子，后世不明这层意思，竭力追摹，断无是处。

　　三代的文学，比起唐虞来，进步多了，抒情也畅快了，用字也斟酌了，音节也调和了，只要一吟《诗》三百篇，这种就都可发见了，就是现代西洋诗的用词法。例如，"明比的词""暗比的词""代替""人比""寓言""叠句"，等等，《诗》三百篇里，也寻得出。

　　若是分开来说，夏文温厚可亲，商文浩荡不可测量，周文严峻不容侵犯。扬子云说得好："虞夏之书浑浑尔，商书灏灏尔，周书噩噩尔。"我同他的见解一样。这是就散文说的，至于讲到韵文，适得其反。宋苏辙说："周诗宽绥和柔，异于商诗之骏发严厉。"

　　春秋和战国的文学，体气虽然温厚和顺，毕竟，牢骚臭味太浓。你看，哪一首诗当中没有感慨，这要晓得，这是被那个时代的环境逼成的！

　　再就"量"上说一说。虞比唐多，夏比虞多，商比夏多，周比商多，春秋战国虽比周少，而从思想发达上看起来仍旧是多。于此，可以见到我们人类思想进步的历程了。

　　若就"作家"方面看起来，小百姓作的真不多，大多数是君臣"戒""勉"的东西，所以，这一期的文学，可以叫它作"贵族文学"。

　　若就"体裁"上面看起来，这一期的花样最多，差不多有三十种，旧学者说，"文至于战国而体备矣"，倒也不错。

若就"内容"上面看起来,你说过的话,我不引用;我说过的话,他不引用。正是尔为尔,我为我,各树一帜,各执一说。本来文学应该贵乎独出心裁,切忌抄袭陈言,这一期的文学,这种色彩最浓。所以我在第二编第十章上说,这一期的文学,是"创造的",后人以善于运用"典故"为能,真不足训。

第四编　从秦到唐

第一章　嬴秦(西历前二四六到前二〇五)

一

嬴秦一代只有四十年天下,对于政治上的建设,倒有不少。对于文学上的改革,计有三样:(一)更王为皇帝,去谥法,自称朕;(二)烧藏书,坑诸生;(三)改大篆为小篆。

二

嬴秦这一代,作起古文文学史来,还有点材料好搜集,然也只有李斯一个人的东西,如《谏逐客书》《劝督责书》以及会稽、琅琊诸刻石,总算还可以点缀点缀,至于作国语文学史,简直一点都寻不出,原来秦是打击国语文学最猛烈的一支军队。

我前文说过,"古文文学,利于王帝搭架子",秦始皇是个古代的怪杰,是个最爱搭架子的人,他自灭了六国统一天下之后,以为他的勋绩是空前的了。从前的"王"号,被许多人用了许多年代,已不足以摆架子,于是采三皇五帝之名,更号叫"皇帝",自称"朕","令"改为"诏","命"改为"制",再叫李斯作古文,刻石碑,说他的好话,好把他的架子,永远地搭下去。

偏偏李斯又乖巧,会得迎合秦始皇的心理,会得帮助秦始皇搭架子,他上了一个奏章,主张"天下敢有藏《诗》《书》《百家语》者,悉诣守尉杂烧之,有敢偶语《诗》《书》弃市"。他这个法子好极了。我们画墨色夜景,要想月亮明一点,从月亮上是想不出法子的,只把云色竭力加浓,月亮自然就显明了。这个法子,在文法上叫作"烘托法",李斯帮助秦始皇搭架子,就是用这个烘托法。从秦始皇的本身上是想不出法子来的,到底不能够把秦始皇抬到天上去,所以他就从小百姓头上出花样,想出"愚民政策"来。他那一奏,烧了多少人的精力，伤了多少人的性命，愚民政策在当时的害处，诚然很多，而弄得后世学者，搜残讨漏，寻着一简，当作至宝，捧着古训，如守金科，逼成崇古的恶习，其害实大。

我前文说过，"古文导源于李斯"，空口说白话，难得人信任，且抄点出来做一个证明：

泰山刻石文

　　皇帝临位，作制明法，臣下修饬。二十有六年，初并天下，罔不宾服。亲巡远方黎民，登兹泰山，周览东极。从臣思迹，本原事业，祗诵功德。治道运行，诸产得宜，皆有法式。大义休明，垂于后世，顺承勿革。皇帝躬圣，既平天下，不懈于治。夙兴夜寐，建设长利，专隆教诲。训经宣达，远近毕理，咸承圣志。贵贱分明，男女礼顺，慎遵职事。昭隔内外，靡不清净，施于后嗣。化及无穷，遵奉遗诏，永承重戒。

看了这篇文，再去看他的老师荀卿、他的同学韩非的文，比较一下，就知道谁的典古了。

秦始皇的搭架子，和李斯帮搭架子，把文字弄深了不少，国语文学受他的影响，实在不小。但是也有一件帮助国语文学的事，就是李斯的变大篆为小篆，缮写方面，较之从前，倒是便捷了许多。

第二章　两汉（西历前二〇六到二一九）

一

两汉这四百年当中，从政治方面看，功绩着实可观。举其大者而言，如西汉之灭朝鲜，通西域，征匈奴，以及经略东南和西南诸小国；东汉之征西域，征匈奴，那时正是普天之下唯汉独强！其中虽然也有七国之乱，王莽之变，党锢之祸，究以为时甚暂，所以文学还不曾大受影响。从文学方面看，因为君王的好尚，贵族的倡导，科举的帮助，成绩着实好。

二

汉高祖的做皇帝，真是命也运也，他是马上得天下，要想马上治天下的，什么是文学，他何尝懂得。至于他的赏识陆贾，任用郦食其，欢喜叔孙通，拿中牢祭孔子，不过是买服人心的一种手段，何尝真心是敬圣体贤呢？

汉高祖有一种说大话的本领是好的。他得了天下之后，因征黥布转来，路过沛。沛是他的故乡，欧阳修说，"富贵而归故乡……此人情之所荣，而今昔之所同也"，汉高祖就在沛宫大摆酒席，召集故人父老子弟做陪客。这时候何等的快乐，酒喝高兴了，就敲敲筑，随口唱的那首《大风歌》，倒很合他做大人说大话的身份，歌曰：

　　大风起兮云飞扬，威加海内兮归故乡，安得壮士兮守四方？

被汉高祖打败的项羽，在垓下悲极而歌的《慷慨歌》，歌倒极尽呜咽缠绵之致，歌曰：

力拔山兮气盖世。时不利兮骓不逝。骓不逝兮可奈何！虞兮虞兮奈若何！

这两首歌,前一首是乐极的欢声,后一首是悲极的哀声,抄在一块儿,真好看煞人,表现他们俩的心曲,有声有色,如绘如画。

高祖虽不好文学,却雅爱楚声,曾叫唐山夫人作房中的词歌,到了孝惠二年,又叫乐府令夏侯宽,备了箫管,改名叫《安世乐》,一共有十七章,现在录他几首短的:

大孝备矣,休德昭明。高张四县,乐充官庭。芬树羽林,云景杳冥。金支秀华,庶旄翠旌。

大海荡荡水所归,高贤愉愉民所怀。太山崔,百卉殖。民何贵？贵有德。

安其所,乐终产。乐终产,世继绪。飞龙秋,游上天。高贤愉,乐民人。

丰草葽,女萝施。善何如,谁能回？大莫大,成教德；长莫长,被无极。

砣砣即即,师象山则。呜呼孝哉,案抚戎国。蛮夷竭欢,象来致福。兼临是爱,终无兵革。

皇皇鸿明,荡侯休德。嘉承天和,伊乐厥福。在乐不荒,惟民之则。凌则师德,下民咸殖,令问在旧,孔容翼翼。

房中作乐的东西能够这种样子,总算是难得了,全歌大意,着重"孝德",愈有价值,不愧兴国文学。

汉高祖的朋友,以杀猪屠居多,他所赏识的人,大都是枭杰之才,真正贤德的人是不愿意为他所用的。如四皓这种人,就隐居于商山了,我们读了四皓的《紫芝歌》,可以想见他们的怀抱:

> 莫莫高山,深谷逶迤。晔晔紫芝,可以疗饥。唐虞世远,吾将何归?驷马高盖,其忧甚大。富贵之畏人兮,不若贫贱之肆志。

汉学在文学史上,着实占点位置。汉高祖虽然不好文学,而他的少弟交(楚元王)是很看重儒生的,是很喜欢经术的。他的儿子安(淮南王),更好书,爱名,招致宾客方术之士,至数千人之多,此外如吴王濞(高弟兄仲之子)、梁孝王武(文帝窦皇后少子),都好文学,养儒生的,这就是我们说的"贵族的倡导"。

君王方面,如景帝、武帝、成帝、新莽、光武,都极好文学,就是他们自身的文学,也都可看看,上有所好下必甚,帝王一人的好尚,每每转移风俗于无形,这就是我说的"君王的好尚"。再加以高祖之诏郡守举贤,文帝之举贤方正,武帝之亲发策问,章帝之举茂才廉吏,有了这样的提倡,两汉的文学,就像夏天的草木,茂荣到了极点,这就是我说的"科举的帮助"。有了这三个原因,所以汉学大为发达。往下就说汉学的情形。

大概汉朝的作品,我们从"质"上分析起来,可以分作七派,就是:(一)经术派、(二)纵横派、(三)历史派、(四)辞赋派、(五)滑稽派、(六)小说派、(七)小学派。

这七派当中的(一)(二)(七)派,是学术文,我们可以不必管它,(三)是记事文也可以不论,(四)(五)(六)派虽是文学,可是古典的、粉饰的、摹仿的文学,不是国语文学史所须请教的。

这一代的大作家自然要推贾谊、晁错、贾山、丁宽、邹阳、严忌、枚乘、董仲舒、公孙弘、司马迁、司马相如、严助、朱买臣、终军、主父偃、东方朔、苏武、李陵、王褒、杨恽、匡衡、谷永、刘向、刘歆、扬雄、郑兴、许慎、郑玄、班彪、班固、蔡邕、冯衍、张衡、崔骃、王充、王符、仲长统……这些人。这些人都是作庙堂文学的好手,其中我最别看的是刘歆、扬雄、班固。刘歆专门制造假古董;扬雄一味摹仿上古文,他仿《易经》作《太玄》,仿《论语》作《法言》;至于班固,早经有人骂他"剽窃",可以不去说他。我最仰慕的是司马迁、相如、王充。试读司马迁的《刺客》《游侠》《季布》《季乐》①等传,真要叫人决眦怒目,立刻去做侠客的。试读他《报任少卿书》,真要叫人放声哭起来的。原来司马迁是个多才、多情、多恨的人,所以他的作品格外看得感人。相如的作品,扬雄称赞过他,说是"长卿之赋,非自人间来,神化之所至也",可知它的巧妙了。王充的作品,最别致!真是独见的奇论,上而天文,下而地理,中而人类,幽而鬼神,旁至动植,无所不论,无论不奇,真好,真好!所可惜的,他们三位的东西都是国文的,不是国语的,如果用国语来写,我想一定还要出色些呢。虽然,王充《论衡·自记篇》说,他曾经作有《讥俗》《节义》十二篇,"是冀俗人观书而自觉,故直露其文,集以俗言"的。但是此书早经失传了。

我上面所举的这几十个人,都是作庙堂文学的大手笔,要想在他们作品当中搜集国语文学史的材料,是不可能的,所以只好推开不讲。武帝的时候有个李延年,性知音,善歌舞,所作《新声变曲》,很能感动听者,他服侍武帝,有一天起舞,歌曰:

北方有佳人,绝世而独立。一顾倾人城,再顾倾人国。宁不知倾城与倾国,佳人难再得。

说得这样标致,武帝自然欢喜了,原来这个美人就是延年的女弟,因此就"得幸"了。自古道"红颜多薄命",这位美人不久就死了,弄得这位皇帝害相思病,悲感至极,作了一首诗:

是耶!非耶!立而望之,偏何姗姗其来迟!

李延年把女弟嫁了武帝之后,自己做了协律都尉,设立乐府。郊祀的时

---

① 《史记》中并无《季乐》传,疑为《季布》《栾布》传误。

候叫童男童女七十个人同唱乐府,这种乐府因为郊祀时唱的,所以又叫作《郊祀歌》,一共有十九章。我因为它古气皇气太重,让给讲古文文学的人去讲,我只选那乐府体当中的田野文学来说一说,先看辛延年的:

羽林郎

昔有霍家奴,姓冯名子都。
依倚将军势,调笑酒家胡。
胡姬年十五,春日独当垆。
长裾连理带,广袖合欢襦。
头上蓝田玉,耳后大秦珠。
两鬟何窈窕,一世良所无。
一鬟五百万,两鬟千万余。
不意金吾子,娉婷过我庐。
银鞍何煜爚,翠盖空踟蹰。
就我求清酒,丝绳提玉壶。
就我求珍肴,金盘脍鲤鱼。
贻我青铜镜,结我红罗裾。
不惜红罗裂,何论轻贱躯。
男儿爱后妇,女子重前夫。
人生有新故,贵贱不相逾。
多谢金吾子,私爱徒区区。

前面的说话多少骈俪,后面的说话却极贞洁,好就好在这一点,同此一副笔墨的,还有一章:

陌上桑

日出东南隅,照我秦氏楼。秦氏有好女,自名为罗敷。罗敷善蚕桑,采桑城南隅。青丝为笼系,桂枝为笼钩。头上倭堕髻,耳中明月珠。缃绮为下裙,紫绮为上襦。行者见罗敷,下担捋髭须。少年见罗敷,脱帽着帩头。耕者忘其犁,锄者忘其锄。来归相怨怒,但坐观罗敷。使君从南来,五马立踟蹰。使君遣吏往:"问是谁家姝?""秦氏有好女,自名为罗敷。""罗敷年几何?""二十尚不足,十五颇有余。"使君谢罗敷:"宁可共载不?"罗敷前致词:"使君一何愚!使君自有妇,罗敷自有夫。""东方千余骑,夫婿居上头。何用识夫婿?白马从骊驹;青丝系马尾,黄金络马头;腰中鹿卢剑,可值千万余。十五府小吏,二十朝大夫,三十侍中郎,四十专城居。为人洁白皙,鬑鬑颇有须。盈盈公府步,冉冉府中趋。坐中数千人,皆言夫婿殊。"

这种真是极妙文章,试看从"行者见罗敷"到"但坐观罗敷"这八句,形容得多少有趣,"使君一何愚"以下这三句,说得神圣不可侵犯。

看了上两章,令人发笑,看了下一章,令人下泪:

孤儿生,孤儿遇生,命当独苦。父母在时,乘坚车,驾驷马。父母已去,兄嫂令我行贾。南到九江,东到齐与鲁。腊月来归,不敢自言苦。头多虮虱,面目多尘。大兄言办饭,大嫂言视马。上高堂,行趣殿下堂。孤儿泪下如雨。使我朝行汲,暮得水来归。手为错,足下无菲。怆怆履霜,中多蒺藜。拔断蒺藜肠肉中,怆欲悲。泪下渫渫,清涕累累。冬无复襦,夏无单衣。居生不乐,不如早去,下从地下黄泉。春气动,草萌芽。三月蚕桑,六月收瓜。将是瓜车,来到还家。瓜车反覆。助我者少,啖瓜者多。愿还我蒂,独且急归。兄与嫂严,当兴较计。乱曰:里中一何诡诡,愿欲寄尺书,将与地下父母,兄嫂难与久居。

这首《孤儿行》,也不知是谁作的,到底是泪、是血,我也辨不清楚,看他断断续续,语无伦次,越见得一壁哭一壁歌。

再引两章短一点的来看看：

古怨歌

茕茕白兔，东走西顾。衣不如新，人不如故。

箜篌引

公无渡河，公竟渡河！堕河而死，当奈公何？

这两章真叫作"节短音长"了，再引两章很别致的出来看看：

陟彼北芒兮，噫！顾瞻帝京兮，噫！宫阙崔巍兮，噫！民之劬劳兮，噫！辽辽未央兮，噫！

江南可采莲，莲叶何田田，鱼戏莲叶间。鱼戏莲叶东，鱼戏莲叶西，鱼戏莲叶南，鱼戏莲叶北。

前一章是《五噫》，后一章是《江南》，这种作品格式很奇，前一章一往情深，后一章朴素无比。

乐府中最伟大的杰作，自然要推《庐江小吏妻》。这篇东西，是汉末庐江府小吏焦仲卿，他的妻子刘氏被仲卿娘驱逐，伊发愿不再嫁，后来被家里逼迫不过，就投水死了。仲卿听到伊死，也吊死在树上。当时的人——也不知是谁，可怜他们俩，就做了这篇东西纪念他们。共有三百五十七句，一千七百八十五字，是我们中国文学史上最伟大、最精彩的一篇东西，我们不可不赏识赏识。

孔雀东南飞，五里一裴徊。"十三能织素，十四学裁衣。十五弹箜篌，十六诵诗书。十七为君妇，心中常苦悲。君既为府吏，守节情不移。

贱妾留空房，相见常日稀。鸡鸣入机织，夜夜不得息。三日断五匹，大人故嫌迟。非为织作迟，君家妇难为！妾不堪驱使，徒留无所施。便可白公姥，及时相遣归。"府吏得闻之，堂上启阿母："儿已薄禄相，幸复得此妇。结发同枕席，黄泉共为友。共事二三年，始尔未为久。女行无偏斜，何意致不厚？"阿母谓府吏："何乃太区区！此妇无礼节，举动自专由。吾意久怀忿，汝岂得自由！东家有贤女，自名秦罗敷。可怜体无比，阿母为汝求。便可速遣之，遣去慎莫留！"府吏长跪告："伏惟启阿母。今若遣此妇，终老不复取！"阿母得闻之，槌床便大怒："小子无所畏，何敢助妇语？吾已失恩义，会不相从许！"府吏默无声，再拜还入户。举言谓新妇，哽咽不能语："我自不驱卿，逼迫有阿母。卿但暂还家，吾今且报府。不久当归还，还必相迎取。以此下心意，慎勿违吾语。"新妇谓府吏："勿复重纷纭。往昔初阳岁，谢家来贵门。奉事循公姥，进止敢自专。昼夜勤作息，伶俜萦苦辛。谓言无罪过，供养卒大恩；仍更被驱遣，何言复来还？妾有绣腰襦，葳蕤自生光。红罗复斗帐，四角垂香囊。箱帘六七十，绿碧青丝绳。物物各自异，种种在其中。人贱物亦鄙，不足迎后人。留待作遗施，于今无会因。时时为安慰，久久莫相忘！"鸡鸣外欲曙，新妇起严妆。著我绣夹裙，事事四五通。足下蹑丝履，头上玳瑁光。腰若流纨素，耳著明月珰。指如削葱根，口如含朱丹。纤纤作细步，精妙世无双。上堂拜阿母，阿母怒不止。"昔作女儿时，生小出野里。本自无教训，兼愧贵家子。受母钱帛多，不堪母驱使。今日还家去，念母劳家里。"却与小姑别，泪落连珠子。"新妇初来时，小姑始扶床；今日被驱遣，小姑如我长。勤心养公姥，好自相扶将。初七及下九，嬉戏莫相忘。"出门登车去，涕落百余行。府吏马在前，新妇车在后。隐隐何甸甸？俱会大道口。下马入车中，低头共耳语："誓不相隔卿，且暂还家去。吾今且赴府，不久当还归。誓天不相负。"新妇谓府吏："感君区区怀！君既若见录，不久望君来。君当作磐石，妾当作蒲苇。蒲苇纫如丝，磐石无转移。我有亲父兄，性行暴如雷，恐不任我意，逆以煎我怀。"举手长劳劳，二情同依依。

入门上家堂,进退无颜仪。阿母大拊掌,不图子自归:"十三教汝织,十四能裁衣,十五弹箜篌,十六知礼仪,十七遣汝嫁,谓言无誓违。汝今何罪过,不迎而自归?"兰芝惭阿母:"儿实无罪过。"阿母大悲摧。还家十余日,县令遣媒来。云有第三郎,窈窕世无双。年始十八九,便言多令才。阿母谓阿女:"汝可去应之。"阿女含泪答:"兰芝初还时,府吏见丁宁,结誓不别离。今日违情义,恐此事非奇。自可断来信,徐徐更谓之。"阿母白媒人:"贫贱有此女,始适还家门。不堪吏人妇,岂合令郎君?幸可广问讯,不得便相许。"媒人去数日,寻遣丞请还,说有兰家女,承籍有宦官。云有第五郎,娇逸未有婚。遣丞为媒人,主簿通语言。直说太守家,有此令郎君,既欲结大义,故遣来贵门。阿母谢媒人:"女子先有誓,老姥岂敢言?"阿兄得闻之,怅然心中烦。举言谓阿妹:"作计何不量,先嫁得府吏,后嫁得郎君。否泰如天地,足以荣汝身。不嫁义郎体,其往欲何云?"兰芝仰头答:"理实如兄言。谢家事夫婿,中道还兄门。处分适兄意,那得自任专。虽与府吏要,渠会永无缘。登即相许和,便可作婚姻。"媒人下床去。诺诺复尔尔。还部白府君:"下官奉使命,言谈大有缘。"府君得闻之,心中大欢喜。视历复开书,便利此月内,六合正相应。良吉三十日,今已二十七,卿可去成婚。交语速装束,络绎如浮云。青雀白鹄舫,四角龙子幡。婀娜随风转,金车玉作轮。踯躅青骢马,流苏金镂鞍。赍钱三百万,皆用青丝穿。杂彩三百匹,交广市鲑珍。从人四五百,郁郁登郡门。阿母谓阿女:"适得府君书,明日来迎汝。何不作衣裳?莫令事不举。"阿女默无声,手巾掩口啼,泪落便如泻。移我琉璃榻,出置前窗下。左手持刀尺,右手执绫罗。朝成绣夹裙,晚成单罗衫。晻晻日欲暝,愁思出门啼。府吏闻此变,因求假暂归。未至二三里,摧藏马悲哀。新妇识马声,蹑履相逢迎。怅然遥相望,知是故人来。举手拍马鞍,嗟叹使心伤:"自君别我后,人事不可量。果不如先愿,又非君所详。我有亲父母,逼迫兼弟兄。以我应他人,君还何所望?"府吏谓新妇:"贺卿得高迁!磐石方且厚,可以卒千年;蒲苇一时纫,便作旦夕间。卿当日胜贵,吾独向黄泉!"新妇谓府吏:"何意出此言？同是被逼迫,君尔妾亦然。黄泉下相见,勿违今日言!"执手分道去,各各还家门。生人作死别,恨恨那可论？念与世间辞,千万不复全。府吏还家去,上堂拜阿母:"今日大风寒,寒风摧树木,严霜结庭兰。儿今日冥冥,令母在后单。故作不良计,勿复怨鬼神。命如南山石,四体康且直。"阿母得闻之,零泪应声落:"汝是大家子,仕宦于台阁。慎勿为妇死,贵贱情何薄？东家有贤女,窈窕艳城郭,阿母为汝求,便复在旦夕。"府吏再拜还,长叹空房中。作计乃尔立,转头向户里,渐见愁煎迫。其日牛马嘶,新妇入青庐。奄奄黄昏后,寂寂人定初。"我命绝今日,魂去尸长留!"揽裙脱丝履,举身赴清池。府吏闻此事,心知长别离。徘徊顾树下,自挂东南枝。两家求合葬,合葬华山傍。东西植松柏,左右种梧桐。枝枝相覆盖,叶叶相交通。中有双飞鸟,自名为鸳鸯。仰头相向鸣,夜夜达五更。行人驻足听,寡妇起彷徨。多谢后世人,戒之慎勿忘。

这种好东西,难得遇见的,我很愿意奇文共赏,因此不惜篇幅,全本录了出来。也不知怎的,凡是做婆婆的,眼光里从没有一个好媳妇的,这种事实,你我也见闻过不少,可是这种文学,你我除此而外,实未曾见,难道今人？

这篇东西据胡适之先生说:"是白话的平民文学。""白话"这两个字,套在这篇东西上面,在我不敢,不过,同古典的庙堂文学如《郊祀歌》:

　　青阳开动,根荄以遂。膏润并爱,跂行毕遥。霆声发荣,岩处倾听。枯槁复产,乃成厥命。众庶熙熙,施及夭胎。群生啿啿,惟春之祺。

自然不同,但是说它是纯粹的白话,似乎也有点牵强,我只敢认它是浅近的文言,文人的国语,我说第二期的文学是浅近的文言文,不是真正的国语,就是有鉴于此啦。

好的乐府,如蔡邕的《饮马长城窟行》,宋子侯的《董娇娆》,蔡琰的《胡笳十八拍》，无名氏的《相和曲》《瑟调曲》《平调曲》《清调曲》，自然还有许多，我这里不引了。

汉朝还有许多好的诗、谣，先说诗，诗分五言、七言两体。

七言体，就是汉武帝君臣倡和的"柏梁诗"，乃是庙堂文学、古典文学，我们可以不去理它。五言体是平民文学，我们必要谈谈的。先举苏武的，苏武有四首诗，今录第二首：

> 结发为夫妻，恩爱两不疑。欢娱在今夕，燕婉及良时。征夫怀远路，起视夜何其。参辰皆已没，去去从此辞。行役在战场，相见未有期。握手一长叹，泪为生别滋。努力爱春华，莫忘欢乐时。生当复来归，死当长相思。

李陵与苏武诗有三首，也录下一首来：

> 良时不再至，离别在须臾。屏营衢路侧，执手野踟蹰。仰视浮云驰，奄忽互相逾。风波一失所，各在天一隅。长当从此别，且复立斯须。欲因晨风发，送子以贱躯。

这是五言诗的祖，有人说苏李诗，"一唱三叹，感寤具存，无急言竭论，而意自长，言自远也"。我们单读这两首，也觉得有这种光景。此外，无名氏的十九首古诗也好得很，且抄下几首来：

> 青青河畔草，郁郁园中柳。盈盈楼上女，皎皎当窗牖。娥娥红粉妆，纤纤出素手。昔为倡家女，今为荡子妇。荡子行不归，空床难独守。

> 迢迢牵牛星，皎皎河汉女。纤纤擢素手，札札弄机杼。终日不成章，泣涕零如雨。河汉清且浅，相去复几许。盈盈一水间，脉脉不得语。

回车驾言迈,悠悠涉长道。四顾何茫茫,东风摇百草。所遇无故物,焉得不速老。盛衰各有时,立身苦不早。人生非金石,岂能长寿考?奄忽随物化,荣名以为宝。

去者日以疏,来者日已亲。出郭门直视,但见丘与坟。古墓犁为田,松柏摧为薪。白杨多悲风,萧萧愁杀人。思还故里闾,欲归道无因。

十九首诗,都是失意的人的鸣声,诗这样东西,愈穷则愈工,我们读了这几首,不觉悲感交集,无非得力一个"穷"字。

汉诗里面最好的诗,要算下面两首:

上山采蘼芜,下山逢故夫。长跪问故夫,新人复何如?新人虽言好,未若故人姝。颜色类相似,手爪不相如。新人从门入,故人从阁去。新人工织缣,故人工织素。织缣日一匹,织素五丈余。将缣来比素,新人不如故。

十五从军征,八十始得归。道逢乡里人,家中有阿谁?遥看是君家,松柏冢累累。兔从狗窦入,雉从梁上飞。中庭生旅谷,井上生旅葵。烹谷持作饭,采葵持作羹。羹饭一时熟,不知贻阿谁?出门东向看,泪落沾我衣。

这种真是绝妙文学,百读不厌,好像吃青果,越嚼越有味。

汉朝还有许多很好的童谣,且举几首做例:

城中好高髻,四方高一尺。城中好广眉,四方且半额。城中好大袖,四方全匹帛。

忽而那样,忽而这样,一人唱,万人和,这种情形,这首童谣形容尽了!

直如弦,死道旁。曲如钩,反封侯。

举秀才,不知书。选孝廉,父别居。寒素清白浊如泥,高第良将怯如黾。

这种可叹可笑的事,现在多得很,看了多少气,古人直爽,关它不住,就叫出来了。

以上都是说的有韵文,原来汉朝国语散文也很多,不过我们没有工夫去寻它,现在且把胡适之先生《国语文学史》里所引的那一段抄过来,虽然是一斑,却可即此推知全豹了。王褒的《僮约》,他开头说:

蜀郡王子渊,以事到湔,止寡妇杨惠舍。惠有夫时奴,名便了,子渊倩奴行酤酒,便了拽大杖上夫冢巅曰:"大夫买便了时,但要守家,不要为他人男子酤酒!"子渊大怒曰:"奴宁欲卖耶?"惠曰:"奴大忤人,人无欲者。"子渊即决买券云云。奴复曰:"欲使,皆上券;不上券,便了不能为也。"子渊曰:"诺。"

这是那篇文章的题目,这样长的题目,是难得见的,再请看券文:

"神爵三年正月十五日,资中男子王子渊,从成都安志里女子杨惠买亡夫时户下髯奴便了,决贾万五千。奴当从百役使,不得有二言。晨起早扫,食了洗涤。居当穿白缚帚,裁盂凿斗……织履作粗,粘雀张乌。结网捕鱼,缴雁弹凫。登山射鹿,入水捕龟……舍中有客,提壶行酤,汲水作餔。涤杯整案,园中拔蒜,断苏切脯……已而盖藏。关门塞窦,喂猪纵犬，勿与邻里争斗。奴但当饭豆饮水，不得嗜酒。欲饮美酒，唯得染唇渍口，不得倾盂覆斗。不得辰出夜入，交关伴偶。舍后有树，当裁作船，上至江州，下到湔……往来都洛，当为妇女求脂泽，贩于小市。归都担枲，转出旁蹉。牵犬贩鹅，武都买茶。杨氏担荷……持斧入山，断輮裁辕。若有余残，当作俎几木屐，(及犬)甗盘……日暮欲归，当送干薪两三束……奴老力索，种莞织席。事讫休息，当舂一石。夜半无事，浣衣当白……奴不得有奸私，事事当关白。奴不听教，当笞一百，读《券文》适讫，词穷诈索，仡仡扣头，两手自搏，目泪下落，鼻涕长一尺："审如王大夫言，不如早归黄土陌，丘蚓钻额。早知当尔，为王大夫酤酒，真不敢作恶。"

这篇东西多少发笑，假使他用庙堂文学来作，便不发笑了，可是这种零零碎碎、琐琐屑屑的事，他也没有本领用庙堂文学的笔法来作。于此，可见庙堂文学是死的，国语文学是活的。

第三章　三国（西历二二〇到二六四）

一

汉末大乱，关中群雄，各据一方，由曹操统军平定关中、汉中，自曹操从刘备手里夺了汉中之后，从前"统一"的局面，至是，又打碎为三块了。

三国鼎足之势成立之后，忽而吴蜀结合当魏，忽而吴魏结合攻蜀，忽又吴蜀合力伐魏，总之，这四十年中，太平的日子少，用兵的年份多。依常情推测，国家用了兵，总顾不到文事了。唯独三国，用兵的尽管在战场上用兵，讲文的尽管在庙堂上讲文，有时用兵的时候也讲讲文。因此，三国的文学，颇有点可观。

二

孙吴霸据江表，南方的文学士虽不及曹魏之盛，却较蜀汉热闹得多，有虞翻、陆机、谢承、薛莹、朱应、康泰等几十人，他们的著作在古文文学史上，颇都可采，至于疆土的开拓，为后来东晋、宋、齐、梁、陈留下了余地，于国语文学史上的功劳更不小。

蜀境既小，地又偏僻，交通又是不便，有此三因，人才聚不拢来，但是也还有谯周、陈术、杨熙几个人点缀点缀，若是抬出诸葛亮来，则很能以少许胜多许了。试看诸葛亮的《出师表》，字字从心泉上涌出来的，不期文而文自生。一种真挚公忠的心理，诚恳谨慎的态度，活跃于纸上，真是天地间的至文！可惜国文的色彩浓了一点。隆中一对，多少明了，当时大势，最肖管仲的"答齐桓"，字倒还不多，且把它抄来：

曹操拥百万之众，挟天子而令诸侯，此诚不可与争锋。孙权据有江东,国险而民附,此可以为援而不可图也。荆州用武之国,益州险塞,沃野千里,若跨有荆、益,保其岩阻,抚和戎越,结好孙权,内修政治,外观时变,则霸业可成,汉室可兴矣。①

这种文字我们不该认它是古文的,读过几年书的人似乎应该有这样的谈吐。原来我们是提倡国语,是期望言文一致的。所谓言文一致,不是把我们的言文放到水平线下面去,是想把平民的言文提到水平线上面来。这一层,我们从事国语的人,多应该彻底谅解。

据《三国志》上说,诸葛亮躬耕陇亩的时候,爱吟下面这首《梁父吟》:

步出齐城门,遥望荡阴里。里中有三坟,累累正相似。问是谁家墓,田疆古冶子。力能排南山,文能绝地纪。一朝被谗言,二桃杀三士。谁能为此谋?国相齐晏子。

三国的文学自然萃集在魏。魏的曹氏父子和建安七子,总结两汉的精英,开导六朝的先路,简直是个古今风会变迁的一个大枢纽。有几处重要的地方,我们应该郑郑重重说一说。

曹氏父子,都是精于诗,长于文的。魏武(曹操)所著的,兵家的谈头为居多,属于学术文,我们大可存而不论。魏文(曹丕)作《典论》二十二篇,属于经典文,我们更可不说。不过其中《论文》那一篇,比诸葛亮的一对还要浅

---

① 《三国志·诸葛亮传》原文:"今操已拥百万之众,挟天子而令诸侯,此诚不可与争锋。孙权据有江东,已历三世,国险而民附,贤能为之用,此可以为援而不可图也。荆州北据汉、沔,利尽南海,东连吴会,西通巴、蜀,此用武之国,而其主不能守,此殆天所以资将军,将军岂有意乎?益州险塞,沃野千里,天府之土,高祖因之以成帝业。……若跨有荆、益,保其岩阻,西和诸戎,南抚夷越,外结好孙权,内修政理……诚如是,则霸业可成,汉室可兴矣。"(《三国志》卷三十五《蜀书》五《诸葛亮传》,北京:中华书局 1959 年版,第 911—912 页。)

近,可算得国语文,议论很伟大,读者可以自己去找来看一看,下面就引他们的韵文。

请先看武帝的诗:

对酒当歌,人生几何?譬如朝露,去日苦多。慨当以慷,忧思难忘。何以解忧?唯有杜康。青青子衿,悠悠我心。但为君故,沉吟至今。呦呦鹿鸣,食野之苹。我有嘉宾,鼓瑟吹笙。明明如月,何时可掇?忧从中来,不可断绝。越陌度阡,枉用相存。契阔谈䜩,心念旧恩。月明星稀,乌鹊南飞。绕树三匝,何枝可依?山不厌高,海不厌深。周公吐哺,天下归心。

这首《短歌行》,他本来的意思,是说做人应该及时行乐罢了,而末了的意思,却想天下归心于他,王霸心事,和盘托出。再举一首《苦寒行》:

北上太行山,艰哉何巍巍!羊肠坂诘屈,车轮为之摧。树木何萧瑟,北风声正悲。熊罴对我蹲,虎豹夹路啼。溪谷少人民,雪落何霏霏!延颈长叹息,远行多所怀。我心何怫郁?思欲一东归。水深桥梁绝,中路正徘徊。迷惑失故路,薄暮无宿栖。行行日已远,人马同时饥。担囊行取薪,斧冰持作糜。悲彼《东山》诗,悠悠使我哀。

一个"寒"字,到了诗人手里,便变了这么许多,这就是诗人的眼光异于常人的地方。曹操的文,也和他的诗一样苍劲,且引两封信做个代表:

《与诸葛亮书》:今奉鸡舌香五斤,以表微意。

《与孙权书》:近者奉辞伐罪,旄麾南指,刘琮束手。今治水军八十万众,方与将军会猎于吴。赤壁之役,值有疾病,孤烧船自退,横使周瑜获此名①。

再举文帝的《燕歌行》看看：

> 秋风萧瑟天气凉，
> 草木摇落露为霜。
> 群燕辞归雁南翔，
> 念君客游思断肠。
> 慊慊思归恋故乡，
> 君何淹留寄他方？
> 贱妾茕茕守空房，
> 忧来思君不敢忘，
> 不觉泪下沾衣裳。
> 援琴鸣弦发清商，
> 短歌微吟不能长。
> 明月皎皎照我床，
> 星汉西流夜未央。
> 牵牛织女遥相望，
> 尔独何辜限河梁？

这首东西，句句用韵，所以我们吟起来分外顺口，所以然的缘故，就在"人工加多"。"人工加多"就是文学上古今风会变迁的一个大枢纽，拿这首《燕歌行》来比武帝的《苦寒行》，便觉得一个强硬，一个软翻，武帝之为武帝，文帝之为文帝的分别，或者就在这里啊！还有一首《杂诗》，言外含有无穷感慨，也举了出来：

---

① 通行本为"横使周瑜虚获此名"。

西北有浮云,亭亭如车盖。
惜哉时不遇,适与飘风会。
吹我东南行,行行至吴会。
吴会非我乡,安得久留滞。
弃置勿复陈,客子常畏人。

曹植的诗,高过他的父兄,允称"独步",苏李之后,故推大家,且先录《美女篇》:

美女妖且闲,采桑歧路间。
柔条纷冉冉,落叶何翩翩。
攘袖见素手,皓腕约金环。
头上金爵钗,腰佩翠琅玕。
明珠交玉体,珊瑚间木难。
罗衣何飘飘,轻裾随风还。
顾盼遗光彩,长啸气若兰。
行徒用息驾,休者以忘餐。
借问女安居,乃在城南端。
青楼临大路,高门结重关。
容华耀朝日,谁不希令颜?
媒氏何所营?玉帛不时安。
佳人慕高义,求贤良独难。
众人徒嗷嗷,安知彼所观?
盛年处房屋,中夜起长叹。

我们不必扯开去,说他是借美女喻君子的,单就题与文而言,题是美女,

文中说美女"形式"上的美,和"精神"上的美,也就好极了。下面再引几首短的:

离别
人远精神近,寤寐梦容光。

杂诗
悠悠远行客,去家千余里。
出亦无所之,入亦无所止。
浮云翳日光,悲风动地起。

豫章行
穷达难豫图,祸福信亦然。
虞舜不逢尧,耕耘处中田。
太公不遭文,渔钓终渭川。
不见鲁孔丘,穷困陈蔡间。
周公下白屋,天下称其贤。

当墙欲高行
龙欲升天须浮云,人之仕进在中人。众口可以铄金。谗言三至,慈母不亲。愦愦俗间,不辨伪真。愿欲披心自说陈,君门以九重,道远河无津。

七步诗
煮豆持作羹,漉豉以为汁。
萁在釜下然,豆在釜中泣。

本自同根生，相煎何太急？

曹植作这些诗的时候，正是他被嫌疑最深的日子，他这些诗都是有感而作的，言外有言的。末了这一首，简直是性命调出来的，原来文帝早想害死他了，此时又难他在走七步路中作诗，不成，就要行大法，他便应声而出。试看这六句诗，比喻多少适切，话语多少感人！帝闻而有惭色，才不去难为他。

曹植好的诗文，还有许多，这里不便再引了。此外，明帝（曹叡）也有出产品，比较起来，稍逊一点，我不引了。所谓"建安七子"者，就是孔融、王粲、徐幹、陈琳、阮瑀、应场、刘桢七个人，现在各举一首做个例子吧。

临终歌（孔融）

言多令事败，器漏苦不密。
河溃蚁孔端，山坏由猿穴。
涓涓江汉流，天窗通冥室。
谗邪害公正，浮云翳白日。
靡辞无忠诚，华繁竟不实。
人有两三心，安能合为一。
三人存市虎，浸浸解胶漆。
生存多所虑，长寝万事毕。

七哀诗（王粲）

西京乱无象，豺虎方遘患。
复弃中国去，委身适荆蛮。
亲戚对我悲，朋友相追攀。
出门无所见，白骨蔽平原。
路有饥妇人，抱子弃草间。
顾闻号泣声，挥涕独不还。

"未知身死处,何能两相完。"
驱马弃之去,不忍听此言。
南登霸陵岸,回首望长安,
悟彼下泉人,喟然伤心肝。

  杂诗①(徐幹)
浮云何洋洋,愿因通我词。
飘飘不可寄,徙倚徒相思。
人离皆复会,君独无返期。
自君之出矣,明镜暗不治。
思君如流水,何有穷已时。

  饮马长城窟行(陈琳)
饮马长城窟,水寒伤马骨。
往谓长城吏:"慎莫稽留太原卒。"
"官作自有程,举筑谐汝声。"
"男儿宁当格斗死,何能怫郁筑长城。"
长城何连连,连连三千里。
边城多健少,内舍多寡妇。
作书与内舍:"便嫁莫留住。
善侍新姑嫜,时时念我故夫子。"
报书往边地:"君今出语一何鄙。"
"身在祸难中,何为稽留他家子?
生男慎莫举,生女哺用脯。
君独不见长城下,死人骸骨相撑拄。"

---

① 此诗现多称《室思》。

"结发行事君,慊慊心意间。
明知边地苦,贱妾何能久自全。"

琴歌(阮瑀)

奕奕天门开,大会应期运。
青盖巡九州,在东西人怨。
士为知己死,女为悦己玩。
恩义苟潜畅,他人焉能乱。

别诗(应玚)

朝云浮四海,日暮归故山。
行役怀旧土,悲思不能言。
悠悠涉千里,未知何时旋。

赠从弟(刘桢)

亭亭山上松,瑟瑟谷中风。
风声一何盛,松枝一何劲。
冰霜正惨凄,终岁常端正。
岂不罹凝寒,松柏有本性。

我们读了三国的文学,至少要发生几种感觉:第一,声音上,平仄非常调和。第二,字眼上,锻炼得很精巧。第三,调子上,做作得很厉害。第四,词藻上,粉饰得很浓艳。诸君亦有这种感觉吗?试闭了眼睛,回想唐虞——周的文学是怎样,再看三国的文学是怎样,便恍然了。而这四种质素,就是"人工加多"四个字身上出来的。嗣后文学趋于"绮艳",就是发源于此。所以我开头说,这一时代的文学,是古今风会变迁的一个大枢纽。

第四章　两晋（西历二六五到四一九）

一

司马氏篡魏灭蜀吴之后，天下复统于一。当武帝即位之初，颇能注意国事，自灭吴，选吴伎妾五千人，日夜作乐，即怠于政，等到贾后临朝，内有八王之乱，外有五胡之争，晋朝天下，就此糟了。

八王之乱，为时甚暂，五胡之争，其祸实大，结果闹得把皇帝（怀愍）捉去做堂倌，真是可笑可怜！

所谓"两晋"，就是西晋、东晋，怀愍以前为西晋，元帝以后，仅保余喘于江东一隅，因之史称东晋。

两晋之乱亡，只是"清谈"两个字，两晋的文人，态度都放任，醉狂赤裸，不以为非，吏部偷酒，不以为奇。于此，可以想见这一时代文学的好尚了。

二

西晋的文学，可分三段说：

1. 正始文学
2. 竹林七贤
3. 太康文学

正始之间，王弼、何晏提倡老庄之学，遂开清谈之风；至竹林七贤，互相标榜，其流大广；到了太康，号称全盛。

竹林七贤，就是阮籍、嵇康、山涛、向秀、刘伶、阮咸、王戎七人，因为他们聚游竹林，时人称为"竹林七贤"。我们可举阮、嵇二公来，做个代表。阮籍最著名的作品，就是《咏怀》诗，诗有八十二首，现在录下四首：

壮士何慷慨,志欲威八荒。
驱车远行役,受命念自忘。
良弓挟乌号,明甲有精光。
临难不顾生,身死魂飞扬。
岂为全躯士,效命争战场。
忠为百世荣,义使令名彰。
垂身谢后世,气节故有常。

贵贱在天命,穷达自有时。
婉娈佞邪子,随利来相欺。
孤思损惠施,但为谗夫蚩。
鹁鸰鸣云中,载飞靡所期。
焉知倾侧士,一旦不可持。

儒者通六艺,立志不可干。
违礼不为动,非法不肯言。
渴饮清泉流,饥食并一箪。
岁时无以祀,衣服常苦寒。
屣履咏《南风》,缊袍笑华轩。
信道守《诗》《书》,义不受一餐。
烈烈褒贬辞,老氏用长叹!

林中有奇鸟,自言是凤凰。
清朝饮醴泉,日夕栖山冈。
高鸣彻九州,延颈望八荒。
适逢商风起,羽翼自摧藏。
一去昆仑西,何时复回翔。

>　　但恨处非位,怆恨使心伤。

读此,也可以想见其怀抱了。再看嵇康的作品。

秋胡行

>　　富贵尊荣,忧患谅独多。富贵尊荣,忧患谅独多。古人所惧,丰屋蔀家。人害其上,兽恶网罗。惟有贫贱,可以无他。歌以言之,富贵忧患多。

名与身孰亲

>　　哀哉世俗徇荣,驰骛竭力丧精。
>　　得失相纷忧惊,自是勤苦不宁。

名行显患滋

>　　位高势重祸基,美色伐性不疑。
>　　厚味腊毒难治,如何贪人不思?

东方朔至清

>　　外以贪污内贞,秽身滑稽隐名。
>　　不为世累所撄,所欲不足无营。

太康中有所谓"三张""二陆""两潘""一左",这一大批先生,都是好谈老庄之学的,老庄之学属于哲学范围,应该给做哲学史的人去讲,我们只需抽出关于文学上的事情来谈谈好了。

第一,骈俪文之成立。原来骈俪文肇始于"二陆",陆机、陆云本是将门子弟,却折节去读书,做出极绮丽藻艳的文章来。陆机的《连珠》五十,大开四六之门,嗣后葛洪、郭璞,推波助澜,传到刘宋之世,颜延之、谢灵运,继长增高,传到后周徐陵、庾信,遂集六朝之大成了。

第二,左思初费了一年的时力,作成《齐都赋》,后竭十年的心血作成《三都赋》。最有趣的,作《三都赋》的时候,门庭藩篱茅坑上都著有纸笔,得着一句就书上去,及成,又请人去鉴定。等到出而问世,洛阳竟为纸贵。我们拿了左思的赋,去比从前的诗,觉得从前的诗好像乡下姑娘,左思的赋犹如都会妓女,粉香扑鼻,宝光耀目,但是拆去了装饰品,洗去了脂粉,脱去了锦绣,就不中看了。第二编第十章上,我说"第二期的文学是脂粉的",此其明证。

第三,在这种讲玄理、讲辞藻,字争巧、句斗奇的趋势之下,也有两篇例外的作品:一、李密的《陈情表》;二、刘琨的《劝进表》。这两个表,一个教孝,一个教忠,却是有功于名教的作品,可惜文了一点,不好收到国语文学史上来。

这一期中,也该举点作品出来做做例,现在就举陆机的《百年歌》吧,歌有十首,今录前后两首如下:

> 一十时,颜如蕣华晔有晖,体如飘风行如飞。变彼孺子相追随,终朝出游薄暮归,六情逸豫心无违。清酒将炙奈乐何,清酒将炙奈乐何。

> 百岁时,盈数已登肌肉单,四支百节还相患。目若浊镜口垂涎,呼吸嚬蹙反侧难,茵褥滋味不复安。

东晋的文学,好收入国语文学上的极多,不像西晋那样地稀少了。东晋最大的诗人,要推陶渊明。他的作品,不事雕琢,合于自然,不可几及,在真在景,卓绝千古。至于人品,尤其清高,所以他的片纸只字,多很宝贵,兹录几首:

桃花源诗

嬴氏乱天纪,贤者避其世。
黄绮之商山,伊人亦云逝。
往迹浸复湮,来径遂芜废。
相命肆农耕,日入从所憩。
桑竹垂余荫,菽稷随时艺。
春蚕收长丝,秋熟靡王税。
荒路暧交通,鸡犬互鸣吠。
俎豆有古法,衣裳无新制。
童孺纵行歌,斑白欢游诣。
草荣识节和,木衰知风厉。
虽无纪历志,四时自成岁。
怡然有余乐,于何劳智慧。
奇踪隐五百,一朝敞神界。
淳薄既异原,旋复还幽蔽。
借问游方士,焉测尘嚣外。
愿言蹑清风,高举寻吾契。

这篇东西,最好与《桃花源记》参看,下面再引:

归园田居

种豆南山下,草盛豆苗稀。
晨兴理荒秽,带月荷锄归。
道狭草木长,夕露沾我衣。
衣沾不足惜,但使愿无违。

移居

春秋多佳日,登高赋新诗。
过门更相呼,有酒斟酌之。
农务各自归,闲暇辄相思。
相思则披衣,言笑无厌时。
此理将不胜?无为忽去兹。
衣食当须纪,力耕不吾欺。

饮酒

结庐在人境,而无车马喧。
问君何能尔?心远地自偏。
采菊东篱下,悠然见南山。
山气日夕佳,飞鸟相与还。
此中有真味,欲辨已忘言。

拟古

种桑长江边,三年望当采。
枝条始欲茂,忽值山河改。
柯叶自摧折,根株浮沧海。
春蚕既无食,寒衣欲谁待?
本不植高原,今日复何悔!

陶渊明的人品和作品,早有定评,最好举梁昭明序他的集子上的一段话来看一看:

> 渊明文章不群,辞采精拔,跌宕昭彰,独超众类,抑扬爽朗,莫之与京。横素波而傍流,干青云而直上。语时事则指而可想,论怀抱则旷而且真。加以贞志不休,安道苦节,不以躬耕为耻,不以无财为病,自非大

贤笃志，与道污隆，孰能如此乎？

昭明这个序，我们大可以当作评论看。

渊明的诗，的确"不群""精拔""跌宕昭彰""抑扬爽朗"，唐的韦应物、柳宗元、白居易，宋的王安石、苏轼、苏辙，都非常羡慕他、摹仿他，到底"莫之与京"，只套了一个外壳子去。

渊明的诗文自然不是国语的，可是比起太康大手笔左思的《三都赋》，倒要浅近明白得许多，本来我说第二期的文学不是真正的国语，乃是浅近的国文。

两晋之作家，原不止这几个人，不过配代表两晋文学的，也不出这几个人。

第五章 南北朝(西历四二〇到五八八)

一

晋自八王乱后,中国北方被五胡十六国闹了一百多年,后来鲜卑民族姓拓跋的起来,逐渐打平了北方诸国,据有全北,是为北魏,后又分作东魏、西魏两国,北齐篡东魏,北周篡西魏。不久,北周又并北齐,后魏、北周是鲜卑族,后来都为汉族所同化,是为北朝。晋自元帝退保江东之后,宋篡晋,齐篡宋,梁篡齐,陈篡梁,是为南朝。

吴、东晋、宋、齐、梁、陈,史称"六朝"。六朝的文学,以"绮艳"著称于世,这种绮艳的文学,不特我们讲写实主义的看不起,就是讲复古主义的古文家,也叹为"八代之衰",则其价值可想而知了。这是指南朝而论的。至于北朝的文学,倒是非常质素,却是有一部分,又流于"淫靡"去了。

二

一、先说南朝的文学。南朝的文学,专在字面上用功夫,以排偶声律为好。我尝推究它的缘故,原来自从曹操重用小人、毁坏名节之后,清高的人,以为世风如此,我们不必过问,落得饮酒谈诗,过过快乐日子,这种风气吹到两晋,就是"清谈",吹到六朝,变了"绮艳"。古人做文章,只是"诉苦"罢了,六朝人做文,用处在供娱乐,目的在出风头,他们长期地镂肝琢肺,自然字面精巧绮艳了,可是顾到字面的精巧绮艳,又丢掉文学的实质骨气,以致铸成"金漆马桶的文学",这也是他们梦想不到的恶果。

六朝铸错的朋友,约莫有百来个,我们也不必列举出来,现在我从大错四周拾点屑屑来举个例。

大道曲（谢尚）
青阳二三月，柳青复桃红。
车马不相识，音落黄埃中。

代少年时至衰老行（鲍照）
忆昔少年时，驰逐好名晨。
结友多贵门，出入富儿邻。
绮罗艳华风，车马自扬尘。
歌唱青齐女，弹筝燕赵人。
好酒多芳气，肴味厌时新。
今日每相念，此事邈无因。
寄语后生子，作乐当及春。

代贫贱苦愁行（鲍照）
湮没虽死悲，贫苦即生剧。
长叹至天晓，愁苦穷日夕。
盛颜当少歇，鬓发先老白。
亲友四面绝，朋知断三益。
空庭惭树萱，药饵愧过客。
贫年忘日时，黯颜就人惜。
俄顷不相酬，恧怩面已赤。
或以一金恨，便成百年隙。
心为千条计，事未见一获。
运圮津涂塞，遂转死沟洫。
以此穷百年，不如还窀穸。

拟行路难（鲍照）

泻水置平地，各自东西南北流。
人生亦有命，安能行叹复坐愁？
酌酒以自宽，举杯断绝歌路难。
心非木石岂无感？吞声踯躅不敢言。

对案不能食，拔剑击柱长叹息。
丈夫生世会几时，安能蹀躞垂羽翼！
弃置罢官去，还家自休息。
朝出与亲辞，暮还在亲侧。
弄儿床前戏，看妇机中织。
自古圣贤尽贫贱，何况我辈孤且直！

同王主簿有所思（谢朓）

佳期期未归，望望下鸣机。
徘徊东陌上，月出行人稀。

游太平山（孔稚圭）

石险天貌分，林交日容缺。
阴涧落春荣，寒岩留夏雪。

山中杂诗（吴均）

山际见来烟，竹中窥落日。
鸟向檐上飞，云从窗里出。

诏问山中何所有赋诗以答（陶弘景）

山中何所有，岭上多白云。

只可自怡悦,不堪持寄君。

　　别范安成(沈约)
　　生平少年日,分手易前期。
　　及尔同衰暮,非复别离时。
　　勿言一樽酒,明日难重持。
　　梦中不识路,何以慰相思?

　　六忆(沈约)
　忆坐时,点点罗帐前。或歌四五曲,或弄两三弦。笑时应无比,嗔时更可怜。
　忆眠时,人眠独未眠。解罗不待劝,就枕更须牵。复恐旁人见,娇羞在烛前。

上面所举的,是浓妆队里的淡抹者,亦是表情表景表得最巧妙的作品。
好文学的帝王,莫盛于这一朝了,梁武帝、简文帝、梁元帝、梁昭明等,都是文学极好的,也选些出来:

　　逸民(梁武帝)
　　如垄生木,木有异心。
　　如林鸣鸟,鸟有殊音。
　　如江游鱼,鱼有浮沉。
　　岩岩山高,湛湛水深。
　　事迹易见,理相难寻。

　　河中之水歌(一作晋辞)(梁武帝)

河中之水向东流,洛阳女儿名莫愁。
莫愁十三能织绮,十四采桑南陌头。
十五嫁为卢家妇,十六生儿字阿侯。
卢家兰室桂为梁,中有郁金苏合香。
头上金钗十二行,足下丝履五文章。
珊瑚挂镜烂生光,平头奴子擎履箱。
人生富贵何所望,恨不早嫁东家王。

子夜歌(梁武帝)

其一

恃爱如欲进,含羞未肯前。
朱口发艳歌,玉指弄娇弦。

其二

朝日照绮窗,光风动纨罗。
巧笑倩两犀,美目扬双蛾。

江南弄(梁武帝)

众花杂色满上林,舒芳耀彩垂轻阴,连手蹙蹀舞春心。舞春心,临岁腴。中人望,独踟蹰。

据诗学有研究的人说,梁武帝这首《江南弄》,是本汉诗《江南》作的。简文帝也有《江南弄》:

金门玉堂临水居,一辇一笑千万余。游子去还愿莫疏。
愿莫疏,意何极,双鸳鸯,两相忆。

有所思
可叹不可思,可思不可见。
余弦断瑟柱,残朱染歌扇。

折杨柳
杨柳乱成丝,攀折上春时。
叶密鸟飞碍,风轻花落迟。
城高短箫发,林空画角悲。
曲中无别意,并是为相思。

梁元帝也有《折杨柳》:

巫山巫峡长,垂柳复垂杨。
同心且同折,故人怀故乡。
山似莲花艳,流如明月光。
寒夜猿声彻,游子泪沾裳。

细雨
风轻不动叶,雨细未沾衣。
入楼如雾上,拂马似尘飞。

望春
叶浓知柳密,花尽觉梅疏。
兰生未可握,蒲小不堪书。

三妇艳(梁昭明)
　　大妇舞轻巾,中妇拂华茵。
　　小妇独无事,红黛润芳津。
　　良人且高卧,方欲荐梁尘。

昭明的诗文,比武帝、文帝、元帝要多,这里仅举例耳。

上面都是贵族的文人的文学,下面再举点平民的儿女的文学来看看。

这一时代的平民文学,可采入国语文学史的材料,实比贵族文学要来得多,单是《子夜歌》就不下二百首,这里面所表现的,全是青年儿女的恋爱,如:

　　　　宿昔不梳头,丝发被两肩。
　　　　婉伸郎膝上,何处不可怜。

　　　　自从别欢来,奁器了不开。
　　　　头乱不敢理,妆拂生黄衣。

　　　　开窗秋月光,灭烛解罗裳。
　　　　含笑帷幌里,举体兰薰香。

　　　　秋风入窗里,罗帐起飘扬。
　　　　仰头看明月,寄情千里光。

　　　　涂涩无人行,冒寒往相觅。
　　　　若不信侬时,但看雪上迹。

　　　　天寒岁欲莫,朔风舞飞雪。

怀人重衾寝,故有三夏热。

果欲结金兰,但看松柏林。
经霜不堕地,岁寒无异心。

《子夜歌》描写女儿的心事,可算尽表现之能事了。因为它所表现的,最亲切、最质直、最明白、最婉转、最自然,所以有一首说:

歌谣数百种,《子夜》最可怜。
慷慨吐清音,明转出自然。

同《子夜歌》一样的作品,还有《安东平》:

吴中细布,阔幅长度。我有一端,与郎作裤。
微物虽轻,拙手所作。余有三丈,为郎别厝。
制为轻巾,以奉故人。不持作好,与郎拭尘。
东平刘生,复感人情。与郎相知,当解千龄。

孟珠
扬州石榴花,摘插双襟中。
葳蕤当忆我,莫持艳他侬。

后二句,可当女子心理学读,类乎此的,还有:

翳乐
人生欢爱时,少年新得意。
一日不相见,辄作烦冤思。

长干曲

谁能思不歌,谁能饥不食。日冥当户倚,惆怅底不忆。
夜长不得眠,转侧听更鼓。无故欢相逢,使侬肝肠苦。
欢从何处来?端然有忧色。三唤不一应,有何比松柏。
遣信欢不来,自往复不出。金相作芙蓉,莲子何能实。

这四首曲,含了不少的怨声,至于《华山畿》,哭哭啼啼,全是悲声了。

啼着曙,泪落枕将浮,身沉被流去。

啼相忆,泪如漏刻水,昼夜流不息。

奈何许,天下何人限,慊慊只为汝。

无故相然我,路绝行人断,夜夜故望汝。

不能久长离,中夜忆欢时,抱被空中啼。

夜相思,风吹窗帘动,言是所欢来。

相送劳劳渚,长江不应满,是侬泪成许。

忆欢不能食,徘徊三路间,因风觅消息。

自从别郎后,卧宿头不举。
飞龙落药店,骨出只为汝。①

悲声的结局怎么样呢?有一首说:

懊恼不堪止,上床解腰绳,自经屏风里。

---

① 这首为《读曲歌》。

这样的结局,凄惨不凄惨?这是惨剧的开幕,还有惨剧的下场:

君既为侬死,独活为谁施?欢若见怜时,棺木为侬开!

上面所引的,太悲惨了,容易引下我们的眼泪,下面引两首很艳情的慰藉慰藉:

读曲歌
柳树得春风,一低复一昂。
谁能空相忆,独眠度三阳!

打杀长鸣鸡,弹去乌白鸟。
愿得连暝不复曙,一年都一晓。

乌夜啼
可怜乌白鸟,强言知天曙。
无故三更啼,欢子冒暗去。

这种文学实在好,我不忍埋没它,一引两引,引了这么许多,此外还有三件事是我们应当知道的。

第一,永明之间,文学的趋势,最研钻声律。于是有"四声""八病"之说,"四声"就是平上去入,"八病"就是平头、上尾、蜂腰、鹤膝、大韵、小韵、旁纽、正纽。这是沈约所发明的,在当时的用处仅限于作诗,到现在和国语上发生极大的关系,若是讲起音韵沿革来,少不得要提起它。

第二,昭明太子的《文选》,任昉的《文章缘起》。这两部书是古文的,本来可以不去说它,不过我以为它们能把历来的文字很有条理地分析开来,着实有些科学的气味,所以提起一笔。

第三,刘勰的《文心雕龙》,钟嵘的《诗品》。这两部书也是古文的,《文心雕龙》是品文的,《诗品》是品诗的,有批评的精神,是很使人钦佩的。

二、再说北朝的文学,原来北方的民族都不种田的,是靠畜牧为生,吃的是牲畜的肉,穿的是牲畜的皮或毛,他们从小就能骑羊射鸟鼠,大一些就学习射狐兔,披上了战甲,就是骑兵。因此他们的文学,是英雄的文学,和南方儿女的文学有许多不同,现在也选些出来看看:

企喻歌

男儿欲作健,结伴不须多。
鹞子经天飞,群雀两向波。

前行看后行,齐著铁裲裆。
前头看后头,齐著铁钰锋。

男儿可怜虫,出门怀死忧。
尸丧狭谷中,白骨无人收。

琅琊王歌辞

新买五尺刀,悬著中梁柱。
一日三摩挲,剧于十五女。

客行依主人,愿得主人强。
猛虎依深山,愿得松柏长。

折杨柳歌辞

上马不捉鞭,反折杨柳枝。
蹀坐吹长笛,愁杀行客儿。

遥看孟津河,杨柳郁婆娑。

> 我是虏家儿，不解汉儿歌。

> 健儿须快马，快马须健儿。
> 跸跋黄尘下，然后别雄雌。

这些歌里面所写的事情，所写的景子，所写的说话，显然是北方的情形。再看北方的儿女文学：

> 驱羊入谷，白羊在前。
> 老女不嫁，蹋地唤天。

> 侧侧力力，念君无极。
> 枕郎左臂，随郎转侧。

> 月明光光星欲堕，欲来不来早语我。

> 门前一株枣，岁岁不知老。
> 阿婆不嫁女，那得孙儿抱？

> 问女何所思，问女何所忆。
> 阿婆许嫁女，今年无消息。

> 谁家女子能行步，反著袂裈后裙露。
> 天生男女共一处，愿得两个成翁妪。

> 黄桑柘屐蒲子履，中央有系两头系。
> 小时怜母大怜婿，何不早嫁论家计？

同是儿女文学,南方北方,大不相同,南方人说话,每每吞吞吐吐、扭扭捏捏,北方人则不然,直直爽爽,如见肚肠;南方人的态度,常常半推半就,北方人的态度则老实不客气。这种区别请把前后所有各诗比较一下,便可看出。

北方文学当中,我最爱读《敕勒歌》:

敕勒川,阴山下。天似穹庐,笼盖四野。天苍苍,野茫茫,风吹草低见牛羊。

末了这七个字,诸君试闭了眼睛想一想看,诗是什么景象?这是什么笔法?这种表现,真要叹"观止"了。北方平民文学最大的杰出,自然要推《木兰诗》,这首诗大家都知道的,好诗不厌百回吟,我把它全抄下来:

唧唧复唧唧,木兰当户织。不闻机杼声,惟闻女叹息。问女何所思,问女何所忆。女亦无所思,女亦无所忆。昨夜见军帖,可汗大点兵,军书十二卷,卷卷有爷名。阿爷无大儿,木兰无长兄,愿为市鞍马,从此替爷征。东市买骏马,西市买鞍鞯,南市买辔头,北市买长鞭。朝辞爷娘去,暮宿黄河边,不闻爷娘唤女声,但闻黄河流水鸣溅溅。旦辞黄河去,暮至黑水头,不闻爷娘唤女声,但闻燕山胡骑声啾啾。万里赴戎机,关山度若飞。朔气传金柝,寒光照铁衣。将军百战死,壮士十年归。归来见天子,天子坐明堂。策勋十二转,赏赐百千强。可汗问所欲,木兰不用尚书郎,愿驰千里足,送儿还故乡。爷娘闻女来,出郭相扶将;阿姊闻妹来,当户理红妆;小弟闻姊来,磨刀霍霍向猪羊。开我东阁门,坐我西阁床。脱我战时袍,著我旧时裳。当窗理云鬓,对镜帖花黄。出门看火伴,火伴始惊惶:同行十二年,不知木兰是女郎。雄兔脚扑朔,雌兔眼迷离;两兔傍地走,安能辨我是雄雌?

女子中有个木兰,女子增光不少;文学中有了《木兰诗》,文学也增光了不少!

第六章　隋（西历五八九到六一七）

一

隋文帝代周平陈之后，从前南北分裂的局面，至是又打成了一统，文化方面，至是也打成了一片。

隋朝一代不到三十年的天下，当初因为文帝厌恶绮艳的文章，和炀帝初习艺文，有"非轻侧"的论调，一时文风几变，可惜炀帝即位之后，习于风流，又变到淫靡上去了。

二

隋初，王褒、徐陵、庾信的流毒，还未尽杀，宇文泰深恶那种"绮艳"的东西，他毅然决然地提倡革命文学，曾命苏绰仿《周书》作《大诰》，宣示群臣，并命"自今文章，皆依此体"。等到隋文帝即位，就诏天下公私文翰，并宜实录。最可笑的，当时泗州刺史司马幼之，因为文表华艳，竟付所司治罪。后来有个李谔上了一个论文体书，书中前一段，是指陈六朝文体的缺点；中间那一段，是主张提倡古文；末一段，是要拿办作轻薄文的人。我们可以节录出来看看：

> 魏之三祖，更尚文词，忽君子之大道，好雕虫之小艺。下之从上，有同影响，竞骋文华，遂成风俗……竞一韵之奇，争一字之巧，连篇累牍，不出月露之形；积案盈箱，唯是风云之状……递相师祖，久而愈扇；及大隋受命，圣道聿兴，屏黜浮词，遏止华伪……臣既忝宪司，职当纠察。若闻风即劾，恐挂网者多，请勒诸有司，普加搜访，有如此绮艳者，具状送台。①

---

① 通行本中有三处与原引文不同，即"屏黜轻浮""请勒诸司""有如此者，具状送台"。

诏以谔所奏颁示四方,六朝"绮艳"的文章,就受了个极大的打击。

"绮艳"的流风,到隋已成积重难返之势,骤然要连根拔去,回复到三代的佶屈聱牙,事实上,是办不到的,后来的结果,弄成了不古不今而有不醇之色,这样看来,那一打倒,打得很好啊!

这一时代的作家,要推炀帝、杨素、卢思道、薛道衡、虞世基、孙万寿、王胄、孔绍安等十几个人。他们因为受了文帝、李谔君臣复古运动的影响,竟脱去"绮艳"的习气,而有雅正的风度,且引几首来,以例其余吧:

饮马长城窟行示从征群臣(炀帝)

肃肃秋风起,悠悠行万里。万里何所行,横溪筑长城。岂台小子智,先圣之所营。树兹万世策,安此亿兆生。讵敢惮焦思,高枕于上京。北河秉武节,千里卷戎旌。山川互出没,原野穷超忽。枳金上行阵,鸣鼓兴士卒。千乘万骑动,饮马长城窟。秋昏塞外云,雾暗关山月。缘岩驿马上,乘空烽火发。借问长城侯,单于入朝谒。浊气静天山,晨光照高阙。释兵仍振旅,要荒事方举。饮至告言旋,功归清庙前。

山斋独坐赠薛内史(杨素)

居山四望阻,风云竟朝夕。深溪横古树,空岩卧幽石。日出远岫明,鸟散空林寂。兰庭动幽气,竹室生虚白。落花入户飞,细草当阶积。桂酒徒盈樽,故人不在席。日落山之幽,临风望羽客。

人日思归(薛道衡)

入春才七日,离家已二年。

人归落雁后,思发在花前。

入关(虞世基)

陇云低不散,黄河咽复流。

关山多道里,相接几重愁。

东归在路率尔成咏(孙万寿)
学宦两无成,归心自不平。
故乡尚千里,山秋猿夜鸣。
人愁惨云色,客意惯风声。
羁恨虽多绪,俱是一伤情。

落叶(孔绍安)
早秋惊落叶,飘零似客心。
翻飞未肯下,犹言惜故林。

后来炀帝习于奢淫,复好丽词,例如他的:

春江花月夜
暮江平不动,春花满正开。
流波将月去,潮水带星来。

夜露含花气,春潭漾月晖。
汉水逢游女,湘川值两妃。

赠张丽华
见面无多事,闻名尔许时。
坐来生百媚,实个好相知。

忆韩俊娥

黯黯愁侵骨，绵绵病欲成。
须知潘岳鬓，强半为多情。

不信长相忆，丝从鬓里生。
闲来倚楼立，相望几含情。

泣龙舟

舳舻千里泛归舟，言旋旧镇下扬州。
借问扬州在何处，淮南江北海西头。
六辔聊停御百丈，暂罢开山歌棹讴。
讵似江东掌间地，独自称言鉴里游。

这些就是"淫靡"的东西。

自从三国鼎立了四十多年，继续五胡十六国又闹了一百多年，加上南北朝分裂了二百多年，总和拢来，足有四百年的分裂，言语的分歧，当然庞杂之极了。隋统一天下之后，觉着有许多不方便，于是，有南北文人如陆法言、颜之推等九人的会议，协商统一语言的事宜，结果，定出《切韵》来，然后，南北的音才由分歧的庞杂的逐渐归到一致。这样看来，我们现在从事国语统一，不过是理秦、隋的旧业，是应时势的需要罢了，算不得什么一回事。

第七章　唐(西历六一八到九〇六[①])

一

有唐一代,文武都好,武功如征高丽、征突厥、征吐蕃、灭百济、服波斯,正是气焰万丈。文学因皇帝的奖进、科举的提倡,也极发达,其间虽有武韦之祸、安史之乱、藩镇跋扈、宦官吵攘,究因日子不多,不曾大受影响。

二

唐这一代,最盛的就是诗,从来论唐诗的,都分四个时期,就是:

初唐(西历六一八到七一二)

盛唐(西历七一三到七五五)

中唐(西历七五六到八四六)

晚唐(西历八四七到九〇六)

我们为说明便利起见,就按着这四个时期说过去吧。

初唐

武德初的作家,大都是陈、隋的遗老,如陈叔达、孔绍安、李百药、谢偃、王绩、寒山等。我们且引寒山的《杂诗》,做个代表。

城中蛾眉女,珠佩何珊珊。

---

① 原文为:"西历六一八到八〇六"。更之。

鹦鹉花前弄，琵琶月下弹。

长歌三月响，短舞万人看。

未必长如此，芙蓉不耐寒。

太宗时，有十八个学士，哪十八个呢？就是杜如晦、房玄龄、于志宁、苏世长、薛收、褚亮、姚思廉、陆德明、孔颖达、李道玄、李守素、虞世南、叶允恭、颜相时、许敬宗、薛元敬、盖文达、苏勖。这十八个学士当中，太宗独称世南有五绝：1. 德行；2. 忠直；3. 博学；4. 文辞；5. 书翰。现在就引世南的《咏萤》，做这十八学士的代表。

的历流光小，飘飘弱翅轻。

恐畏无人识，暗中独自明。

高宗时，有"上官体"与"四杰"。太宗时候，有个秘书郎上官仪，太宗每次文章做好，总要叫这位秘书郎看一看稿子。太宗自己也是个作家，文章做好定要叫仪过一过目，那么，仪的才学，可想而知了。高宗即位，仪升了宰相，因为他作的诗，非常绮错婉媚，当时的人多喜欢摹仿他，因此有"上官体"的名目，现在举一首做个例。

脉脉大川流，驱车历长洲。

鹊飞山月曙，蝉噪野云秋。

王勃、杨炯、卢照邻、骆宾王四个人，号称"初唐四杰"。王勃和骆宾王的散文，我们小的时候，就在《古文观止》上拜读过了，在古文陈列所里，确乎有个位置，诗如其文，我这里举杨炯的《早行》做个例。

敞朗东方彻，阑干北斗斜。

地气俄成雾,天云渐作霞。

河流才辨马,岩路不容车。

阡陌经三岁,闾阎对五家。

露文沾细草,风影转高花。

日月从来惜,关山犹自赊。

　　武后时,有"珠英学士",据《旧唐书》说,武后尝诏学士二十六人,修《三教珠英集》。这部集子,现在已失传,二十六个学士,也不尽可考了,但是,其中杰出的那两个人,我们是很晓得的,就是宋之问和沈佺期,他们的诗各引两首。

杂诗(沈佺期)

闻道黄龙戍,频年不解兵。

可怜闺里月,长在汉家营。

少妇今春意,良人昨夜情。

谁能将旗鼓,一为取龙城。

独不见(沈佺期)

卢家少妇郁金堂,海燕双栖玳瑁梁。

九月寒砧催木叶,十年征戍忆辽阳。

白狼河北音书断,丹凤城南秋夜长。

谁为含愁独不见,更教明月照流黄。

渡汉江(宋之问)

岭外音书断,经冬复历春。

近乡情更怯,不敢问来人。

宴城东庄(宋之问)

一年又过一年春,百岁曾无百岁人。
能向花间几回醉,十千沽酒莫辞贫。

有所思(宋之问)①

洛阳城东桃李花,飞来飞去落谁家?
洛阳女儿好颜色,坐见落花长叹息。
今年花落颜色改,明年花开复谁在?
已见松柏摧为薪,更闻桑田变成海。
古人无复洛城东,今人还对落花风。
年年岁岁花相似,岁岁年年人不同。
寄言全盛红颜子,应怜半死白头翁。
此翁白头真可怜,伊昔红颜美少年。
公子王孙芳树下,清歌妙舞落花前。
光禄池台文锦绣,将军楼阁画神仙。
一朝卧病无相识,三春行乐在谁边?
宛转蛾眉能几时?须臾鹤发乱如丝。
但看古今歌舞地,唯有黄昏鸟雀飞。

初唐这一个时期,我仅举点做做例,因为这一时期的文学,沿陈、隋的旧习多,引也没多大的意思。

盛唐

开元之初,能够脱去"绮艳"习气的,要推张说、郑颋、张九龄三个人。这三个人都是善做庙堂文章的,张说封燕国公,郑颋封许国公,时人有"燕许大

---

① 此诗一般题为《代悲白头翁》,作者刘希夷。

手笔"之称,但是他们的诗,很有许多是近于白话的,举例如下:

醉中作(张说)

醉后无穷乐,全胜未醉时。

动容皆是舞,出口总成诗。

将赴益州题小园壁(郑颋)

岁穷惟益老,春至却辞家。

可惜东园树,无人也作花。

感遇(张九龄)

兰叶春葳蕤,桂华秋皎洁。

欣欣此生意,自尔为佳节。

谁知林栖者,闻风坐相悦。

草木有本心,何求美人折。

望月怀远(张九龄)

海上生明月,天涯共此时。

情人怨遥夜,竟夕起相思。

灭烛怜光满,披衣觉露滋。

不堪盈手赠,还寝梦佳期。

上面所举的几首诗,比之李杜,觉得深奥,比之初唐,却要浑茂。

盛唐最大的诗人,人人晓得是李太白和杜工部,这两个诗人,也不仅是盛唐的大诗人,实是中国的诗圣,此盛唐之所以盛也。

元稹论杜甫的诗,以为"上薄风骚,下该沈、宋,言夺苏、李,气吞曹、刘,掩颜、谢之孤高,杂徐、庾之流丽,尽得古今之体势,而兼人人之所独专矣。使仲尼考锻其旨要,尚不知贵其多乎哉！苟以为能所不能,无可无不可,则诗人以来,未有如子美者"。至于李太白,他自信他的文格放达,他的作品比杜要好,曾戏杜曰：

饭颗山头逢杜甫,头戴笠子日卓午。
借问别来太瘦生,总为从前作诗苦。

大意是讥杜甫作诗拘束,诗品龌龊。据李白说,李白的诗比杜甫好；据元稹评,杜甫的诗比李白好,实在都不是公道话。我以为各有各的长处,太白以气为主,以自然为宗,以俊逸高畅为贵；子美以意为主,以独造为宗,以奇拔沉雄为贵。韩愈曾作过一首讥元稹不配评李杜的诗,诗曰：

李杜文章在,光焰万丈长。
不知群儿愚,那用故谤伤。
蚍蜉撼大树,可笑不自量。

李杜的诗是我们久仰的,而他们值得我们仰慕的地方,全在那些白话化的诗。原来李杜都是平民诗人,他们过的生活是平民生活。平民生活非常曲折,要描写出来非得用白话不行,因此他们的诗都白话化了。现在请看李太白的诗：

静夜思
床前明月光,疑是地上霜。
举头望明月,低头思故乡。

普通的诗,不外描写情、景,在初学的时候,只能顾到一种,做到"即景生情",或是"就情写景",程度已很高了,可是我们理想上诗的意境,还不止此,要做到"情景合一"。本意是写景的诗,人家看过去好像是写情似的;本意是写情的诗,人家看过去好像是写景似的,使人辨不出我是写情或是写景,这种诗才是第一流的作品。太白这首《静夜思》,就是情景浑融的,情景浑融的诗,意味格外深长,最耐寻味。再赏识他的:

估客行
海客乘天风,将船远行役。
譬如云中鸟,一去无踪迹。

月下独酌
花间一壶酒,独酌无相亲。
举杯邀明月,对影成三人。
月既不解饮,影徒随我身。
暂伴月将影,行乐须及春。
我歌月徘徊,我舞影零乱。
醒时同交欢,醉后各分散。
永结无情游,相期邈云汉。

独个人在冷静静的月下喝酒,是再气闷不过的,可是诗人对之,别有一副眼光,你看照太白这样说起来,不但不冷静,反而大热闹。我平常和朋友谈话常说,我们在这种恶浊社会里做人,若要得到慰藉,至少要有独乐的能力,要能够欣赏文学,最好能够创作文学。太白的诗,我很愿意多多介绍,再引些出来。

怨情
美人卷珠帘,深坐颦蛾眉。
但见泪痕湿,不知心恨谁。

赠孟浩然

吾爱孟夫子,风流天下闻。

红颜弃轩冕,白首卧松云。

醉月频中圣,迷花不事君。

高山安可仰,徒此揖清芳。

登金陵凤凰台

凤凰台上凤凰游,凤去台空江自流。

吴宫花草埋幽径,晋代衣冠成古丘。

三山半落青天外,二水中分白鹭洲。

总为浮云能蔽日,长安不见使人愁。

子夜秋歌

长安一片月,万户捣衣声。

秋风吹不尽,总是玉关情。

何日平胡虏,良人罢远征。

长干行

妾发初覆额,折花门前剧。

郎骑竹马来,绕床弄青梅。

同居长干里,两小无嫌猜。

十四为君妇,羞颜未尝开。

低头向暗壁,千唤不一回。

十五始展眉,愿同尘与灰。

常存抱柱信,岂上望夫台。

十六君远行,瞿塘滟滪堆。

五月不可触,猿声天上哀。

门前送行迹,一一生绿苔。
苔深不能扫,落叶秋风早。
八月蝴蝶黄,双飞西园草。
感此伤妾心,坐愁红颜老。
早晚下三巴,预将书报家。
相迎不道远,直至长风沙。

山寺问答
问予何意栖碧山,笑而不答心自闲。
桃花流水杳然去,别有天地非人间。

望天门山
天门中断楚江开,碧水东流直北回。
两岸青山相对出,孤帆一片日边来。

金陵酒肆留别
风吹柳花满店香,吴姬压酒劝客尝。
金陵子弟来相送,欲行不行各尽觞。
请君试问东流水,别意与之谁短长?

将进酒
君不见黄河之水天上来,奔流到海不复回,君不见高堂明镜悲白发,朝如青丝暮如雪。人生得意须尽欢,莫使金樽空对月。天生我材必有用,千金散尽还复来。烹羊宰牛且为乐,会须一饮三百杯。岑夫子,丹邱生,将进酒,杯莫停! 与君歌一曲,请君为我倾耳听。钟鼓馔玉不足贵,但愿长醉不复醒。古来圣贤皆寂寞,惟有饮者留其名。陈王昔时宴平乐,斗酒十千恣欢谑。主人何为言少钱,径须沽取对君酌。五花马,千金裘,呼儿将出换美酒,与尔同消万古愁!

上面所引的诗,都是最脍炙人口的作品,尽足代表太白的作品了,至于哪里这一首是五言古体、五言律诗、五言绝句、七言古体、七言律诗、七言绝句、乐府,请读者自己去辨别,我不一一指出了,下面再举杜甫的诗。

赠卫八处士

人生不相见,动如参与商。
今夕复何夕,共此灯烛光。
少壮能几何,鬓发各已苍。
访旧半为鬼,惊呼热中肠。
焉知二十载,重上君子堂。
昔别君未婚,儿女忽成行。
怡然敬父执,问我来何方。
问答乃未已,儿女罗酒浆。
夜雨剪春韭,新炊间黄粱。
主称会面难,一举累十觞。
十觞亦不醉,感子故意长。
明日隔山岳,世事两茫茫。

月夜

今夜鄜州月,闺中只独看。
遥怜小儿女,未解忆长安。
香雾云鬟湿,清辉玉臂寒。
何时倚虚幌?双照泪痕干。

登岳阳楼

昔闻洞庭水,今上岳阳楼。

吴楚东南坼,乾坤日夜浮。

亲朋无一字,老病有孤舟。

戎马关山北,凭轩涕泗流。

石壕吏

暮投石壕村,有吏夜捉人。老翁逾墙走,老妇出门看。吏呼一何怒,妇啼一何苦!听妇前致辞:"三男邺城戍。一男附书至,二男新战死。存者且偷生,死者长已矣!室中更无人,惟有乳下孙。有孙母未去,出入无完裙。老妪力虽衰,请从吏夜归。急应河阳役,犹得备晨炊。"夜久语声绝,如闻泣幽咽。天明登前途,独与老翁别。

以上所引的,是他的五言诗,看他老老实实写去,情景逼真,非常动人,像《石壕吏》这一首,我们读了,几乎要流下泪来。同这首诗同类的还有《潼关吏》《新安吏》《新婚别》《垂老别》等,我不引出来了。下面举几首同前引诗一样明白、一样深刻的七言诗来看看:

江畔独步寻花

黄师塔前江水东,春光懒困倚微风。

桃花一簇开无主,可爱深红映浅红。

黄四娘家花满蹊,千朵万朵压枝低。

留连戏蝶时时舞,自在娇莺恰恰啼。

漫兴

手种桃李非无主,野老墙低还似家。

恰似春风相欺得,夜来吹折数枝花。

肠断江春欲尽头,杖藜徐步立芳洲。
颠狂柳絮随风舞,轻薄桃花逐水流。

江村

清江一曲抱村流,长夏江村事事幽。
自去自来梁上燕,相亲相近水中鸥。
老妻画纸为棋局,稚子敲针作钓钩。
多病所须惟药物,微躯此外更何求?

客至

舍南舍北皆春水,但见群鸥日日来。
花径不曾缘客扫,蓬门今始为君开。
盘飧市远无兼味,樽酒家贫只旧醅。
肯与邻翁相对饮,隔篱呼取尽余杯。

曲江

朝回日日典春衣,每日江头尽醉归。
酒债寻常行处有,人生七十古来稀。
穿花蝴蝶深深见,点水蜻蜓款款飞。
传语风光共流转,暂时相赏莫相违。

茅屋为秋风所破歌

八月秋高风怒号,卷我屋上三重茅。茅飞渡江洒江郊,高者挂罥长林梢,下者飘转沉塘坳。南村群童欺我老无力,忍能对面为盗贼。公然抱茅入竹去,唇焦口燥呼不得,归来倚杖自叹息。俄顷风定云墨色,秋天漠漠向昏黑。布衾多年冷似铁,娇儿恶卧踏里裂。床头屋漏无干处,雨脚如麻未断绝。自经丧乱少睡眠,长夜沾湿何由彻。安得广厦千万间,大庇天下寒士俱欢颜！风雨不动安如山。呜呼！何时眼前突兀见此屋，吾庐独破受冻死亦足！

常人作诗好像打油,着实费力,你看子美的诗,好像说话,随手写来,都成好诗。常人之所以为常人,子美之所以为子美,不同的地方,就在这一点。子美的诗真好！我再引两首：

负薪行

夔州处女发半华,四十五十无夫家。
更遭丧乱嫁不售,一生抱恨长咨嗟。
土风坐男使女立,应当门户女出入。
十有八九负薪归,卖薪得钱应供给。
至老双鬟只垂头,野花山叶银钗并。
筋力登危集市门,死生射利兼盐井。
面妆首饰杂啼痕,地褊衣寒困石根。
若道巫山女粗丑,何得此有昭君村？

丽人行

三月三日天气新,长安水边多丽人。
态浓意远淑且真,肌理细腻骨肉匀。
绣罗衣裳照暮春,蹙金孔雀银麒麟。
头上何所有？翠微㔩叶垂鬓唇。
背后何所见？珠压腰衱稳称身。
就中云幕椒房亲,赐名大国虢与秦。
紫驼之峰出翠釜,水精之盘行素鳞。
犀箸厌饫久未下,鸾刀缕切空纷纶。
黄门飞鞚不动尘,御厨络绎送八珍。

箫鼓哀吟感鬼神,宾从杂遝实要津。
后来鞍马何逡巡,当轩下马入锦茵。
杨花雪落覆白蘋,青鸟飞去衔红巾。
炙手可热势绝伦,慎莫近前丞相嗔。

子美作诗,好一比游艺场的开口笑装鸟叫,他的诗,说一样像一样,读他苦痛的诗,几乎要下泪;读他滑稽的诗,几乎要失笑;读他慷慨的激烈的诗,我们也有慷慨激烈起来的光景。

盛唐的诗人,除出已举之外,还有王维、孟浩然、高适、岑参、李颀、储光羲、崔颢、王湾、王之涣、元结、贺知章等许多人。他们的诗也是很好的,至于好到什么程度,我这里不是作诗话,不去论它,且引些出来看看,让读者自家去欣赏,去品评。

昭君怨
汉道方全盛,朝廷足武官。
何须薄命妾,辛苦事和戎。

相思
红豆生南国,秋来发故枝。
愿君多采撷,此物最相思。

杂诗
家住孟津河,门对孟津口。
常有江南船,寄书家中否?

君自故乡来,应知故乡事。
来日小窗前,寒梅着花未?

送别

山中相送罢,日暮掩柴扉。
春草明年绿,王孙归不归。

鹿柴

空山不见人,但闻人语响。
返景入深林,复照青苔上。

终南别业

中岁颇好道,晚家南山陲。
兴来每独往,胜事空自知。
行到水穷处,坐看云起时。
偶然值林叟,谈笑还无期。

酬张少府

晚年惟好静,万事不关心。
自顾无长策,空知返旧林。
松风吹解带,山月照弹琴。
君问穷通理,渔歌入浦深。

重九忆山东兄弟

独在异乡为异客,每逢佳节倍思亲。
遥知兄弟登高处,遍插茱萸少一人。

积雨辋川庄作

积雨空林烟火迟,蒸藜炊黍饷东菑。

漠漠水田飞白鹭,阴阴夏木啭黄鹂。
山中习静观朝槿,松下清斋折露葵。
野老与人争席罢,海鸥何事更相疑。

以上是王维的。

春晓

春眠不觉晓,处处闻啼鸟。
夜来风雨声,花落知多少。

过故人庄

故人具鸡黍,邀我至田家。
绿树村边合,青山郭外斜。
开轩面场圃,把酒话桑麻。
待到重阳日,还来就菊花。

夏日南亭怀辛大

山光忽西落,池月渐东上。
散发乘夕凉,开轩卧闲敞。
荷风送香气,竹露滴清响。
欲取鸣琴弹,恨无知音赏。
感此怀故人,中宵劳梦想。

以上是孟浩然的。

咏史

尚有绨袍赠,应怜范叔寒。
不知天下士,犹作布衣看。

九曲词

万骑争歌杨柳春,千场对舞绣麒麟。

到处尽逢欢洽事,相看总是太平人。

渔父歌

曲岸深潭一山叟,驻眼看钩不移手。

世人欲得知姓名,良久问他不开口。

笋皮笠子荷叶衣,心无所营守钓矶。

料得孤舟无定止,日暮持竿何处归。

上三首是高适的。

忆长安曲寄庞灌

东望望长安,正值日初出。

长安不可见,喜见长安日。

寄韩樽

夫子素多疾,别来未得书。

北庭苦寒地,体内今何如?

戏题关门

来亦一布衣,去亦一布衣。

羞见关城吏,还从旧路归。

送费子归武昌

勿叹蹉跎白发新,应须守道莫羞贫。

男儿何必恋妻子,莫向江村老却人。

逢入京使

故园东望路漫漫,双袖龙钟泪不干。

马上相逢无纸笔,凭君传语报平安。

上五首是岑参的。

野老曝背

百岁老翁不种田,惟知曝背乐残年。

有时扪虱独搔首,目送归鸿篱下眠。

送陈章甫

四月南风大麦黄,枣花未落桐叶长。

青山朝别暮还见,嘶马出门思旧乡。

陈侯立身何坦荡,虬须虎眉仍大颡。

腹中贮书一万卷,不肯低头在草莽。

东门酤酒饮我曹,心轻万事如鸿毛。

醉卧不知白日暮,有时空望孤云高。

长河浪头连天黑,津吏停舟渡不得。

郑国游人未及家,洛阳行子空叹息。

闻道故林相识多,罢官昨日今如何。

上两首是李颀的。

洛阳道

洛阳春冰开,洛城春水绿。

朝看大道上,落花乱马足。

江南曲

绿江深见底,高浪直翻空。惯是湖边住,舟轻不畏风。

日暮长江里,相邀归渡头。落花如有意,来去逐船流。

田家杂兴

种桑百余树,种黍三十亩。

衣食既有余,时时会宾友。

夏来菰米饭,秋至菊花酒。

孺人善逢迎,稚子解趋走。

日暮闲园里,团团荫榆柳。

酩酊乘夜归,凉风吹户牖。

清浅望河汉,低昂看北斗。

数瓮犹未开,来朝能饮否。

上四首是储光羲的。

长干行

君家何处住,妾住在横塘。

停船暂借问,或恐是同乡。

江南意

客路青山外,行舟绿水前。

潮平两岸阔,风正一帆悬。

海日生残夜,江春入旧年。

乡书何处达,归雁洛阳边。

黄鹤楼

昔人已乘黄鹤去,此地空余黄鹤楼。

黄鹤一去不复返,白云千载空悠悠。

晴川历历汉阳树,芳草萋萋鹦鹉洲。

日暮乡关何处是,烟波江上使人愁。

上三首是崔颢的。①

贼退示官吏(元结)

昔年逢太平,山林二十年。

泉源在庭户,洞壑当门前。

井税有常期,日晏犹得眠。

忽然遭世变,数岁亲戎旃。

今来典斯郡,山夷又纷然。

城小贼不屠,人贫伤可怜。

是以陷邻境,此州独见全。

使臣将王命,岂不如贼焉。

今彼征敛者,迫之如火煎。

谁能绝人命,以作时世贤。

思欲委符节,引竿自刺船。

将家就鱼麦,归老江湖边。

---

① 第二首应为王湾《次北固山下》。殷璠《河岳英灵集》卷下:"湾词翰早著,为天下所称,最者不过一二。游吴中,作《江南意》诗云:'海日生残夜,江春入旧年。'诗人以来,少有此句。"

　　　　　　登楼(王之涣)
　　白日依山尽,黄河入海流。
　　欲穷千里目,更上一层楼。

　　　　　　回乡偶书(贺知章)
　　少小离家老大回,乡音无改鬓毛衰。
　　儿童相见不相识,笑问客从何处来。

　　这一时期的诗人还有许多,我所举出来的,不过是其尤者,于此可见盛唐之盛了。

　　这个时期,萧颖士、李华等复古的运动,非常激烈,可是白话化的色彩也格外浓,你看我上面所引的诗,哪一首不是如话一样明白的?

中唐

　　这一时期,诗不如文,韩柳的古文空前绝后的,后世读他们文章的人,不知有多少,学他们文章的人也不知有多少。十年之前,你我也读过他们的文章,可见他们魔力的伟大了。

　　原来有唐一代,文凡三变,王杨为一变,燕许为一变,韩柳为一变。变一回,古一回,变到韩柳才罢手。要晓得,从前并没有"古文","古文"这个名目,自从韩愈、柳宗元出,唱为先秦之古文,才有古文这个名目。所以,我在第二编第八章上说:"这一期的仿古文学,开端于李斯,结局于韩柳。"

　　这一期的诗人,大历之初,有韦应物、刘长卿、顾况等;稍后一点,有卢纶、钱起等十才子;元和以后,有白居易、元稹、刘禹锡、孟郊、贾岛、张籍、姚合等多人。他们的诗虽不敌盛唐李杜的高明,却也有的雅淡,有的冲秀,有的高超,有的真实,我且引些出来,大家赏识赏识。

　　　　　　秋斋独宿(韦应物)
　　山月皎如烛,风霜时动竹。

夜半鸟惊栖,窗间人独宿。

咏夜(韦应物)

明从何处去,暗从何处来。
但觉年年老,半是此中催。

拟古(韦应物)

辞君远行迈,饮此长恨端。
已谓道里远,如何中险艰。
流水赴大壑,孤云还暮山。
无情尚有归,行子何独难。
驱车背乡园,朔风卷行迹。
严冬霜断肌,日入不遑息。
忧欢容发变,寒暑人事易。
中心君讵知,冰玉徒贞白。
黄鸟何关关,幽兰亦靡靡。
此时深闺妇,日照纱窗里。
娟娟双青娥,微微启玉齿。
自惜桃李年,误身游侠子。
无事久离别,不知今生死。

滁州西涧(韦应物)

独怜幽草涧边生,上有黄鹂深树鸣。
春潮带雨晚来急,野渡无人舟自横。

寄李儋元锡(韦应物)
去年花里逢君别,今日花开又一年。
世事茫茫难自料,春愁黯黯独成眠。
身多疾病思田里,邑有流亡愧俸钱。
闻道欲来相问讯,西楼望月几回圆。

逢雪宿芙蓉山(刘长卿)
日暮苍山远,天寒白屋贫。
柴门闻犬吠,风雪夜归人。

弹琴(刘长卿)
泠泠七弦上,静听松风寒。
古调虽自爱,今人多不弹。

送李判官之润州行营(刘长卿)
万里辞家事鼓鼙,金陵驿路楚云西。
江春不肯留归客,草色青青送马蹄。

悲歌(顾况)
边城路,今人犁田昔人墓。
岸上沙,昔日江水今人家。
今人昔人共长叹,四气相催节回换。
明月皎皎入华池,白云离离渡霄汉。
我欲升天天隔霄,我欲渡水水无桥。
我欲上山山路险,我欲汲井井泉遥。
越人翠被今何夕,独立沙边江草碧。
紫燕西飞欲寄书,白云何处逢来客?

赠别司空曙(卢纶)
有月曾同赏,无秋不共悲。
如何与君别,又是菊花时。

同李益伤秋(卢纶)
岁去人头白,秋来树叶黄。
搔头问黄叶,与尔共悲伤。

过故洛城(钱起)
故城门外春日斜,故城门里无人家。
市朝欲认不知处,漠漠野田空草花。

宿石涧店闻妇人哭(李端)
山店门前一妇人,哀哀夜哭向秋云。
自说夫因征战死,朝来逢著旧将军。

梁城老人怨(司空曙)
朝为耕种人,暮作刀枪鬼。
相看父子血,共染濠城水。

云阳馆与韩绅宿别(司空曙)
故人江海别,几度隔山川。
乍见翻疑梦,相悲各问年。
孤灯寒照雨,深竹暗浮烟。
更有明朝恨,离杯惜共传。

江村即事（司空曙）

钓罢归来不系船，江村月落正堪眠。

纵然一夜风吹去，只在芦花浅水边。

寒食（韩翃）

春城无处不飞花，寒食东风御柳斜。

日暮汉宫传蜡烛，轻烟散入五侯家。

十个才子，我已介绍了五个，还有五个我不提了，下面再引元和以后的作品。

菊花（元稹）

秋丛绕舍似陶家，遍绕篱边日渐斜。

不是花中偏爱菊，此花开尽更无花。

遣悲怀（元稹）

昔日戏言身后事，今朝都到眼前来。

衣裳已施行看尽，针线犹存未忍开。

尚想旧情怜婢仆，也曾因梦送钱财。

诚知此恨人人有，贫贱夫妻百事哀。

与人饮酒看牡丹（刘禹锡）

今日花前饮，甘心醉数杯。

但愁花有语，不为老人开。

秋风引（刘禹锡）

何处秋风至，萧萧送雁群。

朝来入庭树,孤客最先闻。

浪淘沙(刘禹锡)

莫道谗言如浪深,莫言迁客似沙沉。
千淘万洒虽辛苦,吹尽狂沙始到金。

乌衣巷(刘禹锡)

朱雀桥边野草花,乌衣巷口夕阳斜。
旧时王谢堂前燕,飞入寻常百姓家。

竹枝词(刘禹锡)

江上朱楼新雨晴,瀼西春水縠纹生。
桥东桥西好杨柳,人来人去唱歌行。

杨柳青青江水平,闻郎江山唱歌声。
东边日出西边雨,道是无情却有情。

游子吟(孟郊)

慈母手中线,游子身上衣。
临行密密缝,意恐迟迟归。
谁言寸草心,报得三春晖。

送柳淳(孟郊)

青山临黄河,下有长安道。
世上名利人,相逢不知老。

寻隐者不遇(贾岛)

松下问童子,言师采药去。
只在此山中,云深不知处。

寄远(贾岛)

家住锦水上,身征辽海边。
十书九不到,一到忽经年。

题李凝幽居(贾岛)

闲居少邻并,草径入荒园。
鸟宿池边树,僧敲月下门。
过桥分野色,移石动云根。
暂去还来此,幽期不负言。

梅溪(张籍)

自爱新梅好,行寻一径斜。
不教人扫石,恐损落来花。

送远曲(张籍)

戏马台南山簇簇,山边饮酒歌别曲。
行人醉后起登车,席上回尊向僮仆。
青天漫漫复长路,远游无家安得住。
愿君到处自题名,他日知君从此去。

节妇吟(张籍)

君知妾有夫,赠妾双明珠。
感君缠绵意,系在红罗襦。

妾家高楼连苑起,良人执戟明光里。
知君用心如日月,事夫誓拟同生死。
还君明珠双泪垂,恨不相逢未嫁时。

别杭州(姚合)

醉与江涛别,江涛惜我游。
他年婚嫁了,终老此江头。

游天台上方(姚合)

晓上上方高处立,路人羡我此时身。
白云向我头上过,我更羡他云路人。

诸君看我上面所举各诗,首首和说话一样明白的,也是首首脍炙人口的,可见诗定要白话作的,才有价值。这一时期最大的诗人,自然要推白居易,而白居易的诗,白话的色彩更浓厚,《墨客挥犀》上说:"白乐天每作诗,令一老妪解之,问曰解否?曰:解,则录之。不解,则又复易之。"因此他的诗,妇孺都懂得,所以,"当时士人争传,鸡林行贾,售其国相,率篇易一金,其伪者,相辄能辨之"。用白话作诗,想不到竟名贵到这步田地。第二编第二章上说:"历史教训我们,文学要用国语作的,才有生命,才有价值,才受世人的欢迎。"这里很可以帮助我做个证明。

下面都是乐天的诗。

遗爱寺

弄石临溪坐,寻花绕寺行。
时时声鸟语,处处是泉声。

商山路有感

万里路长在,六年身始归。
所经多旧馆,大半主人非。

安稳眠

家虽日渐贫,犹未苦饥冻。
身虽日渐老,幸无急病痛。
眼逢闹处合,心向闲时用。
既得安稳眠,亦无颠倒梦。

赠梦得

前日君家饮,昨日王家宴。
今日过我庐,三日三会面。
当歌聊自放,对酒交相劝。
为我敬一杯,与君发三愿。
一愿世清平,二愿身强健。
三愿临老头,数与君相见。

弄龟罗

有侄始六岁,字之为阿龟。
有女生三年,其名曰罗儿。
一始学笑语,一能诵歌诗。
朝戏抱我足,夜眠枕我衣。
汝生何其晚,我年行已衰。
物情小可念,人意老多慈。
酒美竟须坏,月圆终有亏。
亦如恩爱缘,乃是忧恼资。

举世同此累,我安能去之。

闻哭者

昨日南邻哭,哭声一何苦。
云是妻哭夫,去年二十五。
今朝北里哭,哭声又何切。
云是母哭儿,儿年十七八。
四邻尚如此,天下多夭折。
乃知浮世人,少得垂白发。
余今过四十,念彼聊自悦。
从此明镜中,不嫌头似雪。

六十六

病知心力减,老觉光阴速。
五十八归来,今年六十六。
鬓丝千万白,池草八九绿。
童稚尽成人,园林半乔木。
看山倚高石,引水穿深竹。
虽有潺湲声,至今听未足。

闻虫

暗虫唧唧夜绵绵,况是秋阴欲雨天。
犹恐愁人暂得睡,声声移近卧床前。

晚秋闲居

地僻门深少送迎,披衣闲坐养幽情。
秋庭不扫携藤杖,闲蹋梧桐黄叶行。

白乐天是一千四百多年之前的人,他的诗句就和我们现在的说话极相近,他的作品不但我们提倡国语的人赞美它好,就是历来讲古文的人也是赞不绝口。

白乐天最有价值的作品不在诗,在那五十篇《新乐府》。他的《新乐府自序》上说:"新乐府,凡九千二百五十二言,断为五十篇。篇无定句,句无定字,系于意,不系于文。首句标其目,卒章显其志,《诗》三百之义也。其辞质而径,欲见之者易谕也。其言直而切,欲闻之者深诫也。其事核而实,使采之者传信也。其体顺而肆,可以播于乐章歌曲也。总而言之,为君、为臣、为民、为物、为事而作,不为文而作也。"

照这样作文,才真是作文,才做得出至文来,六朝文是为文而作文的,他的成绩我们已领教过了,可是要照白乐天所说的话,一一做到,非用白话不行。

《新乐府》五十篇当中,尤以《上阳白发人》《缚戎人》《秦吉了》几篇为最有价值,让我介绍两篇给诸君:

杜陵叟

杜陵叟,杜陵居,岁种薄田一顷余。
三月无雨旱风起,麦苗不秀多黄死。
九月降霜秋早寒,禾穗未熟皆青乾。
长吏明知不申破,急敛暴征求考课。
典桑卖地纳官租,明年衣食将何如?
剥我身上帛,夺我口中粟。
虐人害物即豺狼,何必钩爪锯牙食人肉?
不知何人奏皇帝,帝心恻隐知人弊。
白麻纸上书德音,京畿尽放今年税。
昨日里胥方到门,手持尺牒榜乡村。
十家租税九家毕,虚受吾君蠲免恩。

卖炭翁

卖炭翁,伐薪烧炭南山中。满面尘灰烟火色,两鬓苍苍十指黑。卖炭得钱何所营?身上衣裳口中食。可怜身上衣正单,心忧炭贱愿天寒。夜来城外一尺雪,晓驾炭车辗冰辙。牛困人饥日已高,市南门外泥中歇。翩翩两骑来是谁?黄衣使者白衫儿。手把文书口称敕,回车叱牛牵向北。一车炭,千余斤,宫使驱将惜不得。半匹红纱一丈绫,系向牛头充炭直。

白乐天的诗是白话的,他的文亦是白话的,也可引一篇来看看。

荔枝图序

荔枝生巴峡间,树形团团如帷盖,叶如桂,冬青;华如橘,春荣;实如丹,夏熟;朵如葡萄,核如枇杷,壳如红缯,膜如紫绡,瓤肉莹白如冰雪,浆液甘酸如醴酪,大略如彼,其实过之。若离本枝,一日而色变,二日而香变,三日而味变,四五日外,色香味尽去矣。元和十五年夏,南宾守乐天,命工吏图而书之,盖为不识者与识而不及一二三日者云。

韩愈和柳宗元两个人,虽然高唱古文,其实他们俩的诗,和白乐天的诗相仿佛,也是白话的,试看我下面所引的诗,就可明白了。

先看韩愈的诗:

履霜操

父兮儿寒,父兮儿饥。儿罪当笞,逐儿何为。

儿在中野,以宿以处。四无人声,谁与儿语。

儿寒何衣,儿饥何食。儿行于野,履霜以足。

母生众儿,有母怜之。独无母怜,儿宁不悲。

河之水

河之水，去悠悠。我不如，水东流。我有孤侄在海陬，三年不见兮使我生忧。日复日，夜复夜。三年不见汝，使我鬓发未老而先化。

谁氏子

非痴非狂谁氏子，去入王屋称道士。
白头老母遮门啼，挽断衫袖留不止。
……

赠刘师服

羡君齿牙牢且洁，大肉硬饼如刀截。
我今呀豁落者多，所存十余皆兀臲。
匙抄烂饭稳送之，合口软嚼如牛呞。
妻儿恐我生怅望，盘中不钉栗与梨。
……

寄皇甫湜

敲门惊昼睡，问报睦州吏。
手把一封书，上有皇甫字。
拆书放床头，涕与泪垂四。
昏昏还就枕，惘惘梦相值。
悲哉无奇术，安得生两翅。

试看他这些诗，多少明白，和白乐天的诗有何分别？他还有五首《盆池》，我最爱它。现在介绍两首给诸位：

老翁真个似童儿，汲水埋盆作小池。

一夜青蛙鸣到晓,恰如方口钓鱼时。

瓦沼晨朝水自清,小虫无数不知名。
忽然分散无踪影,惟有鱼儿作队行。

这种作品真是妙极了,不是经验过的写不出,柳宗元的诗,也举两首看看:

江雪

千山鸟飞绝,万径人踪灭。
孤舟蓑笠翁,独钓寒江雪。

渔翁

渔翁夜傍西岩宿,晓汲清湘燃楚竹。
烟消日出不见人,欸乃一声山水绿。
回看天际下中流,岩上无心云相逐。

韩愈和柳宗元的高唱古文,据我研究,也有一番苦心,原来自从曹植逞其天才,偶尔创作了些很谐和、很美丽的作品之后,这种风气一天盛行一天,结果轻意重词,成了一种"堆砌文学"。韩柳的提倡古文,目的原在打破这种"堆砌文学",不过迎合社会崇古的心理,拿"古文"来做幌子罢了。其实他们的文章,何尝真是古文呢?我看他们的作品很质朴,心里有什么,纸上写什么,是当时文人的语体文,是近古的国文。你看韩愈的《吊十二郎》那一文,何尝是故意去做成那种样子的文章?我们揣摩他的神气,是想到哪里,哭到哪里,说到哪里的一种记录罢了。

晚唐

严羽《沧浪诗话》上说:"论诗如论禅,魏、晋与盛唐之诗则第一义也;大历以还之诗则小乘禅也,已落第二义矣;晚唐之诗则声闻、辟支果也。"①历来评唐诗的人,都这么说,他们把这一期说得怎样不好,何非是因为这一期的诗太俚俗了。太俚俗,换句话说就是纯粹是白话了,这样说来,古文文学史上的晚唐,竟是国语文学史上的盛唐了。

杜牧、温庭筠、李商隐、段成式等,本来是反对白话的,他们这种态度可于杜牧作的《李戡墓志》上看出,中间有一段说:

> 尝痛自元和以来,有元白诗者,纤艳不逞,非庄人雅士,多为其所破坏。流于民间,疏于屏壁,子女父母,交口教授,淫言媟语,冬寒夏热,入人肌骨,不可除去。吾位不得用法以治之,欲使后代知有发愤者,因集国朝以来类于古诗,得若干首,编为三卷,目为唐诗,为序以导其志。②

他话虽这样说,而他自己的诗却比元白的更白话,更冶荡,这也早有定评。牧诗冶荡的,我们存而不引,且举他白话的出来看看:

> 冬至日寄小侄阿宜
> 小侄名阿宜,未得三尺长。
> 头圆筋骨紧,两眼明且光。
> 去年学官人,竹马绕四廊。
> 指挥群儿辈,意气何坚刚。
> 今年始读书,下口三五行。
> 随兄旦夕去,敛手整衣裳。
> 去岁冬至日,拜我立我旁。

---

① 严羽《沧浪诗话》原文应为:"论诗如论禅,汉、魏、晋等作与盛唐之诗,则第一义也。大历以还之诗,则小乘禅也,已落第二义矣。晚唐之诗,则声闻、辟支果也。"

② 原文应为:"尝痛自元和以来……不可除去,吾无位,不得用法以治之……"(杜牧《唐故平卢军节度巡官陇西李府君墓志铭》,《樊川文集》卷九)

祝尔愿尔贵,仍且寿命长。
……
愿尔一祝后,读书日日忙。
一日读十纸,一月读一箱。
朝廷用文治,大开官职场。
愿尔出门去,取官如驱羊。
……

寄远人
终日求人卜,回回道好音。
那时离别后,入梦到如今。

独柳
含烟一株柳,拂地摇风久。
佳人不忍折,怅望回纤手。

再看他的七绝:

偶见
朔风高紧掠河楼,白鼻䯀郎白䫇裘。
有个当垆明似月,马鞭斜揖笑回头。

山行
远上寒山石径斜,白云生处有人家。
停车坐爱枫林晚,霜叶红于二月花。

叹花

自恨寻芳到已迟,往年曾见未开时。
如今风摆花狼藉,绿叶成阴子满枝。

赠猎骑

已落双雕血尚新,鸣鞭走马又翻身。
凭君莫射南来雁,恐有家书寄远人。

泊秦淮

烟笼寒水月笼沙,夜泊秦淮近酒家。
商女不知亡国恨,隔江犹唱后庭花。

秋夕

银烛秋光冷画屏,轻罗小扇扑流萤。
天阶夜色凉如水,卧看牵牛织女星。

题乌江亭

胜败兵家不可期,包羞忍耻是男儿。
江东子弟多才俊,卷土重来未可知。

赠别

娉娉袅袅十三余,豆蔻梢头二月初。
春风十里扬州路,卷上珠帘总不如。
多情却似总无情,但觉樽前笑不成。
蜡烛有心还惜别,替人垂泪到天明。

这些诗和说话有什么两样?还说反对白话吗?

至于温庭筠、李商隐、段成式这三个人,最喜欢做四六文章,因为他们三个人都是排行十六,故当时有"三十六体"的名目,诗更讲究古奥。然而据我所知却不尽然,他们都有和话一样明白的诗词,我也可举些来做做例。

先看李商隐的:

乐游原
向晚意不适,驱车登古原。
夕阳无限好,只是近黄昏。

早起
风露澹清晨,帘间独起人。
莺花啼又笑,毕竟是谁春。

裴明府居止
爱君茅屋下,向晚水溶溶。
试墨书新竹,张琴和古松。
坐来闻好鸟,归去度疏钟。
明日还相见,桥南贳酒醲。

无题
相见时难别亦难,东风无力百花残。
春蚕到死丝方尽,蜡炬成灰泪始干。
……

漫成
生儿古有孙征虏,嫁女今无王右军。
借问琴书终一世,何如旗盖仰三分。

再看温庭筠的：

嘲三月十八日雪
三月雪连夜，未应伤物华。
只缘春欲尽，留著伴梨花。

赠少年
江海相逢客恨多，秋风叶下洞庭波。
酒酣夜别淮阴市，月照高楼一曲歌。

惜春词
百舌问花花不语，低回似恨横塘雨。
蜂争粉蕊蝶分香，不似垂杨惜金缕。
愿君留得长娇娆，莫逐东风还荡摇。
秦女含颦向烟月，愁红带露空迢迢。

这种东西，也并不怎样古奥。飞卿的诗，不及其词来得好，我们少引诗，多举词吧：

菩萨蛮
小山重叠金明灭，鬓云欲度香腮雪。懒起画蛾眉，弄妆梳洗迟。照花前后镜，花面交相映。新帖绣罗襦，双双金鹧鸪。

夜来皓月才当午，重帘悄悄无人语。深处麝烟长，卧时留薄妆。当年还自惜，往事那堪忆。花露月明残，锦衾知晓寒。

梦江南

千万恨,恨极在天涯。山月不知心里事,水风空落眼前花。摇曳碧云斜。

梳洗罢,独倚望江楼。过尽千帆皆不是,斜晖脉脉水悠悠,肠断白蘋洲。

南歌子

手里金鹦鹉,胸前绣凤凰。偷眼暗形相,不如从嫁与,作鸳鸯。

倭堕低梳髻,连娟细扫眉。终日两相思,为君憔悴尽,百花时。

转盼如波眼,娉婷似柳腰。花里暗相招,忆君肠欲断,恨春宵。

懒拂鸳鸯枕,休缝翡翠裙。罗帐罢炉熏,近来心更切,为思君。

更漏子

相见稀,相忆久,眉浅淡烟如柳。垂翠幕,结同心,待郎熏绣衾。城上月,白如雪,蝉鬓美人愁绝。宫树暗,鹊桥横,玉签初报明。

这些东西,好是很好,就是太艳一点。段成式的诗,我也举一首做个例:

嘲飞卿

曾见当垆一个人,入时装束好腰身。
少年花蒂多芳思,只向诗中写取真。

反对白话的人的东西,犹且如此,那有意作白话的,可想而知了。这一期最大的诗人,要推杜荀鹤,次之就是三罗。请先看杜荀鹤的五律:

寄诗友

别来春又春,相忆喜相亲。
与我为同志,如君能几人。
何时吟得力,渐老事关身。
惟有前溪水,年年濯客尘。

经青山吊李翰林

何谓先生死,先生道日新。
青山明月夜,千古一诗人。
天地空销骨,声名不傍身。
谁移耒阳冢,来此作吟邻。

钱塘别罗隐

故国看看远,前程计在谁。
五更听角后,一叶渡江时。
吾道天宁丧,人情日可疑。
西陵向西望,双泪为君垂。

登天台寺

一到天台寺,高低景旋生。
共僧岩上坐,见客海边行。
野色人耕破,山根浪打鸣。
忙时向闲处,不觉有闲情。

送人游吴

君到姑苏见,人家尽枕河。

古宫闲地少,水港小桥多。

夜市卖菱藕,春船载绮罗。

遥知未眠月,乡思在渔歌。

春宫怨

早被婵娟误,欲妆临镜慵。

承恩不在貌,教妾若为容。

风暖鸟声碎,日高花影重。

年年越溪女,相忆采芙蓉。

"风暖鸟声碎,日高花影重",彦之曾因这十个字,享过盛名,彦之的诗自成一家,号"晚唐格"。在古文文学史上,也占一个大位置,在国语文学史上,更值得大书特书。现在再引他的五绝:

春闺怨

朝喜花艳春,暮悲花委尘。

不悲花落早,悲妾似花身。

钓叟

茅屋深湾里,钓船横竹门。

经营衣食外,犹得弄儿孙。

再引他的七绝:

泾溪

泾溪石险人兢慎,终岁不闻倾覆人。
却是平流无石处,时时闻说有沉沦。

小松

自小刺头深草里,而今渐觉出蓬蒿。
时人不识凌云木,直待凌云始道高。

再经胡城县

去岁曾经此县城,县民无口不冤声。
今来县宰加朱绂,便是生灵血染成。

醉书僧壁

九华山色真堪爱,留得高僧尔许年。
听我吟诗供我酒,不曾穿得判斋钱。

旅舍遇雨

月华星彩坐来收,岳色江声暗结愁。
半夜灯前十年事,一时和雨到心头。

溪兴

山雨溪风卷钓丝,瓦瓯篷底独斟时。
醉来睡着无人唤,流下前溪也不知。

钓叟

田不曾耕地不锄,谁人闲散得如渠。
渠将底物为香饵,一度抬竿一个鱼。

彦之这些诗的意境,多少好,有些人说,白话作不出好诗来的,看了彦之的诗,不知作何感想?

三罗就是罗隐、罗虬、罗邺,他们的诗,也举些出来。先举罗隐的诗:

自遣

得即高歌失即休,多愁多恨亦悠悠。
今朝有酒今朝醉,明日愁来明日愁。

西施

家国兴亡自有时,吴人何苦怨西施。
西施若解倾吴国,越国亡来又是谁。

早发

北去南来无定居,此生生计竟何如。
酷怜一觉平明睡,长被鸡声恶破除。

柳

灞岸晴来送别频,相偎相倚不胜春。
自家飞絮犹无定,争解垂丝绊路人。

蜂

不论平地与山尖,无限风光尽被占。
采得百花成蜜后,为谁辛苦为谁甜。

曲江春感

江头日暖花又开,江东行客心悠哉。
高阳酒徒半凋落,终南山色空崔嵬。

圣代也知无弃物,侯门未必用非才。
一般明月一竿竹,家住五湖归去来。

水边偶题

野水无情去不回,水边花好为谁开。
只知事逐眼前去,不觉老从头上来。
穷似丘轲休叹息,达如周召亦尘埃。
思量此理何人会,蒙邑先生最有才。

再举罗邺的诗:

闻子规

蜀魄千年尚怨谁,声声啼血向花枝。
满山明月东风夜,正是愁人不寐时。

过王濬墓

埋骨千年近路尘,路旁碑号晋将军。
当时若使无功业,早个耕桑到此坟。

闺怨

梦断南窗啼晓乌,新霜昨夜下庭梧。
不知帘外如珪月,还照边庭到晓无。

冬夕江上言事

叶落才悲草又生,看看少壮是衰形。
关中秋雨书难到,江上春寒酒易醒。
多少系心身未达,寻思举目泪堪零。

几时抛得归山去,松下看云读道经。

罗虬的诗,我举《比红儿》末一首做个例:

花落尘中玉堕泥,香魂应上窈娘堤。
欲知此恨无穷处,长倩城乌夜夜啼。

这一期的白话诗人,除已举八人之外,还有几十个人。我上文说,古文文学史上的晚唐,就是国语文学史上的盛唐,现在我可杂引几十个人的诗,证明其盛。

情(曹邺)
东西是长江,南北是官道。
牛羊不恋山,只恋山中草。

羡僧(薛莹)
处世曾无着,生前事尽非。
一瓶兼一衲,南北去如归。

塞下曲(许浑)
夜战桑乾雪,秦兵半不归。
朝来有乡信,犹自寄征衣。

江村夜泊(项斯)
日落江村黑,前村人语稀。
几家深树里,一火夜渔归。

渡汉江(李频)

岭外音书绝,经冬复历春。

近乡情更怯,不敢问来人。

秦娥(刘驾)

秦娥十四五,面白于指爪。

羞人夜采桑,惊起戴胜鸟。

送春(高骈)

水浅鱼争跃,花深鸟竞啼。

春光看欲尽,判却醉如泥。

对花(于濆)①

花开蝶满枝,花谢蝶还稀。

唯有旧巢燕,主人贫亦归。

黄金(陆龟蒙)

平分从满箧,醉掷任成堆。

恰莫持千万,明明买祸胎。

江行无题(钱珝)

翳日多乔木,维舟取束薪。

静听江叟语,尽是厌兵人。

---

① 本诗一般认为是武瓘《感事》,又作于濆《对花》。

月夕(崔道融)
月上随人意,人闲月更清。
朱楼高百尺,不见到天明。

城上吟(子兰)
古冢密于草,新坟侵官道。
城外无闲地,城中人又老。

扑满子(齐己)
只爱满我腹,争知满害身。
到头须扑破,却散与他人。

春题(崔道融)
满眼桃李花,愁人如不见。
别有惜花人,东风莫吹散。

宿顾城(张直)
绿草展青裀,槛影连春树。
茅屋八九家,农器六七具。
主人有好怀,搴衣留我住。
春酒新泼醅,香美连糟滤。
一醉卧花阴,明朝送君去。

蜘蛛谕(苏拯)
春蚕吐出丝,济世功不绝。
蜘蛛吐出丝,飞虫成聚血。
蚕丝何专利,尔丝何专孽。

映日张网罗,遮天亦何别。
傥居要地门,害物可堪说。
网成虽福己,网败还祸尔。
小人与君子,利害一如此。

懒卸头(韩偓)
侍女动妆奁,故故惊人睡。
那知本未眠,背面偷垂泪。
懒卸凤凰钗,羞入鸳鸯被。
时复见残灯,和烟坠金穗。

自君之出矣(李咸用)
自君之出矣,鸾镜空尘生。
思君如明月,明月逐君行。

古风(聂夷中)[1]
春种一粒粟,秋收万颗子。
四海无闲田,农夫犹饿死。

锄禾日当午,汗滴禾下土。
谁念盘中餐,粒粒皆辛苦。

田家(聂夷中)
父耕原上田,子劚山下荒。
六月禾未秀,官家已修仓。

---

[1] 本诗为李绅之作,又题为《悯农》。

二月卖新丝,五月粜新谷。
医得眼前疮,剜却心头肉。
我愿君王心,化作光明烛。
不照绮罗筵,只照逃亡屋。

效陈拾遗子昂(司空图)
丑妇竞簪花,花多映愈丑。
邻女恃其姿,掇之不盈手。
量己苟自私,招损乃谁咎。
宠禄既非安,于吾竟何有。

别离(陆龟蒙)
丈夫非无泪,不洒离别间。
杖剑对尊酒,耻为游子颜。
蝮蛇一螫手,壮士即解腕。
所志在功名,离别何足叹。

读书(皮日休)
家资是何物,积帙列梁梠。
高斋晓开卷,独共圣人语。
英贤虽异世,自古心相许。
案头见蠹鱼,犹胜凡俦侣。

苦别离(邵谒)
十五为君婚,二十入君门。
自从入户后,见君长出门。

朝看相送人,暮看相送人。
若遣折杨柳,此地树无根。
愿为陌上土,得作马蹄尘。
愿为曲木枝,得作双车轮。
安得太行山,移来君马前。

苦辛吟(于濆)
垄上扶犁儿,手种腹长饥。
窗下抛梭女,手织身无衣。
我愿燕赵姝,化为嫫母姿。
一笑不值钱,自然家国肥。

送坤载(李咸用)
忍泪不敢下,恐兄情更伤。
别离当乱世,骨肉在他乡。
语尽意不尽,路长愁更长。
那堪回首处,残照满衣裳。

题友人屋(李昌符)
松底诗人宅,闲门远岫孤。
数家分小径,一水截平芜。
竹节偶相对,鸟名多自呼。
爱君真静者,欲去又踟蹰。

乱后途中(李山甫)
乱离寻故园,朝市不如村。
恸哭翻无泪,颠狂觉少魂。

诸侯贪割据,群盗恣并吞。
为问登坛者,何年答汉恩。

冬日作(裴说)

粝食拥败絮,苦吟吟过冬。
稍寒人却健,太饱事多慵。
树老生烟薄,墙阴贮雪重。
安能只如此,公道会相容。

途次偶作(唐求)

岁月客中消,崎岖力自招。
问人寻野寺,牵马渡危桥。
为雨疑天晚,因山觉路遥。
前程何处是,一望又迢迢。

非酒(雍陶)

人人漫说酒消忧,我道翻为引恨由。
一夜醒来灯火暗,不应愁事亦成愁。

黄陵庙词(李远)

黄陵庙前莎草春,黄陵女儿茜裙新。
轻舟短棹唱歌去,水远山长愁杀人。

寄桐江隐者(许浑)

潮去潮来洲渚春,山花如绣草如茵。
严陵台下桐江水,解钓鲈鱼能几人。

落花(严恽)

春光冉冉归何处,更向花前把一杯。
尽日问花花不语,为谁零落为谁开。

湘妃庙(高骈)

帝舜南巡去不还,二妃幽怨水云间。
当时珠泪垂多少,直到如今竹尚斑。

绿珠(汪遵)

大抵花颜最怕秋,南家歌歇北家愁。
从来几许如君貌,不肯如君坠玉楼。

新安官舍闲坐(来鹄)

寂寞空阶草乱生,簟凉风动若为情。
不知独坐闲多少,看得蜘蛛结网成。

沙丘(胡曾)

年年游览不曾停,天下山川欲遍经。
堪笑沙丘才过处,銮舆风过鲍鱼腥。

衢州别李秀才(方干)

千山红树万山云,把酒相看日又曛。
一曲骊歌两行泪,更知何处再逢君。

塞上曲(周朴)

一阵风来一阵砂,有人行处没人家。
黄河九曲冰先合,紫塞三春不见花。

寓言(吴融)

非明非暗朦朦月,不暖不寒慢慢风。

独卧空床好天气,平生闲事到心中。

古意(王驾)

夫戍萧关妾在吴,西风吹妾妾忧夫。

一行书信千行泪,寒到君边衣到无。

书斋漫兴(翁承赞)

池塘四五尺深水,篱落两三般样花。

过客不须频问姓,读书声里是吾家。

己亥岁(曹松)

泽国江山入战图,生民何计乐樵苏。

凭君莫话封侯事,一将功成万骨枯。

牧童(隐峦)

牧童见人俱不识,尽着芒鞋戴箬笠。

朝阳未出众山晴,露滴蓑衣犹半湿。

二月三月时,平原草初绿。

三个五个骑羸牛,前村后村来放牧。

笛声才一举,众稚齐歌舞。

看看白日向西斜,各自骑牛又归去。

够了够了,不再引了,上面这许多诗,记事的也有,讲理的也有,写景的也有,写情的也有,限于篇幅,每一个人仅引了一两首,还有许多人的没有引来,然而也可见其盛了。

第八章 五代（西历九〇七到九五九）

一

唐之末年，群雄割据。北有燕王刘仁恭据幽州，晋王李克用据晋阳，西有岐王李茂贞据凤翔，蜀王王建据成都，南有吴王杨行密据扬州，吴越王钱镠据杭州，楚王马殷据潭州，而朱全忠拥天子据中原，地大兵强，尤为王中之王，当李茂贞、杨行密等先后起兵，以兴复唐氏为名，全忠恐有中变，遂弑昭宗自立，国号"后梁"。晋王李存勖灭后梁，是为后唐，石敬瑭灭后唐，是为后晋，后晋将刘知远篡后晋为后汉，邺都镇将郭威，叛入大梁，为众所推，即帝位，是为后周。这五十年的时间，就被他们断送了过去，讲到文学，五代当中的君臣有一半是好好儿的作家，所以文坛上，并不因乱而岑寂，若看李后主的词，反因乱而益工。

二

五代这五十年，对于文学上有两大贡献：

一、印刷术的发明。

二、词曲体的成立。

一，读书这一件事，古今都很繁难，现在没有钱进不得学校，从前没有钱，得不到好书。对于书籍这一件事，我在第二编第五章上，已经提起一笔，原来古时的书都是用手抄写的，既费力，又费钱，所以不是真有钱的人，是看不到许多好书的。直到印刷术发明了，书籍才渐渐儿发达起来。讲到印刷术的来历，很远，汉朝人刻石经，就是一个引子。隋朝有一种雕版，具有发明印刷的雏形。直到五代，蜀毋昭裔创为镂版，自此以后，印刷术一天发达一天，到后周太祖广顺三年，所有"九经"印版一律告成，这件事嘉惠士林，实在不少。

二,诗这一样东西变化最多,在唐虞前后是歌谣,到周朝才有诗这个名目,到战国变了辞、赋,到汉朝化出乐府、五言、七言,到三国化出歌行和杂体,到唐朝又翻花样了,划分古体、今体两类,古体之中,又分五古、七古两种;今体之中又有五律、五绝、七律、七绝四种,到五代,变了长短句的词,往后还有变化,到那时节再说。

作诗限定四言、五言、六言、七言,本来是不自然的事体,诗也是一种说话,我们说话,哪有一定限于四言、五言、六言、七言的呢?所以我在第三编第二章上,特地把《诗经》上有一言、二言、三言、四言、五言、六言、七言、八言的都举了一个例,临了又下一个结论说:"诗是天籁,是很自然的,因此长短不一,后世什么五言诗、七言诗,守住一定的范围,我看他们未见得真懂得诗呢!"所以诗朝着长短句的方向走,乃是自然的趋势,一定的步骤。

讲到词的来历,众说纷纷,有的说是起于李白的《清平调》《菩萨蛮》《忆秦娥》数阕;有的说是起于张志和的《渔父》;有的说是起于子夜的《子夜歌》;有的说是起于梁武帝的《江南弄》;有的说是起于隋炀帝侯夫人的《看梅曲》;有的说是起于屈子的《离骚》;有的说是起于《诗》三百篇,到底哪一说为是,我也没有本领考证出来。我只晓得,唐朝有许多诗人莫名其妙地作了许多长短句的诗,这个风气一开,到了五代,就好像雨后春笋,一齐爆发出来了,词就从此在文学史上,占了一个上承诗下开曲的重要位置。

凡是词,多是可以歌唱的,凡是可以歌唱的东西,必须要合音乐的拍子,所以词以调为主,调以韵为主,调有定格,韵有定声,就是字也有一定的数目,句也有一定的长短,因此,词不叫作"做",叫作"填"的。不懂音韵的人,不通词谱的人,是填不来的,所以词这样的东西,看看好像比诗容易,实在倒比诗要繁难。

词风以宋为最盛,然而不及五代的精巧高丽,有志填词的人,对于这一期的词,可以特别注意一点。我在未引五代词之前,先把唐词引出一点儿,先举李白的:

菩萨蛮·闺情

平林漠漠烟如织,寒山一带伤心碧。暝色入高楼,有人楼上愁。玉阶空伫立,宿鸟归飞急。何处是归程?长亭更短亭。

忆秦娥·秋思

箫声咽,秦娥梦断秦楼月。秦楼月,年年柳色,灞陵伤别。　乐游原上清秋节,咸阳古道音尘绝。音尘绝,西风残照,汉家陵阙。

再举张志和的《渔歌子》:

西塞山前白鹭飞,桃花流水鳜鱼肥。青箬笠,绿蓑衣,斜风细雨不须归。

还有一个无名氏的词,更来得好,也举出来:

眼儿媚

萧萧江上荻花秋,做弄许多愁。半竿落日,两行新雁,一叶扁舟。惜分长怕君先去,直待醉时休。今宵眼底,明朝心上,后日眉头。

浣溪沙[①]

试问于谁分最多,便随人意转横波,缕金衣上小双鹅。　醉后爱称娇姐姐,夜来留得好哥哥,不知情事久长么?

这些极妙的好词,凡有眼珠的人都能赏识,我要问这些好词,是国语的,还是古文的? 末一首,据胡适之先生说,是孙光宪的,据我抄来的书上,是无

---

① 此词一般认为作者为孙光宪。

名氏的,未知孰是?

唐朝创词的人,还有白居易、刘禹锡、段成式等,兹不引了,下面就举本期的词。

五代都有好词,而以南唐和前后蜀为最盛。前蜀有韦庄、牛峤、李珣、薛昭蕴、毛熙震等人;后蜀有顾敻、欧阳炯、毛文锡、鹿虔扆、阎选等人;南唐有后主、中宗、张泌、冯延巳等人,就中尤以后主的词为最工。此外,石晋有和凝,南平有孙光宪,后唐有庄宗和牛希济,也有极好的小词,且各人都举一点出来,现在先看韦庄的词:

女冠子

四月十七,正是去年今日,别君时。忍泪佯低面,含羞半敛眉。不知魂已断,空有梦相随。除却天边月,没人知。

昨夜夜半,枕上分明梦见。语多时。依旧桃花面,频低柳叶眉。半羞还半喜,欲去又依依。觉来知是梦,不胜悲。

菩萨蛮

人人尽说江南好,游人只合江南老。春水碧于天,画船听雨眠。垆边人似月,皓腕凝双雪。未老莫还乡,还乡须断肠。

再看牛峤的《感恩多》:

两条红粉泪,多少香闺意。强攀桃李枝,敛愁眉。陌上莺啼蝶舞,柳花飞。柳花飞,愿得郎心,忆家还早归。

自从南浦别,愁见丁香结。近来情转深,忆鸳衾。几度将书托烟雁,泪盈襟。泪盈襟,礼月求天,愿君知我心。

再看李珣的《浣溪沙·闺情》:

晚出闲庭看海棠,风流学得内家妆,小钗横戴一枝芳。　镂玉梳斜云鬓腻,缕金衣透雪肌香,暗思何事立残阳。

再看薛昭蕴的《浣溪沙》:

粉上依稀有泪痕,郡庭花落欲黄昏,远情深恨与谁论?　记得去年寒食日,延秋门外卓金轮,日斜人散暗销魂。

再看毛熙震的《南歌子》:

远山愁黛碧,横波慢脸明。腻香红玉茜罗轻,深院晚堂人静,理银筝。　鬓动行云影,裙遮点屐声。娇羞爱问曲中名,杨柳杏花时节,几多情。

上面都是前蜀的词,他们的词,原不止此,这里不过举例而已。前蜀的皇帝王衍,也有好的小词,可举《醉妆词》做个例:

者边走,那边走,只是寻花柳。　那边走,者边走,莫厌金杯酒。

皇帝尽管寻花喝酒,焉得不亡!下面再举后蜀的词,先看顾敻的:

诉衷情

香灭帘垂春漏永,整鸳衾,罗带重,双凤,缕黄金。窗外月光临,沉沉。断肠无处寻,负春心。　永夜抛人何处去,绝来音。香阁掩,眉敛,月将沈。争忍不相寻,怨孤衾。换我心,为你心,始知相忆深。

荷叶杯

弱柳好花尽折,晴陌,陌上少年郎。满身兰麝扑人香,狂摩狂,狂摩狂。

记得那时相见,胆战,鬓乱四肢柔。泥人无语不抬头,羞摩羞,羞摩羞。

再举欧阳炯的:

木兰花

儿家夫婿心容易,身又不来书不寄。闲庭独立鸟关关,争忍抛奴深院里。　闷向绿纱窗下睡,睡又不成愁已至。今年却忆去年春,同在木兰花下醉。

浣溪沙

相见休言有泪珠,酒阑重得叙欢娱,凤屏鸳枕宿金铺。　兰麝细香闻喘息,绮罗纤缕见肌肤,此时还恨薄情无。

再举毛文锡的词:

更漏子

春夜阑,春恨切,花外子规啼月。人不见,梦难凭,红纱一点灯。

偏怨别,是芳节,门外丁香千结。宵雾散,晓霞晖,梁间双燕飞。

再举鹿虔扆的词:

临江仙

金锁重门荒苑静,绮窗愁对秋空。翠华一去寂无踪。玉楼歌吹,声断已随风。　　烟月不知人事改,夜阑还照深宫。藕花相向野塘中,暗伤亡国,清露泣香红。

阎选也有《临江仙》:

十二高峰天外寒,竹梢轻拂仙坛。宝衣行雨在云端。画帘深殿,香雾冷风残。　　欲问楚王何处去,翠屏犹掩金鸾。猿啼明月照空滩。孤舟行客,惊梦亦艰难。

后蜀皇帝孟昶,也有小词,但早就失传了,现在再举石晋宰相和凝的词来看看。

春光好
纱窗暖,画屏间,鞞云鬟。睡起四肢无力,半春间。　　玉指剪裁罗胜,金盘点缀酥山。窥宋深心无限事,小眉弯。

采桑子
蜻蛚领上诃梨子,绣带双垂。椒户闲时,竞学摴蒲赌荔枝。　　丛头鞋子红编细,裙窣金丝。无事颦眉,春思翻教阿母疑。

和凝这些词,是少年时代填的,做到宰相之后,追想从前的词,觉得太肉麻了,托人收来焚毁,然而"曲子相公"的徽号,早已四海扬名了。

南平孙光宪,也是一个极好的词手,也选他两首看看。

生查子
密雨阻佳期,尽日凝然坐。帘外正淋漓,不觉愁如锁。　　梦难裁,心欲破,泪逐檐声坠。想得玉人情,也合思量我。

思帝乡

如何,遣情情更多?永日水堂帘下敛双蛾。　　六幅罗裙窣地,微行曳碧波。看尽满池疏雨打团荷。

再要举后唐的词了,我们不便多举,只好选两首做例。

如梦令(庄宗)

曾宴桃源深洞,一曲舞鸾歌凤。长记别伊时,和泪出门相送。如梦,如梦,残月落花烟重。

生查子(牛希济)

春山烟欲收,天淡星稀小。残月脸边明,别来临清晓。　　语已多,情未了,回首犹重道:记得绿罗裙,处处怜芳草。

五代的词,以南唐为最好,我怕诸位看倦了,特把好东西放在后面,疲劳的精神,庶几乎可以重振。请先看中宗的词。

山花子

菡萏香销翠叶残,西风愁起绿波间。还与韶光共憔悴,不堪看。
细雨梦回鸡塞远,小楼吹彻玉笙寒。多少泪珠何限恨,倚栏干。
手卷珍珠上玉钩,依然春恨锁重楼。风里落花谁是主?思悠悠。
青鸟不传云外信,丁香空结雨中愁。回首绿波三峡暮,接天流。

刘体仁《词绎》说:"词起结最难,而结尤难于起,盖不欲转入别调也。"我们看中宗的结,并未转入别调,却结得极自然,尤妙出人意外。

再看张泌的词:

江城子

浣花溪上见卿卿,脸波秋水明。黛眉轻,绿云高绾,金簇小蜻蜓。好是问他来得么?和笑道,莫多情。

蝴蝶儿

蝴蝶儿,晚春时。阿娇初著淡黄衣,倚窗学画伊。　还似花间见,双双对对飞。无端和泪拭胭脂,惹教双翅垂。

把小儿女的态度,描写得活灵活现,这种极妙好词,真要令人叫绝。再举冯延巳的词:

薄命妾

春日宴,绿酒一杯歌一遍,再拜陈三愿:一愿郎君千岁,二愿妾身常健,三愿如同梁上燕,岁岁长相见。

长相思

红满枝,绿满枝,宿雨厌厌睡起迟,闲庭花影移。　忆归期,数归期。梦见虽多相见稀,相逢知几时。

谒金门

风乍起,吹皱一池春水。闲引鸳鸯芳径里,手挼红杏蕊。　斗鸭阑干独倚,碧玉搔头斜坠。终日望君君不至,举头闻鹊喜。

元宗看了这首《谒金门》,尝戏问延巳:"吹皱一池春水,干卿何事?"延巳说:"不如陛下的'小楼吹彻玉笙寒'。"元宗笑颔之。

再看他的《蝶恋花》①：

　　庭院深深深几许,杨柳堆烟,帘幕无重数。玉勒雕鞍游冶处,楼高不见章台路。　雨横风狂三月暮,门掩黄昏,无计留春住。泪眼问花花不语,乱红飞过秋千去。

柴虎臣说:"词家意欲层深,语欲浑成,作词者大抵意层深者,语便刻画,语浑成者,意便肤浅,两难兼也。"延巳的"泪眼问花花不语,乱红飞过秋千去"可以称得层深而浑成了。因花而有泪,是一层意思;因泪而问花,又是一层意思;花竟不语,又是一层意思;落花飞过秋千,又是一层意思。意思一层进一层,却绝无刻画的痕迹,所以是层深而浑成。这种是出于无意的,假使有意便成刻画,词一刻画,便不好了。

上文说过,五代的词,要算后主的为最好,也可以说,有词以来,要算后主的词最好。因此有人说,后主是天纵之材,这也未免过分一点,其实后主不过比人家多情多才些罢了。原来后主和炀帝同是风流天子,对于男女恋爱的经验,都特别丰富,所谓知之真,不觉言之切,言之愈切,天然动人愈深。后主的词,能够极尽缠绵婉转之致,也无非得力这一点。

做儿女恋爱的文学,最容易流入轻薄的路上去,南朝的《子夜歌》就是好例子。后主在位的词,也免不了这个毛病,儿女恋爱的文学,能够避去轻薄,羼入厚重的真挚的悲苦的情操进去,就成了词中的上上品了。后主亡国之后的词,好过在位时节的词,就是因为他有这种倾向啦。这种倾向不可学而能的,是境遇逼成的。人当困苦至极的时候,发出来的声音,是从心下涌上来的,一点没有虚伪做作,这就是穷而后工的意思。汉魏的诗,后主的词,好到极点,都是坐因于此,闲话说多了,且引词看吧,先举在位时候作的词。

---

①　此首应为欧阳修作品。

菩萨蛮

铜簧韵脆锵寒竹，新声慢奏移纤玉。眼色暗相勾，娇波横欲流。雨云深绣户，来便谐衷素。宴罢又成空，梦迷春睡中。

花明月暗笼轻雾，今宵好向郎边去。划袜步香阶，手提金缕鞋。画堂南畔见，一晌偎人颤。奴为出来难，教君恣意怜。

据《古今词话》上说，这首词，是后主和他皇后的妹子幽会，实录下来的情词。

忆江南

多少恨，昨夜梦魂中。还似旧时游上苑，车如流水马如龙。花月正春风。

捣练子

深院静，小庭空，断续寒砧断续风。无奈夜长人不寐，数声和月到帘栊。

相见欢

无言独上西楼，月如钩。寂寞梧桐深院锁清秋。　剪不断，理还乱，是离愁。别是一般滋味在心头。

虞美人

春花秋月何时了，往事知多少。小楼昨夜又东风，故国不堪回首月明中。　雕栏玉砌应犹在，只是朱颜改。问君能有几多愁，恰是一江春水向东流。

浪淘沙

帘外雨潺潺,春意阑珊。罗衾不耐五更寒。梦里不知身是客,一晌贪欢。　独自莫凭栏,无限江山,别时容易见时难。流水落花春去也,天上人间。

人情总是贫贱升到富贵高兴的,富贵降到贫贱难受的。后主以皇帝的尊荣,跌到乞丐的地步,当然是要悲伤,我们看了上面的词,可以推知他当日日哭夜哭的情形,上面的词就是一面哭一面说的话。

这一期,并不是只有词,诗文也是有的,不过不及词来得出色,我们也可引一点,诗可以引蜀王王建的来做个代表:

新嫁娘
三日入厨下,洗手作羹汤。
未谙姑食性,先遣小姑尝。

园果
雨中梨果病,每树无数个。
小儿出入看,一半鸟啄破。

秋夜
夜久叶露滴,秋虫入户飞。
卧多骨髓冷,起覆旧棉衣。

前蜀的宰相韦庄,也有白话诗,如:

春早
闻莺才觉晓,闭户已知晴。

一带窗间日,斜穿枕上明。

宿山家
山行侵夜到,云窦一星灯。
草动蛇寻穴,枝摇鼠上藤。
……

现在各县公署的戒石铭,"尔俸尔禄,民膏民脂,下民易虐,上天难欺",这就是本期后蜀王孟昶文里截取出来的。这可以做散文的例子。

第九章　小结

这一章里,我想把这一期的文学,归纳拢来,来说几句话:

这一期的文学,变迁最多,先从韵文说。诗到汉,变出三个形式,一、乐府,二、五言,三、七言,然而还是着重意思的,所以汉诗多朴茂。到魏曹植,起调工,用字工,协韵工,重意之外,兼讲究辞,所以魏诗多典丽,晋承魏后,极想追作魏诗,志愿虽大,究因能力不够,所以只学得其貌,未得其神,故晋诗多浮华。陶潜的诗,清逸闲淡,自是例外。诗到南北朝,自沈约的声病说起来,成立了一种律体,诗路越狭窄了,诗本言志,到这个时期,诗仅系辞了。字争奇,句争巧,讲声韵,讲排整,结果外表非常好看,实质一无所有,所以南北朝的诗文多绮艳,就中唯北朝的出产品,较朴实一点。绮艳的律诗,第一不大方,第二没骨子,第三太拘束。唐朝反动过来,变为绝句,变通了许多,加以李杜、韩柳、元白等人,又有冠古之才,作诗能够不沿齐梁,不袭汉魏,为事作诗,有什么话作什么诗,怎么说话,怎样作诗,五代沿唐遗风,作诗全如说话,并且顺着说话自然的趋势,把乐府衍而为词。

这样看来,这一时期诗的步骤,是六朝沿晋,晋沿魏,魏沿汉,唐起而变革之,五代由定型的诗,迁于长短句的词。

散文方面,大致亦复如是,我们看了历代的古文运动,便可明白。

汉扬雄仿《易经》作《太玄》,仿《论语》作《法言》,王莽仿周公作《大诰》,即位之后,仿周官致太平。北周宇文泰,命苏绰仿《尚书》作《大诰》。有唐一代,文凡三变:一变于四杰,再变于燕许,三变于韩柳,这是就我已经说过的,提出来说一说。至于枝枝节节的变迁,还很多哩,请问他们为什么有这样再接再厉的运动?又为什么许多人的运动,都不成功,独韩柳的告成?原来这一期的散文,有两个大趋势:第一,向骈俪方面跑,自从晋陆机《演连珠》五十以后,大开四六之门,自是以还,散文日趋对偶艳丽,到南北朝王褒、庾信,造峰臻极。第二,向白话方面跑。韩柳复古运动的成功就在这一点,文学的潮流,明明向白话,扬雄、王莽、苏绰、四杰、燕许却逆流作古文,活人说死话,难怪不能成功,韩柳乖巧,假了复古的旗子,大做当时的文章,一声高呼,便告成功。

韩柳以前的文字艳,韩柳以后的文字质;韩柳以前的文句短,韩柳以后的文句长;韩柳以前的文质轻,韩柳以后的文质重;韩柳以前的文句排整,字工巧,韩柳以后的文句杂乱,字随便;韩柳以前的文,读完一篇,很多摸不着头脑,韩柳以后的文,一句有一句的意思。这是假古文和真时文不同的地方。

我鉴于这一期代代有人运动复古,所以说这一期的文学是摹仿的。

我鉴于自后汉至隋,诗文一天一天的趋于绮艳,所以说这一期的文学是脂粉的。

想我这样说,诸君当可谅解了。

第五编 从宋到清

这一期的文学,是分两条大路进行的,一条是古文,一条是白话。因为古文有君王的提倡,科举的拥护,所以白话的产生是偶然的、游戏的。

第一章　宋(西历九六〇到一二七六)

一

后周篡了后汉,不久,宋太祖又篡了后周,长城以南破裂的局面,至是,又打成了一统。

太祖死,太宗立,因想扩大国疆,于是南征交趾,北征辽,从此种下祸根。太宗征交趾,败了回来;真宗征辽,又败回来;仁宗征西夏,又败。征一回败一回,败一回,加一回的屈辱。神宗即位,年少气锐,很想雪耻,只因历年拿大批的金帛送辽,国内穷得不得了,于是用王安石求富国强兵的计策,王安石就创行新法,因此又引起了新旧党争政权的乱子。

自从金起来灭掉辽之后,金和宋接壤,当时,金强宋弱,故此金很有吞并的野心。终究借了招辽遗臣和不输所约粮食的口实,分两路进兵伐宋,陷下燕京之后,遂长驱逼迫汴京,宋抵挡不住,只好迁都于南,所以历史上自宋兴到钦宗叫作北宋,自高宗到宋亡叫作南宋。

我们进一步考究宋的始迫于辽、中劫于金和终亡于元的缘故,总因就在宋的君臣,侧重文学,倾向佛老。太祖首用文吏剥夺武臣之权,尚文的风气,就起于此。太宗、真宗在藩邸时,已有好学之名,即位之后,益崇文教,自后子孙相承,莫不典学。至于倾向佛老,最著名的,如周敦颐之于僧寿涯,朱熹之于妙喜禅师,欧阳修之于契嵩,林逋之于智圆,苏洵之于祖印,苏轼之于了元。有了这些人在文学舞台上,文学史上还怕寂寞吗?

二

宋朝虽然以文弱致败致亡，却也收点儒佛的效果。五代的时候君臣换位置好像下棋子，儒家忠义的气味，一些都没有。宋兴，重文德，定名分，严礼节，讲廉耻，终究养成李纲、宗泽、岳飞、张浚、陆秀夫、张世杰、文天祥这几个有情操的人物，这是收的儒的效果。太祖和曹彬说"勿暴掠生民"的戒语，真宗答寇准"吾不忍生灵重困"的说话，以及宋人有独善的风度，这是收的佛的效果。

佛学，我们文学史上不必讲的，所以，只要从儒的方面讲一讲就好了。宋朝一代的文学，可分三大节说明，就是：一、北宋，二、南宋，三、辽金。

一、北宋

北宋的文学，有三个运动：理胜的运动、复古的运动、白话的运动。

理胜的运动。周朝以前的诗文，原是重意不重辞的。自从战国宋玉、屈平的辞赋出世，打开辞胜于理的风气以后，继长增高，沿到齐梁，登峰造极。物极必反，也是当然的道理。到宋一反辞胜陋习，不论什么文学，都务以理为胜。

复古的运动。宋初有鞠常、杨徽之、李若拙、赵邻几四个人，大做骈俪的文章，然而都是萎疲不振的。太宗时有杨亿和刘筠起而变之，不论散文、韵文，都效法李义山，一时为之风靡，所谓"西昆体"是也。开宝年间，有个刘开，好摹仿韩愈、柳宗元的笔法，后来，欧阳修出世，极力追摹韩文，居然青出于蓝，自此以后文体一天一天地趋于古了。自后，王安石、曾巩和三苏的出品，就都古色古香了，世称"唐宋古文八大家"，宋这一代占了六个，亦可见宋朝文体复古运动势力之大了。

白话的运动。宋朝的文学，古文和白话文是并进的，照理，古文全盛的时代，不该产生白话的，宋却分道扬镳，双方并进。讲到宋的白话，可分三节来说,就是,文、诗、词。

(一)文

甲:性理之学。赵宋三百年,性理之学,最为特色,最为发达。性理之学,在当时叫作"道学",就是现在的"哲学",性是性命,理是物理,性命和物理就是他们讨论的焦点,当时谈道的人,有周敦颐、张载、程颢、程颐、朱熹几十人,《宋史·列传》第一百六十八上说:

> ……孔子没,曾子独得其传,传之子思以及孟子,孟子没而无传,两汉而下,儒者之论大道,察焉而弗精,语焉而弗详,异端邪说起而乘之,几至大坏。千有余载,至宋中叶,周敦颐出于舂陵,乃得圣贤不传之学……仁宗明道初年,程颢及弟颐实受业周氏……迄宋南渡,新安朱熹得程氏正传……①

原来自从两汉以后,学者大都专习一经,师弟相传,墨守旧说,马融、郑玄这班人,一生的事业,不过该统众说,笺注群经。到唐朝,再把群经加以疏解,越发过于支离繁碎,使人讨厌气闷,直到宋朝反动过来,才不屑屑于文字的形式,以阐发精神为旨归,《二程全书》上有一段说:

> ……《书》曰:"玩物丧志",为文,亦玩物也,吕兴叔有诗云:"学如元凯方成癖,文似相如始类俳。独立孔门无一事,只输颜氏得心斋。"此诗甚好。古之学者,惟务养情性,其他则不学。今为文者,专务章句悦人耳目。既务悦人,非俳优而何?曰:古者学为文否?曰:人见六经,便以为圣人亦作文,不知圣人亦摅发胸中所蕴,自成文耳。所谓"有德者必有言"也。曰:游夏称文学,何也?曰:游夏亦何尝秉笔学为词章?且如"观乎天文以察时变,观乎人文以化成天下",此岂词章之文也?

---

① 此句原文应为"仁宗明道初年,程颢及弟颐实生,及长,受业周氏……"。

这一段意思，我很赞同，我前文也说起过，简言之就是，孔子的"辞达而已矣"。谈道的人，最讲道德，他们既然坐而这样说，他们当然起而这样行，所以，他们讲道的《语录》，文言白话夹杂，全是口语体裁。因为内容是谈道的，所以让给做哲学史的人去举证，你我只要晓得，道学先生也是提倡白话文的，就够了。伊川序程颢说，"孟子以后第一人"，孔子是圣人，孟子是亚圣，程颢既是孟子以后第一人，那么程颢是亚亚圣了，亚亚圣也是提倡白话文的，白话文，你真光荣。

乙：章回小说。小说滥觞于周，汉魏以来，代有出产，到了唐朝就已发达，到宋朝更盛了，这里不是做小说史，也不去细说它，又因都是文言的，更不值得说。宋仁宗时，天下太平无事，他叫群臣每天必定要说一件奇而有趣的事，开开他的心，于是小说的章回体，因之起来了。词极浅近明白，所以叫作"平话"，又称"白话"，白话的名词，就是始于此，也就是唐人叫的"俗话"，也就是目下我们叫的"国语"。那部《宣和遗事》，就是第一部白话小说。

（二）诗

作诗的人大概总是崇拜唐诗的，至于宋诗却不大提起，其实宋诗也并不坏，按之文学进步的历程，后来居上，只有比唐诗来得好。一般没见识的人，黜宋诗为"腐"，正是徒自曝其鄙陋。吴之振说得好："宋人之诗，变化于唐，而出其所自得，皮毛落尽，精神独存。"我所以要说这一番话，是想纠正历来只知唐诗不知宋诗的一个不公平的观念。

我们看唐诗的白话化，一期甚于一期，到了晚唐，差不多全是白话了。这个倾向到了宋朝，更加厉害，不怕欧王曾苏他们竭力复古，而诗却是白话的，这个我可以举出许多诗来做证明的。

当杨亿、刘筠等做绝精工的古诗的时候，有个王禹偁独个人在那里作白话诗，我可引两首来给诸位看看：

春日杂兴

两株桃杏映篱斜,妆点商山副使家。
何事春风容不得,和莺吹折数枝花。

锦带花

一堆绛雪压春丛,袅袅长条弄晚风。
借问开时何所似？似将绣被覆薰笼。

这首诗,比之杨亿的:

泪

寒风易水已成悲,亡国何人见黍离。
枉是荆王疑美璞,更令杨子怨多歧。
胡笳暮应三挝鼓,楚舞春临百子池。
未抵索居愁翠被,圆荷清晓露淋漓。

不知要明白多少。禹偁的诗,是很有价值的,未能见重于当世,就因为其时天下正在那里竞尚讲声律、讲对偶的西昆体。

在西昆体风靡一时的时候,禹偁能够独标异格,亦可见其魄力的伟大,等到梅尧臣出来,白话诗就气焰冲天,西昆体就一落千丈了。

请看梅尧臣的白话诗:

陶者

陶尽门前土,屋上无片瓦。
十指不沾泥,鳞鳞居大厦。

社前

欲社先知雨,将归未见花。

那能长作客,夜夜梦还家。

杂诗

岸傍草树密,往往不知名。
其间有啼鸟,似与船相迎。

青草生水中,日日随水长。
水落何所依,撩乱为宿莽。

买鱼问水客,始得鲫与鲂。
操刀欲割鳞,跳怒髻鬣张。

荒水浸篱根,篱上蜻蜓立。
鱼网挂绕篱,野船篱外人。

他的七绝,也可引一首来:

黄莺

西邻少年今出游,东家女儿不识羞。
门前乌臼叶已暗,日暮问谁墙上头。

与梅尧臣齐名的,为苏舜钦,先看他的五绝:

书院

雨久藏书蠹,风高老屋斜。
邻居尽金碧,一一梵王家。

再看他的七绝和七律：

题花山寺壁
寺里山因花得名，繁英不见草纵横。
栽培剪伐须勤力，花易凋零草易生。

绝句
春阴垂野草青青，时有幽花一树明。
晚泊孤舟古祠下，满川风雨看潮生。

过苏州
东出盘门刮眼明，萧萧疏雨更阴晴。
绿杨白鹭俱自得，近水远山皆有情。
万物盛衰天意在，一身羁苦俗人轻。
无穷好景无缘住，旅棹区区暮亦行。

寄王几道
新安道中物色佳，山昏云淡晚雨斜。
眼看好景懒下马，心随流水先还家。
步头浴凫暖出没，石侧老松寒交加。
怀君览古意万状，独转涧口吟幽花。

欧阳修是宋朝第一个大文学家，他说："圣俞（梅尧臣的字）、子美（苏舜钦的字）齐名于一时，而二家诗体特异，子美笔力豪俊，以超迈横绝为奇，圣俞覃思精微，以深远闲淡为意，各极其长。"欧阳修如此折服，那么，一定是好的了。与梅、苏同时的，还有石曼卿和邵雍，邵雍的诗，纯粹是白话的，请看他的：

生男吟

我今行年四十五,生男方始为人父。
鞠育教诲诚在我,寿夭贤愚系于汝。
我若寿命七十岁,眼前见汝二十五。
我欲愿汝成大贤,未知天意肯从否。

南园赏花

花前把酒花前醉,醉把花枝仍自歌。
花见白头人莫笑,白头人见好花多。

林下

有物轻醇号太和,半醺中最得春多。
灵丹换骨还如否,白日升天似得么。
尽快意时仍起舞,到忘言处只讴歌。
宾朋莫怪无拘检,真乐攻心不奈何。

谢张元伯雪中送诗

洛城雪片大如手,炉中无火樽无酒。
凌晨有人来打门,言送西台诗一首。

诏三下答乡人不起之意

生平不作皱眉事,天下应无切齿人。
断送落花安用雨,装添旧物岂须春。
幸逢尧舜为真主,且放巢由作外臣。
六十病夫宜揣分,监司无用苦开陈。

自况

满天风月为官守,遍地云山是事权。

惟我敢开无意口,对人高道不妨言。

寄华山云台观武道士

太华中峰五千仞,下有大道人往还。

当时马上一回首,十载梦魂犹过关。

生平爱山山未足,由此看尽天下山。

求如华山是难得①,使人消得一生闲。

无酒吟

自从新法行,尝苦樽无酒。

每有宾朋至,尽日闲相守。

必欲丐于人,交亲自无有。

必欲典衣买,焉能得长久。

再举两首散文诗看一看:

风霜吟

见风而靡者草也,见霜而殒者亦草也。

见风而鸣者松也,见霜而凌者亦松也。

见风而靡,见霜而伤,焉能为有,焉能为亡。

答傅钦之

钦之谓我曰:诗似多吟,不如少吟。诗欲少吟,不如不吟。

---

① 原文作"求是华山是难得",误。

> 我谓钦之曰：亦不多吟，亦不少吟。亦不不吟，亦不必吟。芝兰在室，不能无臭。金石振地，不能无声。恶则哀之，哀而不伤。善则乐之，乐而不淫。

邵雍的诗，我为什么举了这许多？因为他的诗完全和说话的口气一样，是国语文学史上最好最好的材料，他的诗言虽俗而意自精，后世诗人都刮眼视之。原来他是个绝顶聪明的人，他"通天地之运化，阴阳之消长，远而古今世变，微而走飞草木之性情"，是个有道的道士，是个乐天的逸民，是个世间的奇人。他自序他的《击壤集》说："其间情累都忘去……所未忘者，独有诗在焉。然而虽曰未忘，其实亦若忘之矣。何者？谓其所作异乎人之所作也。所作不限声律，不沿爱恶，不立固必，不希名誉，如鉴之应形，如钟之应声。其或经道之余，因闲观时，因静照物，因时起志，因物寓言，因志发咏，因言成诗，因咏成声，因诗成音……"

照他这样说来，他作诗是很随便的，是到有诗作的时候才作诗。我说他的诗好，就好在这一点，试看历史上第一流作品的产生，都是这个样子，那些想用诗文出风头的、求官的、卖钱的人，绝作不出好东西来。

邵雍这篇序里有一句话最该注意，就是"谓其所作异乎人之所作"，异乎人之所作，就是创作，文学史上最有价值的作品，不是摹仿的、追古的、因袭的、剽窃的，是创作的。

创作的东西，只怕站不住，如其站得住，一定有影响。当时与邵雍往来的，有程颢、司马光、富弼几个同志，都受了他的影响。我可举程颢的《秋日偶成》做个证明：

> 闲来何事不从容，睡觉东窗日已红。
> 万物静观皆自得，四时佳兴与人同。
> 道通天地有形外，思入风云变态中。
> 富贵不淫贫贱乐，男儿到此是豪雄。

程颢、司马光、富弼等，他们都聚会在洛阳，所以他们的诗派，叫作"洛阳诗派"。

我们再看看古文家的白话诗，先看欧阳修的：

远山
山色无远近，看山终日行。
峰峦随处改，行客不知名。

晚过水北
寒川消积雪，冻浦暂通流。
日暮人归尽，沙禽上钓舟。

钓者
风牵钓线袅长竿，短笠轻蓑细草间。
春雨蒙蒙看不见，水烟埋却面前山。

丰乐亭游春
红树青山日欲斜，长郊草色绿无涯。
游人不管春将老，来往亭前踏落花。

再看王安石的诗：

梅花
墙角数枝梅，凌寒独自开。
遥知不是雪，为有暗香来。

离蒋山

出谷频回首,逢人更断肠。

桐乡岂爱我,我自爱桐乡。

游齐安

水南水北重重柳,山后山前处处梅。

未即此身随物化,年年长趁此时来。

竹里

竹里编茅倚石根,竹茎疏处见前村。

闲眠尽日无人到,自有春风为扫门。

再看苏轼的诗:

西湖①

毕竟西湖六月中,风光不与四时同。

接天莲叶无穷碧,映日荷花别样红。

吉祥寺赏牡丹

人老簪花不自羞,花应羞上老人头。

醉归扶路人应笑,十里珠帘半上钩。

再引苏辙、苏轼的诗:

遗老斋

久无叩门声,啄啄问何故?

---

① 此诗现多认为是杨万里的《晓出净慈寺送林子方》。

田中有人至,昨夜盈尺雨。

以上是苏辙的,以下是苏轼的:

轩窗
东邻多白杨,夜作雨声急。
窗下独无眠,秋虫见灯入。

鱼
湖上移鱼子,初生不畏人。
自从识钩饵,欲见更无因。

柳
今年手自栽,问我何年去?
他年我复来,摇落伤人意。

洗儿诗
人皆养子望聪明,我被聪明误一生。
但愿生儿愚且鲁,无灾无难到公卿。

赠刘景文
荷尽已无擎雨盖,菊残犹有傲霜枝。
一年好景君须记,最是橙黄橘绿时。

饮湖上初晴复雨
水光潋滟晴方好,山色空蒙雨亦奇。
欲把西湖比西子,淡妆浓抹总相宜。

薄薄酒

薄薄酒,胜茶汤;粗粗布,胜无裳;丑妻恶妾胜空房。五更待漏靴满霜,不如三伏日高睡足北窗凉。珠襦玉柙万人相送归北邙,不如悬鹑百结独坐负朝阳。生前富贵,死后文章,百年瞬息万世忙。夷齐盗跖俱亡羊,不如眼前一醉,是非忧乐都两忘。

唐宋八大古文家,宋占其六,他们的文一味追古,而他们的诗却竭力趋时,看我上面所举的,便可见其一斑。还有曾巩的诗,大致差不多,我不引了。

与欧阳修并世,以诗鸣于世的,还有范仲淹、宋祁、刘敞等人,我们可引刘敞的《雨后回文》,做个代表:

绿水池光冷,青苔砌色寒。
竹深啼鸟乱,庭暗落花残。

宋朝最大的诗人,自然要让黄庭坚,宋朝黄庭坚的诗,犹如唐朝韩愈的文,同是文学界里的支配者,因为他是江西人,后世就叫作他"江西诗派"。庭坚不特诗好,文也不同流俗,行为也极高尚,苏轼称他"孝友之行,追配古人"。至于书法,更超绝了。平生乐游名胜,自号"山谷道人",现在就请欣赏他的诗吧。

梨花
巧解逢人笑,还能乱蝶飞。
清风时入户,几片落新衣。

跋子瞻和陶诗
子瞻谪岭南,时宰欲杀之。

饱吃惠州饭,细和渊明诗。
彭泽千载人,东坡百世士。
出处虽不同,风味乃相似。

题伯时画顿尘马
竹头抢地风不举,文书堆案睡自语。
忽看高马顿风尘,亦思归家洗袍袴。

春近
亭台经雨压尘沙,春近登临意气佳。
更喜轻寒勒成雪,未春先放一城花。

登快阁
痴儿了却公家事,快阁东西倚晚晴。
落木千山天远大,澄江一道月分明。
朱弦已为佳人绝,青眼聊因美酒横。
万里归船弄长笛,此心吾与白鸥盟。

池口风雨留三日
孤城三日风吹雨,小市人家只菜蔬。
水远山长双属玉,身闲心苦一春锄。
翁从旁舍来收网,我适临渊不羡鱼。
俯仰之间已陈迹,暮窗归了读残书。

临河道中
村南村北禾黍黄,穿林入坞岐路长。
据鞍梦归在亲侧,弟妹妇女笑两厢。

甥侄跳梁暮堂下，唯我小女始扶床。
屋头扑枣烂盈卧，嬉戏欢争挽衣裳。
觉来去家三百里，一园菟丝花气香。
可怜此物无根本，依草著木浪自芳。
风烟雨露非无力，年年结子飘路旁。
不如归种秋柏实，他日随我到冰霜。

  山谷的诗，好在哪里？我可举一个诗评，告诉诸位，他的诗："妙脱蹊径，言侔鬼神，惟胸中无一点尘，故能吐出世间语。"
  与黄山谷同时或前后些的大诗人，有秦观、张耒、晁补之、文同、陈师道、吕本中、陈与义等多人。他们的诗，我也介绍一点给诸位看看：

题大年小景（秦观）
晓浦烟笼树，晴江水拍空。
烦君添小艇，画我作渔翁。

宁浦书事（秦观）
南土四时尽热，愁人日夜俱长。
安得此身作石？一齐忘了家乡。

处州闲题（秦观）
清酒一杯甜如蜜，美人双鬟黑如鸦。
莫夸春色欺秋色，未信桃花胜菊花。

谯国嘲提壶（晁补之）
何处提壶鸟，荒园自叫春。
夕阳深槲里，持此劝何人。

国子监暮归(晁补之)

杖履清晨往,缣囊薄暮归。

闲官厅事冷,蝴蝶上阶飞。

漫成呈文潜(晁补之)

平时无欢苦易醉,自怪饮乐颜先酡。

乃知醉人不是酒,真是情多非酒多。

题谷熟驿舍(晁补之)

一官南北鬓将华,数亩荒池净水花。

扫地开窗置书几,此生随处便为家。

织妇怨 (文同)

掷梭两肘倦,踏䉉双足胼。三日不住织,一匹才可剪。织处畏风日,剪时审刀尺。皆言边幅好,自爱经纬密。昨朝持入库,何事监官怒。大字雕印文,浓和油墨污。父母抱归舍,抛向中门下。相看各无语,泪迸若倾泻。质钱解衣服,买丝添上轴。不敢辄下机,连宵停火烛。当须了租赋,岂暇恤襦袴。前知寒切骨,甘心肩骭露。里胥踞门限,叫骂嗔纳晚。安得织妇心,变作监官眼。

发翠微寺(吕本中)

却忆京城无事时,人家打酒夜深归。

醉里不知妻子骂,醒后肯顾儿啼饥。

如今流落长江上,所至盗贼犹旌旗。

已怜异县风俗僻,况复中原消息稀。

示三子(陈师道)

去远即相忘,归近不可忍。

儿女已在眼,眉目略不省。

喜极不得语,泪尽方一哂。

了知不是梦,忽忽心未稳。

送别(陈宗道)

江边出相送,君去我当返。

徘徊未忍还,孤帆夕阳远。

蜡梅(陈与义)

一花香十里,更值满枝开。

承恩不在貌,谁敢斗香来?

九月八日戏作示妻子(陈与义)

小瓮今朝熟,无劳问酒家。

重阳明日是,何处有黄花?

入山(陈与义)

出山复入山,路随溪水转。

东风不惜花,一暮都开遍。

山空樵斧响,隔岭有人家。

日落潭照树,川明风动花。

江南春(陈与义)

雨后江上绿,客悉随眼新。

桃花十里影,摇荡一江春。

朝风逆船波浪恶,暮风送船无处泊。

江南虽好不如归,老荠绕墙人得肥。

这些人当中,我最爱张耒的诗。

阿几

小儿名阿几,眉目颇疏明。日来书案旁,学我读书声。

"男儿事业多,何必学读书。自古奇男子,往往羞为儒。"

阿几笑谓爷,"薄云无密雨。看爷饥寒姿,儿岂合贵富。

翁家破箧中,惟有书与史。教儿不读书,更欲作何事。"

舟行

落景秋云晚不开,天寒古岸野船回。

初惊波面微澜起,已觉风前细雨来。

渡头烟雨欲昏天,湾畔枯桑系客船。

风打篷窗秋浪急,一杯寒酒夜深眠。

伤春

浮云冉冉送春华,怯见春寒日欲斜。

一夜雨声能几许,晓来落尽一城花。

杂诗

病腹难禁七碗茶,小窗睡起日西斜。

贫无隙地栽桃李,日日门前自买花。

田家

社南村酒白如饧,邻翁宰牛邻媪烹。

插花野妇抱儿至,曳杖老翁扶背行。

淋漓醉饱不知夜,裸股擎肘时欢争。

去年百金易斗粟,丰岁一饮君无轻。

你看他的诗,和说话口气,有什么两样?意境又多少的好!

(三)词

五代词最精绝,而词体却到北宋始大完备,小令中调之外,更加出长调。南宋词最发达,上自君臣,下至九流三教、武人妇孺,多能通晓音律,制腔填词。

宋初有词名的,要推晏殊父子,晏殊的词,不蹈袭前人语,及得上冯延巳,例如他的:

殢人娇

二月春风,正是杨花满路。那堪更、别离情绪。罗巾掩泪,任粉痕沾污。争奈向、千留万留不住。　玉酒频倾,宿眉愁聚。空肠断、宝筝弦柱。人间后会,又不知何处。魂梦里、也须时时飞去。

浣溪沙

一曲新词酒一杯,去年天气旧亭台。夕阳西下几时回?　无可奈何花落去,似曾相识燕归来。小园香径独徘徊。

原来晏殊是一个作古诗的名人,可是他的词却全是白话的,这就是受了白话的影响,再看他的儿子几道的《浣溪沙》:

春宴

家近旗亭酒易沽,花时长得醉工夫,伴人歌笑懒妆梳。　户外绿杨春系马,床前红烛夜呼卢,相逢还解有情无。

远归

午醉西桥夕未醒,雨花凄断不堪听。归时应减鬓边青。　衣化客尘今古道,柳含春意短长亭。凤楼争见路旁情。

与晏殊同时,有张先、柳永,张先长于艳体词,例如他的《醉落魄》:

咏佳人·吹笛

云轻柳弱,内家髻子新梳掠。生香真色人难学。横管孤吹,月淡天垂幕。　朱唇浅破樱桃萼,倚楼人在阑干角。夜寒指冷罗衣薄。声入霜林,簌簌惊梅落。

一丛花·别怀

伤高怀远几时穷?无物似情浓。离愁正恁牵丝乱,更南陌、飞絮蒙蒙。嘶骑渐遥,征尘不断,何处认郎踪。　双鸳池沼水溶溶,南北小桡通。梯横画阁黄昏后,又还是、斜月帘栊。沉恨细思,不如桃杏,还解嫁东风。

柳永的词,全是当时俗话,《避暑录话》上说:"凡有井水饮处,即能歌柳词。"亦可见传播之广了,他想做官却未如愿,后遂堕落到"色"的里面去,所以他的词,不是羁旅穷愁之词,就是闺门淫媟之语,可是广音律之谐婉,表情之曲尽,一时无出其右者。让我举些出来:

少年游

日高花谢懒梳头。无语倚妆楼。修眉敛黛,遥山横翠,相对结春愁。　　王孙走马长秋陌,贪恋少年游。似恁疏狂,费人拘管,争似不风流。

一生赢得是凄凉。追前事、暗心伤。好天良夜,深屏香被,争忍便相忘?　　王孙动是经年去,贪迷恋、有何长。万种千般,把伊情分,颠倒尽猜量。

忆帝京

薄衾小枕凉天气,乍觉别离滋味。展转数寒更,起了还重睡。毕竟不成眠,一夜长如岁。　也拟把、却回征辔;又争奈、已成行计。万种思量,多方开解,只恁寂寞恹恹地。系我一生心,负你千行泪。

玉楼春

有个人人真堪羡,问却伴羞回却面。你若无意向咱行,为甚梦中频相见?　不如闻早还却愿,免使牵人魂梦乱。风流肠肚不坚牢,只恐被伊牵惹断。

昼夜乐

洞房记得初相遇。便只合、长相聚。何期小会幽欢,变作离情别绪。况值阑珊春色暮,对满目、乱花狂絮。直恐好风光,尽随伊归去。　一场寂寞凭谁诉。算前言、总轻负。早知恁地难拼,悔不当时留住。其奈风流端正外,更别有,系人心处。一日不思量,也攒眉千度。

秋夜月

当初聚散。便唤作、无由再逢伊面。近日来、不期而会重欢宴。向尊前、闲暇里,敛着眉儿长叹。惹起旧愁无限。　盈盈泪眼。漫向我耳边,作万般幽怨。奈你自家心下事难见。待音信、真个恁别无萦绊。不免收心,共伊长远。

婆罗门令

昨宵里恁和衣睡,今宵里又恁和衣睡。小饮归来,初更过,醺醺醉。中夜后、何事还惊起?霜天冷,风细细,触疏窗、闪闪灯摇曳。　空床展转重追忆,如愿梦、任敧枕难继。寸心万绪,咫尺千里。好景良天,彼此空有相怜意,未有相怜计。

不是过来人,绝写不出这种词。我前面说过,文学是一个人的反映,得此证明,益可信了。假使他早年做了大官,绝不会有这种作品,即使有,料必做第二个和凝,为什么?词虽好,毕竟太肉麻一点。

俗语词,在当日已成了一种时髦东西,欧阳修文章尽管追古,词章却极随俗,试看他的:

卜算子

极得醉中眠,迤逦翻成病。莫是前生负你来,今世里、教孤冷。　言约全无定。是谁先薄幸。不惯孤眠惯成双,奈奴子、心肠硬。

一落索

小桃风撼香红碎。满帘笼花气。看花何事却成愁,悄不会、春风意。　窗在梧桐叶底。更黄昏雨细。枕前前事上心来,独自个、怎生睡。

怨春郎

为伊家,终日闷。受尽恓惶谁问。不知不觉上心头,悄一霎身心顿也没处顿。　恼愁肠,成寸寸。已恁莫把人萦损。奈每每人前道着伊,空把相思泪和衣搵。

千秋岁

罗衫满袖,尽是忆伊泪。残妆粉,余香被。手把金樽酒,未饮先如醉。但向道,恹恹成病皆因你。　离思迢迢远,一似长江水。去不断,来无际。红笺着意写,不尽相思意。为个甚,相思只在心儿里。

想不到这位老先生的词,也会婉转绸缪到这步田地! 呵,我知道了,人是多情的动物,那么,婉转绸缪也并没有什么稀奇。

自有词以来,一以婉约为体,直到苏轼出来,不拘拘于音律,才以调子宏亮为高妙,一唱百和,风气竟为之一变,请看他的:

念奴娇

大江东去,浪淘尽,千古风流人物。故垒西边,人道是,三国周郎赤壁。乱石穿空,惊涛拍岸,卷起千堆雪。江山如画,一时多少豪杰。遥想公瑾当年,小乔初嫁了,雄姿英发。羽扇纶巾,谈笑间,樯橹灰飞烟灭。故国神游,多情应笑我,早生华发。人生如梦,一尊还酹江月。

这一首词的调子,意境多少宏亮雄壮,和以前的词截然不同,类乎此的很多,我再引出来给诸位欣赏:

虞美人

持杯遥劝天边月,愿月圆无缺。持杯复更劝花枝,且愿花枝长在离披。　持杯月下花前醉,休问荣枯事。此欢能有几人知,对酒逢花不饮待何时。

南乡子

回首乱山横,不见居人只见城。谁似临平山上塔,亭亭。迎客西来送客行。　归路晚风清。一枕初寒梦不成。今夜残灯斜照处,荧荧。

秋雨晴时泪不晴。

无愁可解

光景百年,看便一世,生来不识愁味。问愁何处来,更开解个甚底。万事从来风过耳。何用不着心里。你唤做、展却眉,便是达者,也则恐未。　　此理,本不通言,何曾道、欢游胜如名利。道即浑是错,不道如何即是。这里元无我与你。甚唤做、物情之外?若须待醉了,方开解时,问无酒、怎生醉。

我们看了欧阳修以前的词,以为词这样东西,只可表现青年男女的恋爱的,看了东坡的词才知,景也可写,理也可讲,什么都可说得。

与苏轼同时的,有贺铸和方回,他们能够用旧谱填出幽丽凄艳的新词,我们可举贺铸的《临江仙》做个例:

人日

巧剪合欢罗胜子,钗头春意翩翩。艳歌浅拜笑嫣然。愿郎宜此酒,行乐驻华年。　　未至文园多病客,幽襟凄断堪怜。旧游梦挂碧云边。人归落雁后,思发在花前。

苏轼、贺铸的词,意境很高,只因文雅一点,遂致通行不出。

晁补之说:"当代词手,惟秦七黄九,他人不能及也。"秦七就是秦观,黄九就是黄庭坚,兹举如下:

江城子(秦观)

西城杨柳弄春柔,动离忧,泪难收。犹记多情,曾为系归舟。碧野朱桥当日事,人不见,水空流。　　韶华不为少年留,恨悠悠,几时休。飞絮落花时候,一登楼。便做春江都是泪,流不尽,许多愁。

归田乐引(黄庭坚)

对景还消瘦。被个人,把人调戏,我也心儿有。忆我又唤我,见我嗔我,天甚教人怎生受。 看承幸厮勾。又是樽前眉峰皱。是人惊怪,冤我忒㵎就。舍了又舍了,定是这回休了,及至相逢又依旧。

暮雨蒙阶砌。漏渐移,转添寂寞,点点心如碎。怨你又恋你。恨你惜你。毕竟教人怎生是。 前欢算未已。奈向如今愁无计。为伊聪俊,消得人憔悴。这里悄睡里。梦里心里。一向无言但垂泪。

黄秦齐名,这是补之个人的私言,黄优于秦,乃是后世词家的公论,黄词的好,我只能答是用说话的口气来填词。

北宋的词人还很多,我不拘时代的先后,再杂举一点:

点绛唇·草(林逋)

金谷年年,乱生春色谁为主。余花落处,满地和烟雨。 又是离歌,一阕长亭暮。王孙去,萋萋无数,南北东西路。

柳梢青(谢逸)

香肩轻拍,樽前忍听,一声将息。昨夜浓欢,今朝别酒,明日行客。 后回来则须来,便去也、如何去得。无限离情,无穷江水,无边山色。

苏幕遮(范仲淹)

碧云天,黄叶地。秋色连波,波上寒烟翠。山映斜阳天接水。芳草无情,更在斜阳外。 黯乡魂,追旅思。夜夜除非,好梦留人睡。明月楼高休独倚。酒入愁肠,化作相思泪。

临江仙(陈与义)

忆昔午桥桥上饮,坐中多是豪英。长沟流月去无声。杏花疏影里,吹笛到天明。　　二十余年如一梦,此身虽在堪惊。闲登小阁看新晴。古今多少事,渔唱起三更。

红窗迥(周邦彦)

几日来、真个醉。不知道、窗外乱红,已深半指。花影被风摇碎。拥春醒乍起。　　有个人人,生得济楚,来向耳畔,问道今朝醒未。情性儿、慢腾腾地。恼得人又醉。

意难忘(周邦彦)

衣染莺黄。爱停歌驻拍,劝酒持觞。低鬟蝉影动,私语口脂香。荷露滴,竹风凉。拚剧饮淋浪。夜渐深,笼灯就月,细与端相。　　知音见说无双。解移宫换羽,未怕周郎。长颦知有恨,贪耍不成妆。些个事,恼人肠。待说与何妨。又恐伊、寻消问息,瘦减容光。

这六首词,比前选的雅了一些,不是他们的词雅于秦黄,是我少跑了一趟图书馆,是从一部古董集子里抄下来的,我想他们也一定有白话词的。此外的词人,还有许多,我想有以上这许多例,也尽够做北宋的代表了。

二、南宋

宋自徽宗、钦宗被金捉去了之后,在北方已站不住脚,高宗即位,徙都扬州,扬州在汴京之南,因此历史上称它南宋。宋都搬到南方,文学也一同搬到南方。文学的搬家,这一次已是第二回了,第一回的搬家,想诸位还记得,就是南北朝。

文学最不怕动,一动就变花样,南北朝分裂了一百多年,曾产了许多新的好文学过。这一次的变动,更产出许多好文学来,元明清的白话文学,追溯它的渊源，就是发轫于此。

南宋的文学，也分三节讲：

（一）文

二程死后数十年，有朱熹、陆九渊出来，振兴宋的道学。他们两个人虽然同是讲道学，却各异其见，因此有朱陆之异同。

朱陆异同之争，起于鹅湖之会。先是有个吕祖谦——就是作《东莱博议》的朋友——见朱陆同是道学，却各异其趣旨，他想把他们调停一下，因此请朱陆会在一处，当面说说明白。就在淳熙二年，开鹅湖会，一时有名学者都来参与其盛。

他们讨论的问题是"论教人之方"。陆子的意思，先要使人启发本心，然后取学问思辨的功夫。朱子的意思，先要使人博学审问，然后归纳到"约"的路上去。陆子说朱子，太偏于道问学，近于支离；朱子说陆子，太偏于尊德性，流于虚无。各执一说，十日期满，竟无结果而散。从此以后，道学就分了两派，再也拉不拢了。

朱子和陆子，都是作古文诗的好手，可是他们讲学的《语录》，纯是白话文的，我可摘点来，证明一下。先举朱子的：

学问须是大进一番，方始有益。若能于一处大处攻得破，见那许多零碎，只是这一个道理，方是快活。然零碎底非是不当理会，但大处攻不破，纵零碎理会得些（少），终不快活……天下只有一个道理，学只要理会得这一个道理。

或问理会应变处。曰："今且当理会常，未要理会变。常底许多道理未能理会得尽，如何便要理会变？圣贤说话，许多道理平铺在那里，且要阔着心胸平去看，通透后自能应变。不是硬捉定一物，便要讨常，便要讨变。"

文章须正大，须教天下后世见之，明白无疑。

欧公文章及三苏文好处，只是平易说道理。

再举陆子的：

大纲提掇来，细细理会去，如鱼龙游于江海之中，沛然无碍。

大凡为学须要有所立，语云："己欲立而立人。"卓然不为流俗所移，乃为有立。须思量天之所以与我者是甚底？为复是要做"人"否？理会得这个明白，然后方可谓之学问。

今人略有些气焰者，多只是附物，元非自立也。若某则不识一个字，亦须还我堂堂地做个人。

古人精神不闲用，不做则已，一做便不徒然，所以做得事成。须要一切荡涤，莫留一些方得。

大世界不享，却要占个小蹊小径子；大人不做，却要为小儿态，可惜！

朱子的《语类》和陆子的《语录》，都是用当时的口语体录下来的，其中最有精彩的地方，白话的色彩也愈浓，我想他们写这种白话语录的用意，无非是"文章须正大，须教天下后世见之，明白无疑"。后世有许多人做文章，极力追古，做得来佶屈聱牙，只限于最少数的人看得懂，我正不知是何心理？

(二)诗

北宋与南宋，在文学史上是一线相连的，并没有间断，例如，我所举北宋诗人陈与义，也可划入南宋的，类乎此的事实，文学史上很多，我们不可不晓得。

南宋前半叶的诗人,有陆游、范成大、杨万里、尤袤,号称"四大家",四家都是江西派,后来他们不约而同地,都推翻江西派,各自宣告独立。他们宣告的缘故就因为"黄祖师"的诗,还跳不出"古"的窠臼,作起来,很不自然,很不方便,很不明白,这话并未瞎说,我有证据,杨万里自序《江湖集》云:

予少作有诗千余篇,至绍兴壬午七月,皆焚之,大概江西体也。今所存,盖学后山及半山及唐人者也。

后山、半山、唐人,都是有意作白话诗的。下面我就举他们的诗,先看陆游的七绝:

题王季安主簿佚老堂
布袜青鞋已懒行,不如宴坐听啼莺。
只言此老浑无事,种竹移花作么生。

贫甚戏作
籴米归迟午未炊,家人窃闵乃翁饥。
不知弄笔东窗下,正和渊明乞食诗。

窗下戏咏
何处轻黄双小蝶,翩翩与我共徘徊。
绿阴芳草佳风月,不是花时也解来。
今朝卖谷得青钱,自出街头买彘肩。
草火燎来香满屋,未容下箸已流涎。

东关

烟水苍茫西复东,扁舟又系柳阴中。
三更酒醒残灯在,卧听潇潇雨打篷。

春日

吏来屡败哦诗兴,雨作常妨载酒行。
忽见家家插杨柳,始知今日是清明。

故园蛱蝶最多种,百草长时花乱开。
穷巷春风元不到,一双谁遣过墙来。

观梅花至花泾高端叔见寻

春暖山中云作堆,放翁艇子出寻梅。
不须问信道旁叟,但觅梅花多处来。

醉中信笔

过得一日过一日,人间万事不须谋。
邻家幸可赊芳酝,红蕊何曾笑白头。

再看他的七律:

闲意

柴门虽设不曾开,为怕人行损绿苔。
妍日渐催春意动,好风时卷市声来。
学经妻问生疏字,尝酒儿斟潋滟杯。
安得小园宽半亩,黄梅绿李一时栽。

晓坐

低枕孤衾夜气存,披衣起坐默忘言。
瓶花力尽无风堕,炉火灰深到晓温。
空橐时时闻鼠啮,小窗一一送鸦翻。
悠然忽记幽居日,下榻先开水际门。

幽居初夏

湖山胜处放翁家,槐柳阴中野径斜。
水满有时观下鹭,草深无处不鸣蛙。
箨龙已过头番笋,木笔犹开第一花。
叹息老来交旧尽,睡来谁共一瓯茶。

村居初夏

天遣为农老故乡,山园三亩镜湖傍。
嫩莎经雨如秧绿,小蝶穿花似茧黄。
斗酒只鸡人笑乐,十风五雨岁丰穰。
相逢但喜桑麻长,欲话穷通已两忘。

再看他的五律:

枕上作

山雨萧萧过,沙泉咽咽流。
梦中无远道,醉里失孤愁。
贫卖相如骑,寒思季子裘。
儿童报新霁,裹饭出闲游。

山家暮春

绕屋清阴合,缘堤绿草纤。
起蚕初放食,新麦已磨镰。
苦笋先调酱,青梅小蘸盐。
佳时幸无事,酒尽更须添。

晚步舍北归

昨日海棠开,今朝燕子来。
偶行沙际去,却傍柳阴回。
酒是治愁药,书为引睡媒。
吾生不乏此,外物信悠哉。

小舟游西径度西冈归

小雨重三后,余寒百五前。
聊乘瓜蔓水,闲泛木兰船。
雪暗梨千树,烟迷柳一川。
西冈夕阳斜,不到又经年。

闷极有作

贵已不如贱,狂应又胜痴。
新寒压酒夜,微雨种花时。
堂下藤成架,门边枳作篱。
老人无日课,有兴即题诗。

泛湖至东泾

春水六七里,夕阳三四家。
儿童牧鹅鸭,妇女治桑麻。

地僻衣巾古,年丰笑语哗。
老夫维小艇,半醉摘藤花。

再看他的五绝:

古筑城曲
峄山访秦碑,断裂无完笔。
惟有筑城词,哀怨如当日。

雪晴欲出而路泞未通戏作
欲觅溪头路,春泥不可行。
归来小窗下,袖手看新晴。

柳桥晚眺
小浦闻鱼跃,横林待鹤归。
闲云不成雨,故傍碧山飞。

再看他的七古:

陶山遇雪觉林迁庵主见招不果往
山中大雪二尺强,道边虎迹如碗大。
衰翁畏虎复畏寒,招唤不来公勿怪。
梨花开时好风日,走马寻公作寒食。
不须沽酒饮陶潜,箭笋蕨芽如蜜甜。

一年老一年
一年老一年,一日衰一日。

譬如东周亡，岂复须大疾。

懒惰已废书册久，病来亦复疏杯酒。

轺车小住固自佳，拂袖便行亦何有？

下床拥火暖有余，咸豆数粒粥一盂。

平生常笑愚公愚，欲栽堕齿染白须。

对酒

闲愁如飞雪，入酒即消融。

好花如故人，一笑杯自空。

流莺有情亦念我，柳边尽日啼春风。

长安不到十四载，酒徒往往成衰翁。

九环宝带光照地，不如留君双颊红。

放翁在四家当中，要算第一，有诗一万多首，性质忠孝，才气超绝，他的诗好在"真实"，好在"自然"，能够把眼前琐事，平常谈话，作成好诗。他自己也说，"诗到无人爱处工"，他的诗自成一家，就是得力这七个字。放翁起初作诗，力学黄、李，极讲辞藻，我上面所举的诗，是宣告独立以后的作品。他自己说：

我初学诗日，但欲工藻绘。

中年始少悟，渐若窥宏大……

诗为六艺一，岂用资狡狯？

汝果欲学诗，工夫在诗外。

照他这话说来，讲词藻的诗，只是小技，白话诗才是宏大，放翁不仅诗是白话的，散文信札等等，亦都是白话的。再举范成大的诗：

春日田园杂兴

寒食花枝插满头,蒨裙青袂几扁舟。
一年一度游山寺,不上灵岩即虎丘。

蝴蝶双双入菜花,日长无客到田家。
鸡飞过篱犬吠窦,知有行商来买茶。

夏日田园杂兴

梅子金黄杏子肥,麦花雪白菜花稀。
日长篱落无人过,惟有蜻蜓蛱蝶飞。

昼出耘田夜绩麻,村庄儿女各当家。
童孙未解供耕织,也傍桑阴学种瓜。

秋日田园杂兴

静看檐蛛结网低,无端妨碍小虫飞。
蜻蜓倒挂蜂儿窘,催唤山童为解围。

冬日田园杂兴

村巷冬年见俗情,邻翁讲礼拜柴荆。
长衫布缕如霜雪,云是家机自织成。

落花①

枝南枝北玉初匀,夜半颠风卷作尘。

---

① 该诗现多称作《连夕大风,凌寒梅已零落殆尽三绝》。

春梦都无三日好,一冬忙杀探梅人。

花开长恐赏花迟,花落何曾报我知。
人自多情春不管,强颜犹作送春诗。

　　祭灶词
古传腊月二十四,灶君朝天欲言事。
云车风马少留连,家有杯盘丰典祀。
猪头烂热双鱼鲜,豆沙甘松粉饵圆。
男儿酌献女儿避,酹酒烧钱灶君喜。
婢子斗争君莫闻,猫犬触秽君莫嗔。
送君醉饱归天门,杓长杓短勿复云,乞取利市归来分。

　　这一首诗,我们看起来觉得很滑稽,其实是当日苏州田家的风俗,也只是老老实实写下来,这种事情我们看见或是亲做的时候,并不奇异,一作成诗,便奇趣横生,于此,可见会得作诗的人,睁开眼睛,都是诗的资料。再举杨万里的诗。
　　杨万里的诗,状物写情,与放翁、致能一样入妙,例如:

　　晓过大皋渡
雾外江山看不真,只凭鸡犬认前村。
渡船满板霜如雪,印我青鞋第一痕。

　　过百家渡
园花落尽路花开,白白红红各自媒。
莫道早行奇绝处,四方八面野香来。

新晴西园散步

久雨令人不出门，新晴唤我到西园。
要知春事深和浅，试看青梅大几分。

初夏午睡起

梅子留酸软齿牙，芭蕉分绿上窗纱。
日长睡起无情思，闲看儿童捉柳花。

静坐池亭

胡床倦坐起凭栏，人正忙时我正闲。
却是闲中有忙处，看书才了又看山。

插秧歌

田夫抛秧田妇接，小儿拔秧大儿插。
笠是兜鍪蓑是甲，雨从头上湿到胛。
唤渠朝餐歇半霎，低头折腰只不答。
秧根未牢莳未匝，照管鹅儿与雏鸭。

跋徐公仲省翰近诗

传派传宗我替羞，作家各自一风流。
黄陈篱下休安脚，陶谢行前更出头。

末了这一首诗，我们可以当作杨万里脱离江西派独立的宣言书读。

尤袤著有《梁溪集》，书已失传，我不能引。放翁的学生戴复古，亦有好的白话诗。例如：

寄兴

长愿如人意,一生无别离。
妾当年少日,花似半开时。

黄金无足色,白璧有微瑕。
求人不求备,妾愿老君家。

山中小憩

地僻人稀到,山寒水欲冰。
闻钟知有寺,见犬不逢僧。
断垄支乔木,颓檐挂古藤。
清溪照孤影,诗骨瘦崚嶒。

访友人家即事

烂茅遮屋竹为床,口诵时文鬓已霜。
妻病无钱供药物,自寻野草试单方。

淮村兵后

小桃无主自开花,烟草茫茫带晓鸦。
几处败垣围故井,向来一一是人家。

江村晚眺

江头落日照平沙,潮退渔船搁岸斜。
白鸟一双临水立,见人惊起入芦花。

月榭

月色三秋白,湖光四面平。

与君凌倒影,上下极空明。

采菱舟
湖平湖水碧,桂棹木兰舟。
一曲菱歌晚,惊飞欲下鸥。

次韵择之进贤道中漫成
日暮重冈上,人劳马亦饥。
不妨随野雀,容易宿寒枝。

水口行舟
昨夜扁舟雨一蓑,满江风浪夜如何。
今朝试卷孤篷看,依旧青山绿树多。

马上赠林择之
与君归思渺悠哉,马上看山首共回。
认取山中奇绝处,他年无事要重来。

南宋前叶的诗人,除已举过的以外,还有萧千岩、姜夔等,他们的诗比较起来,已是第二流,我不引了。

南宋中叶的诗又回复到江西派去,而远不及江西派,我们可以不引。"永嘉四灵"起来之后,歌风一变,他们这个变动,把同时噜噜苏苏连篇累牍的陋习,固然去掉,而他们不变到自然的白话诗上去,却变到晚唐的律诗,真很可惜。

"四灵"就是徐照(字灵晖)、徐玑(字灵渊)、翁卷(字灵舒)、赵师秀(字灵秀),因为他们字里都有个"灵"字,就叫作"四灵",因为他们同是浙江永嘉人,所以又叫作"永嘉四灵"。"四灵"的诗,虽然偏于律体,但是白话的仍旧

有的,我且各人引一首来:

舟上(徐照)
小船停桨逐潮还,四五人家住一湾。
贪看晚光侵月色,不知云气失前山。

夏日闲坐(徐玑)
无数山蝉噪夕阳,高峰影里坐阴凉。
石边偶看清泉滴,风过微闻松叶香。

乡村四月(翁卷)
绿遍山原白满川,子规声里雨如烟。
乡村四月闲人少,才了蚕桑又插田。

约客(赵师秀)
黄梅时节家家雨,青草池塘处处蛙。
有约不来过夜半,闲敲棋子落灯花。

南宋晚年的诗人更多,最著名的有方岳、真山民、汪元量、谢翱、张炎、郑思肖、文天祥、林景熙、邓牧。自"四灵"倡作晚唐诗之后,严羽又出来作了一部《沧浪诗话》,力主回到盛唐,他攻击宋诗的弱点,和所以要回到盛唐,说得振振有词,理由充足,因此一时古诗勃兴,方岳等都受了他不少的影响。就中唯刘克庄、真山民、谢翱的态度不同一点,他们的诗也就活动了许多,例如:

秋夜词(谢翱)
愁生山外山,恨杀树边树。
隔断秋月明,不使共一处。

草(真山民)
草枯根不死,春到又敷荣。
独有愁根在,非春亦自生。

吉水夜泊(真山民)
入夜始维舟,黄芦古渡头。
眠鸥知让客,飞过蓼花洲。

即事(刘克庄)
香火万家市,烟花二月时。
居人空巷出,去赛海神祠。

答妇兄林公遇(刘克庄)
霜下石桥滑,蛮吟茅店清。
梦回残月在,错认是天明。

乍归(刘克庄)
官满无南物,飘然匹马还。
惟应诗卷里,偷画桂州山。

儿童娱膝下,母子话灯前。
却忆江湖上,家书动隔年。

架书多散乱,信手偶拈开。
匹似前生读,茫然记不来。

即事(刘克庄)
待凿新池引一湾,更规高阜敞三间。
缩墙恐犯邻家地,减树图看屋后山。
身隐免贻千载笑,书成犹要十年闲。
门前蓦有相寻者,但说翁今怕往还。

与言语还很相近,与此一样明白的,很多着哩!说也奇怪,沧浪一方面力主回到盛唐,而他自己的诗白话很多,例如:

古欸侬歌
郎去无见期,妾死那瞑目。
郎归认妾坟,应有相思木。

朝亦出门啼,暮亦出门啼。
蛛网挂风里,遥思无定时。

船在下江口,逆风不得上。
结束作男儿,与郎牵百丈。

闺怨
昨夜中秋月,含愁顾影频。
空留可怜影,不见可怜人。

(三)词

南宋的词,分两大派,辛弃疾、刘克庄等师法东坡,欢喜说豪壮话;姜夔、吴文英等,仍以警丽为主,欢喜在音律上、典故上用功夫。古文文学史上都以后一派做正宗,国语文学史上应用前一派做代表。

辛弃疾的词非常放达,清《四库全书·稼轩词提要》上说,"其词慷慨纵横,有不可一世之概",我们且引几首来看看。

武陵春

走去走来三百里,五日以为期。六日归时已是疑。应是望多时。　鞭个马儿归去也,心急马行迟。不免相烦喜鹊儿。先报那人知。

清平乐·博山道中即事

茅檐低小,溪上青青草。醉里吴音相媚好,白发谁家翁媪?　大儿锄豆溪东,中儿正织鸡笼。最喜小儿无赖,溪头卧剥莲蓬。

卜算子·闻李正之茶马讣音

欲行且起行,欲坐重来坐。坐坐行行有倦时,更枕闲书卧。　病是近来身,懒是从前我。静扫瓢泉竹树阴,且恁随缘过。

前调·饮酒成病

一个去学仙,一个去学佛。仙饮千杯醉似泥,皮骨如金石。　不饮便康强,佛寿须千百。八十余年入涅槃,且进杯中物。

西江月·示儿曹以家事付之

万事云烟忽过,百年蒲柳先衰。而今何事最相宜,宜醉宜游宜睡。　早趁催科了纳,更量出入收支。乃翁依旧管些儿,管竹管山管水。

罗敷媚

少年不识愁滋味,爱上层楼。爱上层楼,为赋新词强说愁。　而今识尽愁滋味,欲说还休。欲说还休,却道天凉好个秋。

南歌子·山中夜坐

世事从头减,秋怀彻底清。夜深犹道枕边声。试问清溪底事、不能平。　　月到愁边白,鸡先远处鸣。是中无有利和名。因甚山前未晓、有人行。

霜天晓角·旅兴

吴头楚尾,一棹人千里,休说旧愁新恨,长亭树、今如此。　　宦游吾倦矣,玉人留我醉,明日落花寒食,得且住、为佳耳。

以上所引的,都是小词,有的写情,有的写景,有的记事,有的发议论,有的发牢骚,下面再引两首长调来看看:

贺新郎·自述

甚矣吾衰矣。怅平生、交游零落,只今余几!白发空垂三千丈,一笑人间万事。问何物、能令公喜?我见青山多妩媚,料青山见我应如是。情与貌,略相似。　　一尊搔首东窗里。想渊明《停云》诗就,此时风味。江左沉酣求名者,岂识浊醪妙理。回首叫、云飞风起。不恨古人吾不见,恨古人不见吾狂耳。知我者,二三子。

女词家李清照号易安,她的作品也很有价值,现在就举她的词:

如梦令

谁伴明窗独坐,和我影儿两个。灯尽欲眠时,影也把人抛躲。无那,无那,好个恓惶的我。

醉花阴·重阳

薄雾浓云愁永昼,瑞脑消金兽。佳节又重阳,玉枕纱厨,半夜凉初透。　东篱把酒黄昏后,有暗香盈袖。莫道不消魂,帘卷西风,人比黄花瘦。

行香子

草际鸣蛩,惊落梧桐。正人间天上愁浓。云阶月地,关锁千重。纵浮槎来,浮槎去,不相逢。　星桥鹊驾,经年才见,想离情别恨难穷。牵牛织女,莫是离中。甚霎儿晴,霎儿雨,霎儿风。

易安最脍炙人口的词,要算那首:

声声慢

寻寻觅觅,冷冷清清,凄凄惨惨戚戚。乍暖还寒时候,最难将息。三杯两盏淡酒,怎敌他、晚来风急?雁过也,正伤心,却是旧时相识。　满地黄花堆积。憔悴损,如今有谁堪摘?守着窗儿,独自怎生得黑?梧桐更兼细雨,到黄昏,点点滴滴。这次第,怎一个愁字了得!

易安的词,算得曲尽表情的能事了,怪不得在当日要发生极大的影响。词是诗之余,所以又叫作诗余,大概会得吟诗的人,都会得填词的。南宋的诗人如陆游、范成大,都有白话好词,我们也可引一些来:

朝中措(范成大)

身闲身健是生涯,何况好年华。看了十分秋月,重阳更插黄花。　消磨景物,瓦盆社酿,石鼎山茶。饱吃红莲香饭,侬家便是仙家。

罗敷媚(陆游)

青衫初入九重城,结友尽豪英。蜡封夜半传檄,驰骑谕幽并。　　时易失,志难成,鬓丝生。平章风月,弹压江山,别是功名。

三、辽金

辽起初叫契丹,金起初叫女真,同是通古斯族,屡拿武力欺我汉族。宋兴没有多少时候,就受辽的捣乱,等到金灭辽,又大受金的攻击,竟至使宋偏安南都,称霸虽然不久,风头却出得十足。

历史告诉我们,中国的文化,是有软化异族的能力的。试看辽、金,试看元、清,都是先拿兵力压倒我们汉族,结果被我们文化同化的。他们讲文的日子,就是软化的月份,辽自景帝以下,才有文教可观,但其时已就衰弱了,所以不久便亡于金。金以世宗、章宗二世,文物最盛,而犷悍粗鄙的本性,就在这个时候宣告脱离,衰弱的种子,也就此下了,不久便亡于元。

讲到文学,辽因当时禁止他本国的文书流到中土来,所以传到现在的绝少,我们无从说起。

金初的作家,都是宋辽的遗老,如韩昉、吴激、宇文虚中、高士谈等,是从宋这边过去的,王枢、王竞、李献可、魏道明等,是从辽那边过去的,自此以后,作家代起。自蔡松年出来就开金代文章正宗,金之中叶,有赵秉文、杨云翼主文盟,同时的党怀英、王庭筠、王若虚、李俊民等的文采亦颇可观,是为金文极盛时代。金末则有元好问。

要讲金的文学,最好分四节说。

(一)文

金的散文,全是古文。金初,蔡松年最有名,为文巧于仿古。中叶,党怀英为最著,赵秉文名最高,诗学魏晋,尤工制诰。与赵秉文齐名的为杨云翼,当时高文典册多出其手,等而下之有李纯、雷渊、刘中等人,李、雷精通《庄》《列》《左氏》《国策》,其文章亦肖之,刘中最长古文,竟有韩柳气息。

(二)诗

宋诗如说话,金承宋后,受它的影响,当然不少,故白话诗很多,就是上面作古文那些朋友,他们集子里面,也很寻得出白话诗,让我一一引来。

先举金初的:

雨后(高汝励)
时雨雨三日,田家家万金。
有年天子庆,忧国老臣心。

时习斋(宇文虚中)
未厌平生习气浓,更将余事训儿童。
鲁论二万三千字,悟入从初一句中。

步寻野卉(蔡松年)
风烟草木照人明,神药奇花问识名。
闻道东州有仙窟,欲寻根拨学长生。

西京道中(蔡松年)
来时绿水稻如针,归日青梢没鹤深。
莫忘共山买田约,藕花相间柳阴阴。

杨花(高士谈)
来时官柳万丝黄,去日飞球满路旁。
我比杨花更飘荡,杨花只是一春忙。

宣政末所作(马定国)
山杏山桃取次开,红红白白上楼台。

移将海底珊瑚树,乞与人家也不栽。

再举大定、明昌间的:

夏雨(祝简)
电掣雷轰雨覆盆,晚来枕簟颇宜人。
小沟一夜水三尺,便有蛙声喧四邻。

渔村诗话图(党怀英)
江村清境皆画本,画里更传诗语工。
渔父自醒还自醉,不知身在画图中。

仙人桥(赵秉文)
绝涧初无路,通仙忽有桥。
偶携青竹杖,平步到云霄。

听雨轩(赵秉文)
无田妻啼饥,有田稻蟠泥。
等为饥所驱,贫富亦两齐。
雨中窗下眠,窗外芭蕉语。
置书且安眠,催租吏如雨。

闲闲堂(赵秉文)
天运如转毂,日月如循环。
人生天地内,顷刻安得闲。
所贵心无事,心安身自安。
低头拾红叶,仰面看青山。

朝听新泉响,暮送飞鸟还。
清晨了人事,过午掩柴关。
高非出天外,低不堕尘寰。
花落鸟声寂,我处动静间。

秉文自号"闲闲道人",命名的意思,可在这一首诗上看出。金末的元好问是金代最大的作家,就是秉文的学生。元好问《闲闲公墓志》上说:"唐文三变,至五季,衰陋极矣。由五季而为辽、宋,由辽而为国朝,文之废兴可考也……辽则以科举为儒学之极致,假贷剽窃,牵合补缀,视五季又下衰。唐文奄奄,如败北之气,没世不复,亦无以议为也。国初因辽宋之旧……若夫不溺于时俗,不汩于利禄,慨然以道德仁义性命祸福之学自任,沉潜乎六经,从容乎百家,幼而壮,壮而老,怡然涣然,之死而后已者,唯我闲闲公一人。"

我在第二节上说,中叶赵秉文名最高,这里可以替我做个证明,但是他的散文,尽管从六经百家中去锻炼,而他的诗,却向着白话的,下面再引他的七言:

和种竹
君家种竹五七个,我亦近栽三数竿。
两地平分风月破,大家留待雪霜看。

登嵩顶
危蹑嵩山顶上来,五髻龙对八仙台。
不知眼界阔多少,直尽黄河一曲回。

石楼
月约风期屡往还,水声山色石楼间。
大家也入香山去,哪个心如白傅闲。

春游

无数飞花送小舟,蜻蜓款立钓丝头。
一溪春水关何事,皱作风前万叠秋。

树藏修竹竹藏门,门外清流几股分。
行过小桥人不见,背阴花气隔墙闻。

三五七格

秋风清,秋月明。
白露夜深重,白云秋晓轻。
梦回酒渴呼童起,枕上辘轳三五声。

再引蔡珪等的诗:

华亭图(蔡珪)

头无片瓦足无土,不犯清波过一生。
钓得金鳞便归去,依然明月大江横。

自理(刘仲尹)

日日南轩学蠹鱼,隐中独爱隐于书。
儿嗔妇笑谋生拙,不道从来与世疏。

黄华亭(王庭筠)

手拄一条青竹杖,真成日挂百钱游。
夕阳欲下山更好,空林无人不可留。

刘宋(王庭筠)①

六十衰翁血打围,深山赤手搏熊罴。
子孙只解相鱼肉,辛苦知他为阿谁。

河桥(刘迎)

桃李香中八九家,青旗高挂绿杨斜。
晚来风色渡头急,满地萧萧杨白花。

蔡村道中(杨云翼)

水连深竹竹连沙,村落萧萧已暮鸦。
行尽画图三十里,青山影里见人家。

慵夫自号(王若虚)

身世飘然一瞬间,更将辛苦送朱颜。
时人莫笑慵夫拙,差比时人得少闲。

书生(王若虚)②

书生千古一斋肠,盖世功名不自偿。
更笑登封武明府,两盂白粥半生忙。

戊子正月晦日内乡西城游眺(王若虚)

雄蜂雌蝶为花狂,陌上游人醉几场。
前日少年今白发,却来闲处看春忙。

---

① 本诗作者应为李纯甫。
② 以下五首诗作者为元好问。

杨焕然生子（王若虚）

人家欢喜是生儿，巷语街谈总入诗。
我欲去为汤饼客，买羊沽酒约何时。

阿麟学语语牙牙，七岁元郎髻已丫。
更醉使君汤饼局，儿童他日记通家。

德华小女五岁能诵予诗数首以此诗为赠诗（王若虚）

牙牙娇语总堪夸，学念新诗似小茶。
好个通家小兄弟，海棠红点紫兰芽。

乐天不能忘情图（王若虚）

得便宜是落便宜，木石痴儿自不知。
就使此情忘不得，可能长在老头皮。

金末的作家，自然要推元好问为第一，他是集一代文学大成的一个人，他的诗，我们也可引些来看看：

古意

七岁入小学，十五学时文。
二十学业成，随计入咸秦。
秦中多贵游，几与书生亲。
年年抱关吏，空笑西来频。
在昔学语初，父兄已卜邻。
跛鳖不量力，强欲缘青云。
四十有牧豕，五十有负薪。
寂寥抱玉献，贱薄倡优陈。

青衫亦区区,何时画麒麟。
遇合仅一二,饥寒几何人。
谁留章甫冠,万古徒悲辛。

山居杂诗
瘦竹藤斜挂,丛花草乱生。
林高风有态,苔滑水无声。

辛亥寒食
寒食年年好,今年迥不同。
秋千与花影,并在月明中。

鸳鸯扇头
双宿双飞百自由,人间无物比风流。
若教解语终须问,有底愁来也白头。

金末的诗人,除元好问之外,我最爱李俊民的诗:

春
来莫愁春迟,去莫怨春忙。
春不随人老,谁教汝断肠?

愁
解使回肠断,能催两鬓秋。
天涯未归客,容易上眉头。

卜居
东邻西舍两三家,簌簌墙头落枣花。
惭愧画梁双燕子,笑人今日又天涯。

阻风
东风作恶几时休,况值春光欲尽头。
谁谓闲人无个事,一年长是为花愁。

下太行
山中日日伴云闲,不见闲云只见山。
君去试从山下望,青山却在白云间。

留别
主人把酒再三留,送客风高势未休。
更听愁眉歌一曲,尊前肠断小温柔。

还家(王若虚)
日日他乡恨不归,归来老泪更沾衣。
伤心何啻辽东鹤,不但人非物亦非。

金朝帝王方面,也有出产品,不过为数很少,我可举文宗的诗,作个代表。

自集庆路入正大统途中偶吟(元文宗)
穿了毡衫便着鞭,一钩残月柳梢边。
两三点露滴如雨,五六个星犹在天。
犬吠竹篱人过语,鸡鸣茅店客惊眠。
须臾捧出扶桑日,七十二峰都在前。

望九华

昔年曾见九华图,为问江南有也无?

今日五溪桥上望,画师犹自欠工夫。

这两首诗,比较前面的诗,自然觉得幼稚,但很朴素,我极爱它。

平民方面,也有作品,可举一个道士名谭处端的《骷髅歌》做例:

骷髅歌

骷髅骷髅颜貌丑,只为生前恋花酒。

巧笑轻肥取意欢,血肉肌肤渐衰朽。

渐衰朽,尚贪求,贪财漏罐不成收。

爱欲无涯身有限,至令今日作骷髅。

作骷髅,尔听取,七宝人身非易做。

须明性命似悬丝,等闲莫逐人情去。

故将模样画呈伊,看你今日悟不悟?

(三)词

金代的词,及不上诗,我也可举些出来,先看金初的:

诉衷情(吴激)

夜寒茅店不成眠,残月照吟鞭。黄花细雨时候,催上渡头船。　鸥似雪,水如天,忆当年。到家应是,童稚牵衣,笑我华颠。

浣溪沙(赵可)

抬转炉熏自换香,锦衾收拾却遮藏。二年尘暗小鸳鸯。　落木萧萧风似雨,疏棂皎皎月如霜。此时此夜最凄凉。

卜算子(赵可)

明月在青天,借问今时几。但见宵从海上来,不觉云间坠。　流水古今人,共看皆如此。惟愿当歌对酒时,长照金樽里。

大定、昌明之间,我们可举王予可、王庭筠的词来做代表。

长相思(王予可)

风暖时,雨晴时,熏褶罗衣人未归。蟓蛾愁欲飞。　枕琼霞,琐窗纱,帘月楼空燕子家,春风扫落花。

清平乐·杏花(王庭筠)

今年春早,到处花开了。只有此枝春恰到,月底轻颦浅笑。　风流全似梅花,承当疏影横斜。梦极溪南溪北,竹篱茅舍人家。

金末的白话词较多,我们可举李俊民、段克己、段成己、元好问等的来做例子。

谒金门·探梅(李俊民)

谁便道,昨夜雪中开了。次第不将消息报,探芳人草草。　宜在嫩寒清晓,兴比孤山更好。篱落逢花须醉倒,惜花人易老。

诉衷情·初夏(段克己)

东风帘幕雨丝丝,梅子半黄时。玉簪微醒醉梦,开却两三枝。　初睡起,晓莺啼,倦弹棋。芭蕉新绽,徙倚湖山,彩笔题诗。

清平乐·薛子余生子（段成己）

东君调度，错怨春迟暮。一叶兰芽今始露，香满君家庭户。　　抱看玉骨亭亭，精神秋水分明。自是人间英物，不须更试啼声。

点绛唇·重阳菊开小酌（李俊民）

秋树风高，可怜憔悴门前柳。白衣去后，闲却持杯手。　　一笑相逢，落帽年时友。君知否，南山如旧。人比黄花瘦。

前调（元好问）

绣佛长斋，半生枉伴蒲团过。酒垆横卧，一蹴虚空破。　　颇笑张颠，自谓无人和。还知么，醉乡天大。少个神仙我。

（四）曲

汉高祖爱楚声，乐府立；金章宗好音乐，北曲盛。陶宗仪《辍耕录》记宋、金院本之名，至数百种之多，十之八九是金的，传于今的只有《西厢记》一种。《西厢记》是董解元作的，原本全是采当时普通方言作成的，我们可以抄一首来看看：

长亭送别

莫道男儿心如铁，君不见满川红叶，尽是离人眼中血。且休上马，苦无多泪与君垂，此际情绪你争知？马儿登程，坐车儿归舍；马儿往西行，坐车儿往东拽，两口儿一步儿离得远如一步也。我郎休怪强牵衣，问你西行几日归？着路里小心呵，且须在意。省可里晚眠早起，冷茶饭莫吃，好将息，我专倚门儿专望你。驴鞭半袅，吟肩双耸，休问离愁轻重，向个马儿上驼也驼不动。帝里酒酽花秾，万般景媚，休取次共别人，便学连理。少饮酒，省游戏，记取奴言语，必登高第。妾守空闺，把门儿紧闭，不拈丝管,罢了梳洗,你咱是必把音书频寄,一个止不定长吁,一个顿不开眉黛。两边的心绪,一样的情怀。

有了这种极妙好词,我们的国语文学史,自然生色不少,明朝胡应麟说:"《西厢记》精工巧丽,备极才情,而字字本色,言言古意,当是古今传奇鼻祖,金人一代文献,尽于此了。"《西厢记》推为金代唯一的文献,《西厢记》,荣耀极了!

第二章 元（西历一二二七到一三六七）

一

元是蒙古民族，起于漠朔，并吞四邻，经略四方，牧马南下，亡金灭宋，其版图之广大，经略之雄伟，态度之光大，远非秦皇、汉武、唐太所能及，彼祖孙之雄图，为中外所罕见。

元享国仅有九十年，却把科举停了将八十年，我上文说过，科举是古文唯一的拥护者，元既把科举停了，白话文就大发达了，所以元这一代，它的武功是历史上值得大书特书的，它的文学是国语文学史上值得大书特书的。戏曲不消说起，中国第一流的小说，如《水浒传》《三国志》《西游记》，都产生在这一期，所以元这一代，在国语文学史上，是一个极重要的时代，是应该用大笔大写的。

二

元代白话文的发达，固然由于古文的拥护者被元差往天国，亦由元世祖忽必烈态度光大和竭力提倡，有以致之。

忽必烈用人，不问种族，八思巴是萨摩斯迦人，擢为帝师；马可孛罗是意大利人，举为枢密副使；爱薛是犹太人，命为翰林学士；迦鲁答思是畏兀人，任为大司马。凡有才能，一概录用，因此，阿剌比亚、波斯的学者、军人，意大利、法兰西的画家、工匠，来归附的很多，所以当时天文、地理、算学、炮术、活版术等，均得输入中国。

元朝科举停了不举，考还是考的，考的是什么呢？是白话曲子，原来元是以曲取士的，设有十二科，《元曲选·序》有一段话说：

曲本词,而不尽取材焉:如六经语、子史语、二藏语、稗官野乘语,无所不供其采掇,而要归断章取义,雅俗兼收,串合无痕,乃悦人耳……而填词,必须人习其方言,事肖其本色,境无旁溢,语无外假,此则关目紧凑之难!北曲有十七宫调,而南止九宫……曲有名家,有行家。名家者,出入乐府,文采烂然,在淹通闳博之士,皆优为之;行家者,随所妆演,无不摹拟曲尽,宛若身当其处,而几忘其事之乌有,能使人快者掀髯,愤者扼腕,悲者掩泣,羡者色飞。是惟优孟衣冠,然后可与于此,故称曲上乘首曰当行。不然,元何必以十二科限天下士,而天下士,亦何必各占一科以应之。……

上面这一段话当中,有应特别注意的两大点:第一,"而填词,必须人习其方言"。曲贵人人能唱,人人能懂,所以必须用方言,那时的方言,就是现下的国语。第二,"能使人快者掀髯,愤者扼腕,悲者掩泣,羡者色飞"。原来文学的终极目的,就只要做到这步田地,曲子能够办到这一层,所以很可珍贵。

曲本词,词本诗,向来我们汉人,对于诗词,是目为小道的、玩赏品的,元人能它他一件正经事情做,所以做得好,做得出色了。宋有曲,金有曲,明有曲,清有曲,都不出名,特以"元曲"连称者,就因为此,谓非提倡之结果不可。提倡曲,就是提倡白话,所以我说元是竭力提倡白话的。为说明便利起见,元的文学,分五节说:

(一)文

元初文人,兼二代遗才,于金有元好问,于宋有金履祥,元氏门下有郝经、王恽,以诗文著称。与金同道,有许衡、吴澄,许、吴二人,实为元代文学的领袖。许衡的学生姚燧,姚燧的学生虞集,与姚、虞同时的刘因,这三个人,古文都作得极好。中叶以后,黄溍、柳贯、吴莱三个人,最有文名,为文有秦汉的风味。他们既是古文大家,我们讲国语的人,知其时有其人已足,其他可以不问。

元朝的文告，都是白话的，今所传《天宝宫圣旨碑文》便是，我们若要举例，好不过是举它：

长生天气力里、大福阴护助里，皇帝圣旨：军官每根底，军人每根底，管城子里达鲁花赤官人每根底、往来的使臣每根底，宣谕的圣旨：成吉思皇帝、月阔台皇帝、薛禅皇帝、完者都皇帝、曲律皇帝、普颜笃皇帝、格坚皇帝、忽都图皇帝、扎牙笃皇帝、亦怜班真皇帝圣旨里："和尚、也里可温、先生、答失蛮，不拣甚么差发休着，告天祝寿者么道来。如今依在先圣旨体例里，不拣什么差发休着，告天俺每根底祈福者么道。汴梁路许州天宝官里有的明真广德大师，提点王清贵为头儿等，先生每根底与了执把的圣旨。他每官观房舍里使臣休安下者，铺马祗应休着者，税粮休与者、田土、园林、水碾磨、店舍、铺席、解典库、浴堂、竹园、船只，不拣甚么他每的，不拣是谁，休倚气力夺要者，这的每有圣旨么道，做无体例的勾当呵，他每更不怕那甚么圣旨。（至元）二年鼠儿年七月十二日上都有时分写来。

这篇碑文，是白话的，我们可以相信，到底说些什么话，我们不知道它。这因为是元人用元语写的缘故，比如英国语，若单直译其音，我们也是不懂的。《元秘史》是用汉语记元事，我们就很明了了，可以抄一段来看看：

当初元朝人的祖，是天生一个苍色的狼，与一个惨白色的鹿相配了，同渡过腾吉思名字的水，来到于斡名字的河源头，不儿罕名字的山前住着，产了一个人，名字唤作巴塔赤罕。巴塔赤罕生的子名塔马察……合儿出生的子名孛儿只吉歹篾儿干，孛儿只吉歹篾儿干的妻名忙豁真豁阿，他生的子名脱罗豁真伯颜，脱罗豁真的妻名勃罗臣豁阿，他有一个家奴后生，名字罗歹速牙必，又有两个好骟马，一个答驿儿马，一个孛罗马……

(二)诗

元朝的诗人,就是那几位文人,他们的本心,都是想追古的,可是自宋以来,白话的潮流,一天盛一天,他们抵挡不住,不知不觉也被同化了,因此他们集子中白话诗很多,这里限于篇幅,只能举一些做例。

金履祥宋亡之后绝意仕进,隐居仁山之下,学者称"仁山先生",他的诗,我可引三首来:

徐山甫夜话有诗言别次韵
一榻萧然竹与兰,拥衾话别转留难。
明朝又渡湘江去,细雨斜风分外寒。

上灵洞栖真寺听琴赠立公
为访高人入山去,迢迢山路不知劳。
此身已到山高处,更听琴声山更高。

五叠泉
时行时止人高下,或见或闻云有无。
五叠何妨转奇伟,终然万折必东趋。

元好问的诗,白话的很多,他的学生郝经、王恽,受他的影响,当然不少,他们俩的诗,我各引两首。

蚕(郝经)
作茧方成便弃捐,可怜辛苦为谁寒。
不如蛛腹长丝满,连结朱檐与画阑。

馆内幽怀（郝经）
狂花野蔓满疏篱，恨杀丝瓜结子稀。
独立无言解蛛网，放他蝴蝶一双飞。

望淮（王恽）
朝日惨无色，昏昏水气间。
到淮犹数里，隔岸见尖山。

梁园对月（王恽）
儿时曾住汴梁城，二十年来重此行。
一声凤凰池上月，向人还似旧时明。

讲道学的许衡、吴澄，也有白话诗，亦可举点出来：

风雨图（许衡）
南山已见雾昏昏，便合潜身不出门。
直到半途风雨横，仓惶何处觅前村？

宿卓水（许衡）
寒缸挑尽火重生，竹有清声月自明。
一夜客窗眠不稳，却听山犬吠柴荆。

病中杂言（许衡）
但愿吾儿会读书，不妨贫苦一钱无。
头颅有肉元难厚，项颈生筋自合粗。

题渔舟风雨图(吴澄)

蓑笠寒飕飕,一篙背拳曲。

有人方醉眼,酒醒失茅屋。

题和靖观梅图(吴澄)

一枝春信到孤山,冰雪肌肤不觉寒。

月下水边看未足,折来更向手中看。

许衡的学生虞集,与杨载、范梈、揭傒斯,号为"四杰",诗追汉唐,然亦有白话的,先看虞集的诗:

杂写

狂骂人不怒,徒然伤天和。

问君丹邱月,当胜白蘋波。

贪禄恋君恩,三年金马门。

愿于尧舜世,头白老人村。

上马

眼昏身手钝,上马怕风沙。

只好扶藜杖,循篱看落花。

送程以文兼简揭曼硕

故人不宜宿山家,半夜驱车踏月华。

寄语旁人休大笑,诗成端的向谁夸?

旧屋

旧屋已属他人家,临风且复立江沙。
欲从子云访墨沼,更向少陵寻浣花。

题黄西麓扇

石上松千尺,桥西水一湾。
杖藜从此去,随意看青山。

幽禽

老石为谁媚?幽花两清丽。
春深不见人,聊为五禽戏。

荷锸图

天地一醉乡,今古有谁醒?
拚死刘伯伦,令人发深省。

绝句

城南尺五野人居,六月清凉八月如。
一色琅玕三百个,犹堪裁作杀青书。

家兄孟修父输赋南还

大兄五月来作客,八年不见头总白。
五人兄弟四人在,每忆中郎泪沾臆。
我家西蜀忠孝门,无田无宅惟书存。
兄虽管库实父荫,弟窃微禄承君恩。
文章不如仲氏好,叔氏最好今亦老。
五郎十岁未知学,嗟我何为长远道?

诸儿读书俱不多,又不力耕知奈何!
忧来每得二三友,看花把酒临风哦。
蜀山嵯峨归未得,盘盘先陇临川侧。
碧梧翠竹手所移,应与青松各千尺。
南风吹雪河始冰,兄归乌帽何畏畏。
明年乞身向天子,共读父书歌太平。

虞集的诗,都很明白,我们可说是他所学的全是唐人的白话诗,杨载以下三人,不及他有名,诗却比虞集的古,我只能每人举一首:

喜晴(杨载)
檐外喧喧雀报晴,夕阳犹照小窗明。
回舟更倚南风顺,载听田家打麦声。

福州杂诗(范梈)
前日题诗自候官,计程今日到云端。
家中定得平安字,最念痴儿不解看。

结羊肠词(揭傒斯)
正月十六好风光,京师女儿结羊肠。
焚香再拜礼神毕,剪纸九道尺许长。
捻成对绾双双结,心有所祈口难说。
为轮为镫恒苦多,忽作羊肠心自别。
邻家女儿闻总至,未辨吉凶忧且畏。
须臾结罢起送神,满座欢欣杂憔悴。
但愿年年逢此日,儿结羊肠神降吉。

四家之前,有个谈理学的刘因,散文作得很遒健、很醇正,诗词却作得很风流、很通俗,词另引,先看诗:

村居杂诗
邻翁走相报,隔窗呼我起。
数日不见山,今朝翠如洗。
黄昏雨气浓,喜色满南亩。
谁知一夜风,吹放门前柳。

西郊
偶因访客出西城,一色寒芜满意平。
行过溪桥尝脚力,招来野老问山名。

早秋
昨朝一叶见秋生,今日千岩万壑清。
欲借西风苏病骨,暂来石上听松声。

新居
云拥闲门尽未除,小斋人道似禅居。
年来日历无多事,只有求方与借书。

还有一位书、画、诗、文,色色精绝的赵孟𫖯,他的诗,全是白话。

独夜
秋风动林叶,夜雨滴池荷。
孤客睡不着,乱蛮鸣更多。

晓起闻莺

暑气晓来清,时时闻远莺。
还思故园路,松下绿苔生。

杭州雨中

江南十日九阴雨,花柳欲开无好春。
却忆京城二三月,秋千风暖涨香尘。

听航船歌①

南到杭州北楚州,三江八堰水通流。
牵板船篙为饭碗,不能辛苦把锄头。

雇载钱轻载不轻,阿郎拽牵阿奴撑。
五千斤蜡三千漆,宁馨时年欲夜行。

樱桃花

浅浅花开料峭风,苦无妖色画难工。
十分不肯精神露,留与他时着子红。

绝句

春寒恻恻掩重门,金鸭香残火尚温。
燕子不来花又落,一庭风雨自黄昏。

在赵孟𫖯后一点,有个马祖常,才极富健,诗颇慷慨。

---

① 此诗一般认为作者是方回。以下三首均为方回作品。

种桃

种桃南山麓，三岁不得实。

种瓜东郊园，撷之在百日。

岂不思迟莫？终焉有常食。

如何种瑶草？千岁始一获。

吊节妇

白日松台闭，青山石椁沉。

空余哭夫泪，下入九泉深！

四家之后有张雨，他的诗纯是白话。

湖州竹枝词

临湖门外吴侬家，郎若闲时来吃茶。

黄土筑墙茅盖屋，门前一树紫荆花。

吴兴道中

眠溪大树不见日，牧鹅小儿兼钓鱼。

南风相送王河口，舟子饭时吾读书。

春菜

土甲离离宿雨痕，畦蔬小摘当盘飧。

红绫饼啖残牙齿，合向岩头嚼菜根。

中叶以后，诗人很多，而以杨维桢为最著，我们可以举他来做代表，诗名极高，号"铁崖体"。元末兵起，浪迹浙西山水间，时与平民相接触，因之他的诗，近于平民的，偏于女儿的。

杨柳词

杨柳董家桥,鹅黄万万条。
行人莫到此,春色易相撩。

买妾言

买妾千黄金,许身不许心。
使君闻有妇,夜夜白头吟。

玉镜台

郎赠玉镜台,妾挂菱花盘。
安得咸阳镜,照郎心肺肝。

江南竹枝词

初嫁郎时正盛年,画眉涂颊斗婵娟。
只知百岁专房宠,谁料君恩不似前。

江南女儿年十五,两髻丫丫面粉光。
小红船上采莲叶,北客初来应断肠。

西湖竹枝词

苏小门前花满株,苏公堤上女当垆。
南官北使须到此,江南西湖天下无。

劝郎莫上南高峰,劝侬莫上北高峰。
南高峰云北高雨,云雨相催愁杀侬。

漫兴

今朝天气清明好,江上乱花无数开。

野老殷勤送花至,一双蝴蝶趁人来。

老客妇谣

老客妇,老客妇,行年七十又一九。

少年嫁夫甚分明,夫死犹存旧箕帚。

南山阿妹北山姊,劝我再嫁我力辞。

涉江采莲,上山采蘼。采莲采蘼,可以疗饥。

夜来道过娼门首,娼门萧然惊老丑。

老丑自有能养身,万两黄金在纤手。

上天织得云锦章,绣成愿补舜衣裳,舜衣裳,为妾佩。

古意扬清光,辨妾不是邯郸娼。

初秋夜坐

夜深庭院寂无声,明月流空万影横。

坐对荷花两三朵,红衣落尽秋风生。

老态

老态年来日日添,黑花飞眼雪生髯。

扶衰每藉齐眉杖,食肉先寻剔齿签。

右臂拘挛巾不裹,中肠戚惨泪常淹。

移床独坐南窗下,畏冷思亲爱日檐。

(三)词

元朝的词,不甚发达,所以不发达的原因,是因为他们把填词的工夫,移到制曲上面去了,其实词曲是一件东西,两个名目,少虽少,举例却是着实有余。元代填词的人,大半就是作诗的人,所以不必说闲话,只要举些词便行。

浣溪沙·赠粉儿(詹正)

淡淡青山两点春,娇羞一点口儿樱。一梭儿玉一绹云。　　白藕香中见西子,玉梅花下遇文君。不曾真个也销魂。

太常引(张雨)

莫将西子比西湖,千古一陶朱,生怕在楼居,也用着风帆短蒲。　　银瓶索酒并刀斫脍,船背锦模糊,堤上早传呼,那个是烟波钓徒?

西江月(刘因)

看竹何须问主?寻村遥认松萝。小车到处是行窝,门外云山属我。张叟腊醅藏久,王家红药开多。相留一醉意如何?老子掀髯曰可。

清平乐(程钜夫)

新来酒户,极胜看花处,带得春行平壤路,同笑同歌同住。　　滦阳近却山家,芒鞋夜夜丹霞。流水落花归思,苍烟白石生涯。

前调·山亭留宿(刘因)

山翁醉也,欲返黄茅舍。醉里忽闻留我者,说道群花未谢。　　脱巾就卧松龛,觉来酒思方酣。欲借白云为笔,淋漓洒遍晴岚。

前调·约道人看杏花(张翥)

东风阵阵,第几番花信。呆李痴桃消息近。写取鸾笺试问?　　君家杨柳墙东,杏花初吐生红。好唤一床金雁,明朝来醉春风。

前调(张埜)

别离心软,争似交情浅。去路愁肠千百转,回首高城天远。　　断云零雨西楼,落霞孤鹜南州。应满归期约定,忍教划损搔头。

上面的排列,以词的长短为次,不是以时的先后为序。

(四)曲

曲的历史,很长很远,仔细说起来,话很多,现在用最简单的话说一说。陶九成《论曲》说:"唐有传奇,宋有戏曲,金有院本、杂剧,而元因之。"传奇、戏曲、院本、杂剧,同是一件东西。涵虚子《论曲》说:"戏曲至隋始盛,在隋谓之康衢戏,唐谓之梨园乐,宋谓之华林戏,元谓之升平乐。"依他这样说来,隋以前就有戏曲了,可知其渊源很早。

元曲特盛特好,它的原因:一、由于北方人制曲,当一件正经事干;二、由于以曲取士,人的心力,集中于曲。

元朝作曲的人极多,最有名的约有二百人。涵虚子《词品》,评元代作曲家很详,他列马东篱、张小山、白仁甫、李寿卿、乔梦符、费唐臣、宫大用、王实甫、张鸣善、关汉卿、郑德辉、白无咎等十二人为首;贯酸斋、邓玉宾等七十人次之,赵子昂等五百人又次之;虞道园、杨铁崖等都不及格,也算严了。

杂剧每入场,以四出为度,故曲都四折。马东篱是首等第一名,他的作品,当然可观,我们要看元曲,好不过看他的,现在我把他那最有名的《汉宫秋》,介绍给诸位,欲知其详,可查看《元曲选》。

汉宫秋

楔子

(冲末扮番王引部落上,诗云)毡帐秋风迷宿草,穹庐夜月听悲笳。控弦百万为君长,款塞称藩属汉家。某乃呼韩耶单于是也。久居朔漠,独霸北方,以射猎为生,攻伐为事。文王曾避俺东徙,魏绛曾怕俺讲和。

獯鬻猃狁,逐代易名;单于可汗,随时称号。当秦汉交兵之时,中原有事,俺国强盛,有控弦甲士百万。俺祖公公冒顿单于,围汉高帝于白登七日,用娄敬之谋,两国讲和,以公主嫁俺国中。至惠帝、吕后以来,每代必循故事,以宗女归俺番家。宣帝之世,我众兄弟争立不定,国势稍弱。今众部落,立我为呼韩耶单于,实是汉朝外甥。我有甲士十万,南移近塞,称藩汉室。昨曾遣使进贡,欲请公主,未知汉帝肯寻盟约否?今日天高气爽,众头目每向沙堤射猎一番,多少是好!正是:番家无产业,弓矢是生涯。(下)(净扮毛延寿上,诗云)为人雕心雁爪,做事欺大压小。全凭谄佞奸贪,一生受用不了!某非别人,毛延寿的便是。现在汉朝驾下,为中大夫之职,因我百般巧诈,一味谄谀,哄的皇帝老头儿,十分欢喜,言听计从。朝里朝外,那一个不敬我,那一个不怕我?我又学的一个法儿,只是教皇帝少见儒臣,多昵女色,我这宠幸,才得牢固!道犹未了,圣驾早上。(正末扮汉元帝引内官宫女上,诗云)嗣传十叶继炎刘,独掌乾坤四百州。边塞久盟和议策,从今高枕已无忧。某汉元帝是也。俺祖高皇帝,奋布衣,起丰沛,灭秦屠项,挣下这等基业,传到朕躬,已是十代。自朕嗣位以来,四海晏然,八方宁静,非朕躬有德,皆赖众文武扶持。自先帝晏驾之后,宫女尽放出宫去了。今后宫内寂寞,如何是好?(毛延寿云)陛下,田舍翁多收十斛麦,尚欲易妇,况陛下贵为天子,富有四海,合无遣官遍行天下,选择室女,不分王、侯、宰相、军、民人家,但要十五以上,二十以下者,容貌端正,尽选将来,以充后宫,有何不可?(驾云)卿说的是,就加卿为选择使,赍领诏书一通,遍行天下刷选,将选中者,各图形一轴送来,朕按图临幸。待卿成功回时,别有区处。(唱)

【仙吕·赏花时】四海平安绝士马,五谷丰没战伐。寡人待刷室女选宫娃,你避不的驱驰困乏。看那一个合属俺帝王家。(下)

第一折

(毛延寿上,诗云)大块黄金任意挝,血海王条全不怕。生前只要有钱财,死后那管人唾骂!某毛延寿,领着大汉皇帝圣旨,遍行天下,刷选室女,已选勾九十九名,各家尽肯馈送,所得金银,却也不少。昨日来到成都秭归县,选得一人,乃是王长者之女,名唤王嫱,字昭君,生得光彩射人,十分艳丽,真乃天下绝色。争奈他本是庄农人家,无大钱财。我问他要百两黄金,选为第一,他一则说家道贫穷,二则倚着他容貌出众,全然不肯,我本待退了他。(做忖科,云)不要倒好了。他眉头一纵,计上心来,只把美人图,点上些破绽,到京师必定发入冷宫,教他受苦一世,正是:恨小非君子,无毒不丈夫。(下)(正旦扮王嫱引二宫女上,诗云)一日承宣入上阳,十年未得见君王。良宵寂寂谁来伴?惟有琵琶引兴长!妾身王嫱,小字昭君,成都秭归人也。父亲王长者,平生务农为业。母亲生妾时,梦月光入怀,复坠于地,后来生下妾身,年长一十八岁,蒙恩选充后宫。不想使臣毛延寿,问妾身索要金银,不曾与他,将妾影图点破,不曾得见君王,现今退居永巷。妾身在家颇通丝竹,弹得几曲琵琶,当此夜深孤闷之时,我试理一曲,消遣咱。(做弹科)(驾引内官提灯上,云)某汉元帝,自从刷选室女入宫,多有不曾宠幸,煞是怨望。咱今日万机稍暇,不免巡宫走一遭,看那个有缘的,得遇朕躬也呵。(唱)

【仙吕·点绛唇】车碾残花,玉人月下,吹箫罢,未遇宫娃,是几度添白发。

【混江龙】料必他珠帘不挂,望昭阳一步一天涯。疑了些无风竹影,恨了些有月窗纱。他每见弦管声中巡玉辇,恰便似斗牛星畔盼浮槎。(旦做弹科)(驾云)是那里弹的琵琶响?(内官云)是。(正末唱)是谁人偷弹一曲,写出嗟呀?(内官云)快报去接驾。(驾云)不要。(唱)莫便要忙传圣旨,报与他家。我则怕乍蒙恩把不定心儿怕,惊起宫槐宿鸟,庭树栖鸦。

(云)小黄门,你看是那一宫的宫女弹琵琶?传旨去,教他来接驾,不要惊唬着他。(内官报科云)兀那弹琵琶的,是那位娘娘?圣驾到来,急忙迎接者。(旦趋接科)(驾唱)

【油葫芦】恕无罪,吾当亲问咱。这里属那位下?休怪我不曾来往乍行踏。我特来填还你这泪揾湿鲛绡帕,温和你露冷透凌波袜。天生下这艳姿,合是我宠幸他。今宵画烛银台下,剥地管喜信爆灯花。

（云）小黄门,你看那纱笼内烛光越亮了,你与我挑起来看咱!（唱）

【天下乐】和他也弄着精神射绛纱,卿家你觑咱,则他那瘦岩岩影儿可喜杀。（旦云）妾身早知陛下驾临,只合远接,接驾不早,妾该万死。（驾唱）迎头儿称妾身,满口儿呼陛下,必不是寻常百姓家。

（云）看了他容貌端正,是好女子也呵!（唱）

【醉中天】将两叶赛宫样眉儿画,把一个宜梳裹脸儿搽,额角香钿贴翠花,一笑有倾城价。若是越勾践姑苏台上见他,那西施半筹也不纳,更敢早十年败国亡家。

（云）你这等模样出众,谁家女子?（旦云）妾姓王名嫱,字昭君,成都秭归县人。父亲王长者,祖父以来,务农为业。闾阎百姓,不知帝王家礼度。（驾唱）

【金盏儿】我看你眉扫黛,鬓堆鸦,腰弄柳脸舒霞,那昭阳到处难安插,谁问你一犁两坝做生涯。也是你君恩留枕簟,天教雨露润桑麻。既不沙,俺江山千万里,直寻到茅舍两三家。

（云）看卿这等体态,如何不得近幸?（旦云）妾父王长者,当初选时,使臣毛延寿索要金银,妾家贫寒无凑,故将妾眼下点成破绽,因此发入冷宫。（驾云）小黄门,你取那影图来看。（黄门取图看科）（驾唱）

【醉扶归】我则问那待诏别无话,却怎么这颜色不加搽?点的这一寸秋波玉有瑕,端的是卿眇目他双瞎?便宣的八百烟娇比并他,也未必强如俺娘娘带破赚丹青画。

（云）小黄门,传旨说与金吾卫,便拿毛延寿斩首报来!（旦云）陛下,妾父母在成都见隶民籍,望陛下恩典宽免,量与些恩荣咱。（驾云）这个煞容易。（唱）

【金盏儿】你便晨挑菜,夜看瓜,春种谷,夏浇麻,情取棘针门粉壁上除了差法。你向正阳门改嫁的倒荣华,俺官职颇高如村社长,这宅院刚大似县官衙,谢天地可怜穷女婿,再谁敢欺负俺丈人家!

（云）近前来,听寡人旨,封你做明妃者。（旦云）量妾身,怎生消受的陛下恩宠?（做谢恩科）（驾唱）

【赚煞】且尽此宵情,休问明朝话。（旦云）陛下明朝早早驾临,妾这里候驾。（驾唱）到明日,多管是醉卧在昭阳御榻。（旦云）妾身贱微,虽蒙恩宠,怎敢望与陛下同榻?（驾唱）休烦恼,吾当且是耍斗卿来便当真假。恰才家辇路儿熟滑,怎下的真个长门再不踏?明夜里西宫阁下,你是必悄声儿接驾,我则怕六宫人攀例拨琵琶。（下）

（旦云）驾回了也,左右且掩上宫门,我睡些去。（下）

第二折

（番王引部落上,云）某呼韩单于,昨遣使臣款汉,请嫁公主与俺。汉皇帝以公主尚幼为辞,我心中好不自在!想汉家宫中,无边宫女,就与俺一个,打甚不紧?直将使臣赶回。我欲待起兵南侵,又恐怕失了数年和好,且看事势如何,别做道理。（毛延寿上,云）某毛延寿,只因刷选宫女,索要金银,将王昭君美人图点破,送入冷宫,不想皇帝亲幸,问出端的,要将我加刑,我得空逃走了,无处投奔。左右是左右,将着这一轴美人图,献与单于王,着他按图索要,不怕汉朝不与他。走了数日,来到这里,远远的望见人马浩大,敢是穹庐也?（做问科,云）头目,启报单于王知道,说汉朝大臣来投见哩!（卒报科）（番王云）着他过来。（见科,云）你是什么人?（毛延寿云）某是汉朝中大夫毛延寿。有我汉朝西宫阁下美人王昭君,生得绝色。前者大王遣使求公主时,那昭君情愿请行,汉主舍不的,不肯放来。某再三苦谏,说:"岂可重女色,失两国之好!"汉王倒要杀我。某因此带了这美人图,献与大王,可遣使按图索要,必然得了也!这就是图样。（进上看科）（番王云）世间那有如此女人!若得他做阏氏,我愿足矣!如今就差一番官,率领部从,写书与汉天子,求索王昭君与俺和亲。若不肯与,不日南侵,江山难保。就一壁厢引控甲士随地打猎,延入塞内,侦候动静,多少是好!（下）（旦引宫女上,云）妾身王嫱,自前日蒙恩临幸,不觉又旬月。主上昵爱过甚,久不设朝,闻的升殿去了,我且向妆台边梳妆一会,收拾齐整,只怕驾来,好伏侍。(做对镜科)(驾上云)自从西宫阁下,得见了王昭君,使朕如痴似醉,久不临朝,今日方才升殿,等不的散了,只索再到西宫看一看去。(唱)

【南吕·一枝花】四时雨露匀,万里江山秀。忠臣皆有用,高枕已无忧。守着那皓齿星眸,争忍的虚白昼。近新来染得些症候,一半儿为国忧民,一半儿花愁病酒。

【梁州第七】我虽是见宰相似文王施礼,一头地离明妃早宋玉悲秋。怎禁他带天香着莫定龙衣袖。他诸余可爱,所事儿相投,消磨人幽闷,陪伴我闲游,偏宜向梨花月底登楼,芙蓉烛下藏阄。体态是二十年挑剔就的温柔,姻缘是五百载该拨下的配偶,脸儿有一千般说不尽的风流。寡人乞求他左右,他比那落伽山观自在无杨柳,见一面得长寿。情系人心早晚休,则除是雨歇云收。

(做望见科,云)且不要惊着他,待朕悄的看咱!(唱)

【隔尾】怎的般长门前抱怨的宫娥旧,怎知我西宫下偏心儿梦境熟。爱他晚妆罢,描不成,画不就,尚对菱花自羞。(做到旦背后看科)(唱)我来到这妆台背后,原来广寒殿嫦娥在这月明里有。

(旦做见接驾科)(外扮尚书,丑扮常侍上,诗云)调和鼎鼐理阴阳,秉轴持钧政事堂,只会中书陪伴食,何曾一日为君王?某尚书令五鹿充宗是也。这个是内常侍石显,今日朝罢,有番国遣使来索王嫱和番,不免奏驾,来到西宫阁下,只索进去。(做见科,云)奏的我主得知,如今北番呼韩单于,差一使臣前来说:毛延寿将美人图献与他,索要昭君娘娘和番,以息刀兵。不然,他大势南侵,江山不可保矣。(驾云)我养军千日,用军一时。空有满朝文武,那一个与我退的番兵?都是些畏刀避箭的,怎不去出力,怎生教娘娘和番?(唱)

【牧羊关】兴废从来有,干戈不肯休。可不食君禄命悬君口,太平时卖你宰相功劳,有事处把俺佳人递流。你们干请了皇家俸,着甚的分破帝王忧？那壁厢锁树的怕弯（伤）着手，这壁厢攀栏的怕擷破了头。

（尚书云）他外国说，陛下宠昵王嫱，朝纲尽废，坏了国家，若不与他，兴兵吊伐。臣想纣王只为宠妲己，国破身亡，是其鉴也。（驾唱）

【贺新郎】俺又不曾彻青霄高盖起摘星楼，不说他伊尹扶汤，则说那武王伐纣。有一朝身到黄泉后，若和他留侯、留侯厮遘，你可也羞那不羞？您卧重茵，食列鼎，乘肥马，衣轻裘。您须见舞春风嫩柳宫腰瘦，怎下的教他环佩影摇青冢月，琵琶声断黑江秋！

（尚书云）陛下，咱这里兵甲不利，又无猛将与他相持，倘或疏失，如之奈何？望陛下割恩与他，以救一国生灵之命。（驾唱）

【斗虾蟆】当日个谁展英雄手，能枭项羽头，把江山属俺炎刘？全亏韩元帅九里山前战斗，十大功劳成就。恁也丹墀里头，枉被金章紫绶，恁也朱门里头，都宠着歌衫舞袖，恐怕边关透漏，殃及家人奔骤，似箭穿着雁口，没个人敢咳嗽。吾当僝，他也他也红妆年幼，无人搭救。昭君共你每有什么杀父母冤仇？休、休，少不的满朝中都做了毛延寿！我呵，空掌着文武三千队，中原四百州，只待要割鸿沟。陛恁的千军易得，一将难求！

（常侍云）见今番使朝外等宣。（驾云）罢！罢！罢！教番使临朝来。（番使入见科，云）呼韩耶单于，差臣南来奏大汉皇帝：北国与南朝，自来结亲和好，曾两次差人求公主不与。今有毛延寿，将一美人图献与俺单于，特差臣来，单索昭君为阏氏，以息两国刀兵。陛下若不从，俺有百万雄兵，刻日南侵，以决胜负，伏望圣鉴不错。（驾云）且教使臣馆驿中安歇去。（番使下）（驾云）您众文武商量，有策献来，可退番兵免教昭君和番。大抵是欺娘娘软善，若当时吕后在日，一言之出，谁敢违拗？若如此，久已后也不用文武，只凭佳人平定天下便了！（唱）

【哭皇天】你有甚事疾忙奏，俺无那鼎镬边滚热油。我道您文臣安社稷，武将定戈矛。您只会文武班头，山呼万岁，舞蹈扬尘，道那声诚惶顿首。如今阳关路上，昭君出塞；当日未央宫里，女主垂旒。文武每，我不信你敢差排吕太后。枉以后龙争虎斗,都是俺鸾交凤友。

（旦云）妾既蒙陛下厚恩,当效一死,以报陛下。妾情愿和番,得息刀兵,亦可留名青史。但妾与陛下闺房之情,怎生抛舍也!（驾云）我可知舍不的卿哩!（尚书云）陛下割恩断爱,以社稷为念,早早发送娘娘去罢。（驾唱）

【乌夜啼】今日嫁单于,宰相休生受。早则俺汉明妃有国难投,他那里黄云不出青山岫。投至两处凝眸,盼得一雁横秋。单注着寡人今岁揽闲愁,王嫱这运添憔瘦,翠羽冠,香罗绶,都做了锦蒙头暖帽,珠络缝貂裘。

（云）卿等今日先送明妃到驿中,交付番使,待明日朕亲出灞陵桥,送饯一杯去。（尚书云）只怕使不的,惹外夷耻笑!（驾云）卿等所言,我都依着。我的意思,如何不依?好歹去送一送,我一会家,只恨毛延寿那厮!（唱）

【三煞】我则恨那忘恩咬主贼禽兽,怎生不画在凌烟阁上头?紫台行都是俺手里的众公侯,有那桩儿不共卿谋,那件儿不依卿奏?争忍教第一夜梦迤逗,从今后不见长安望北斗,生扭做织女牵牛!

（尚书云）不是臣等强逼娘娘和番,奈番使定名索取。况自古以来,多有因女色败国者。（驾唱）

【二煞】虽然似昭君般成败都有,谁似这做天子的官差不自由!情知他怎收那膘满的紫骅骝。往常时翠轿香兜,兀自倦朱帘搞绣,上下处要成就。谁承望月自空明水自流,恨思悠悠。

（旦云）妾身这一去,虽为国家大计,争奈舍不的陛下!（驾唱）

【黄钟尾】怕娘娘觉饿时吃一块淡淡盐烧肉,害渴时喝一杓儿酪和粥。我索折一枝断肠柳,饯一杯送路酒。眼见的赶程途,趁宿头,痛伤心,重回首,则怕他望不见凤阁龙楼,今夜且则向灞陵桥畔宿。（下）

第三折

（番使拥旦上,奏胡乐科,旦云）妾身王昭君,自从选入官中,被毛延寿将美人图点破,送入冷宫,甫能得蒙恩幸,又被他献与番王形像,今拥兵来索,待不去,又怕江山有失,没奈何将妾身出塞和番。这一去,胡地风霜,怎生消受也?自古道:"红颜胜人多薄命,莫怨春风当自嗟。"(驾引文武内官上云)今日灞桥饯送明妃,却早来到也!(唱)

【双调·新水令】锦貂裘生改尽汉官妆,我则索看昭君画图模样。旧恩金勒短,新恨玉鞭长。本是对金殿鸳鸯,分飞翼,怎承望!

(云)您文武百官计议,怎生退了番兵,免明妃和番者。(唱)

【驻马听】宰相每商量,大国使还朝多赐赏。早是俺夫妻悒怏,小家儿出外也摇装。尚兀自渭城衰柳助凄凉,共那灞桥流水添惆怅。偏您不断肠,想娘娘那一天愁都撮在琵琶上。(做下马科)(与旦打悲科)(驾云)左右慢慢唱者,我与明妃饯一杯酒。(唱)

【步步娇】您将那一曲阳关休轻放,俺咫尺如天样,慢慢的捧玉觞。朕本意待尊前捱些时光,且休问劣了宫商,您则与我半句儿俄延着唱。

(番使云)请娘娘早行,天色晚了也。(驾唱)

【落梅风】可怜俺别离重,你好是归去的忙。寡人心先到他李陵台上,回头儿却才魂梦里想,便休题贵人多忘。

(旦云)妾这一去,再何时得见陛下?把我汉家衣服,都留下者。(诗云)正是,今日汉宫人,明朝胡地妾。忍着主衣裳,为人作春色!(留衣服科)(驾唱)

【殿前欢】则什么留下舞衣裳,被西风吹散旧时香。我委实怕宫车再过青苔巷,猛到椒房,那一会想菱花镜里妆,风流相,兜的又横心上。看今日昭君出塞,几时似苏武还乡?

(番使云)请娘娘行罢,臣等来多时了也。(驾云)罢!罢!罢!明妃你这一去,休怨朕躬也。(做别科,驾云)我那里是大汉皇帝!(唱)

【雁儿落】我做了别虞姬楚霸王,全不见守玉关征西将。那里取保亲的李左车,送女客的萧丞相?

(尚书云)陛下不必挂念。(驾唱)

【得胜令】他去也不沙架海紫金梁,枉养着那边庭上铁衣郎。您也要左右人扶侍,俺可甚糟糠妻下堂!您但提起刀枪,却早小鹿儿心头撞。今日央及煞娘娘,怎做的男儿当自强!

(尚书云)陛下,咱回朝去罢。(驾唱)

【川拨棹】怕不待放丝缰,咱可甚鞭敲金镫响。你管燮理阴阳,掌握朝纲,治国安邦,展土开疆;假若俺高祖差你个梅香,背井离乡,卧雪眠霜,若是他不恋恁春风画堂,我便官封你一字王。

(尚书云)陛下,不必苦死留他,着他去了罢。(驾唱)

【七弟兄】说什么大王不当恋王嫱,兀良!怎禁他临去也回头望。那堪这散风雪旌节影悠扬,动关山鼓角声悲壮。

【梅花酒】呀!俺向着这迥野悲凉。草已添黄,色早迎霜。犬褪得毛苍,人搊起缨枪,马负着行装,车运着糇粮,打猎起围场。他他他伤心辞汉主,我我我携手上河梁。他部从入穷荒,我銮舆返咸阳。返咸阳,过宫墙;过宫墙,绕回廊;绕回廊,近椒房;近椒房,月昏黄;月昏黄,夜生凉;夜生凉,泣寒螀;泣寒螀,绿纱窗;绿纱窗,不思量!

【收江南】呀!不思量,除是铁心肠;铁心肠,也愁泪滴千行。美人图今夜挂昭阳,我那里供养,便是我高烧银烛照红妆。

(尚书云)陛下,回銮罢,娘娘去远了也。(驾唱)

【鸳鸯煞】我煞大臣行说一个推辞谎,又则怕笔尖儿那伙编修讲。不见他花朵儿精神,怎趁那草地里风光?唱道伫立多时,徘徊半响,猛听的塞雁南翔,呀呀的声嘹亮,却原来满目牛羊,是兀那载离恨的毡车半坡里响。(下)

(番王引部落拥昭君上,云)今日汉朝,不弃旧盟,将王昭君与俺番家和亲。我将昭君封为宁胡阏氏,坐我正宫,两国息兵,多少是好!众将士,传下号令,大众起行,望北而去。(做行科)(旦问云)这里甚地面了?(番使云)这是黑龙江,番汉交界去处,南边属汉家,北边属我番国。(旦云)大王,借一杯酒,望南浇奠,辞了汉家,长行去罢!(做奠酒科,云)汉朝皇帝,妾身今生已矣,尚待来生也。(做跳江科)(番王惊救不及,叹科云)嗨!可惜,可惜!昭君不肯入番,投江而死。罢!罢!罢!就葬在此江边,号为青冢者。我想来,人也死了,枉与汉朝结下这般仇隙,都是毛延寿那厮搬弄出来的。把都儿,将毛延寿拿下,解送汉朝处治,我依旧与汉朝结和,永为甥舅,却不是好?(诗云)则为他丹青画误了昭君,背汉王暗地私奔,将美人图又来哄我,要索取出塞和亲。岂知道投江而死,空落的,一见消魂。似这等奸邪逆贼,留着他终是祸根,不如送他去汉朝,哈喇依还的甥舅礼,两国长存。(下)

第四折

(驾引内官上,云)自家汉元帝,自从明妃和番,寡人一百日不曾设朝。今当此夜景萧索,好生烦恼!且将这美人图挂起,少解闷怀也呵!(唱)

【中吕·粉蝶儿】宝殿凉生,夜迢迢六宫人静。对银台一点寒灯,枕席间、临寝处,越显的吾身薄幸。万里龙廷,知他宿谁家一灵真性。

(云)小黄门,你看炉香尽了,再添上些香。(唱)

【醉春风】烧尽御炉香,再添黄串饼。想娘娘似竹林寺不见半分形,则留下这个影。影,未死之时,在生之日,我可也一般恭敬。

(云)一时困倦,我且睡些儿。(唱)

【叫声】高唐梦,苦难成。那里也爱卿、爱卿,却怎生无些灵圣?偏不许楚襄王枕上雨云情。

(做睡科)(旦上,云)妾身王嫱,和番到北地,私自逃回。兀的不是我主人,陛下,妾身来了也。(番兵上,云)恰才我打了个盹,王昭君就偷走回去了。我急急赶来,进的汉宫,兀的不是昭君。(做拿旦下)(忽醒科,云)恰才见明妃回来,这些儿如何就不见了。(唱)

【剔银灯】恰才这搭儿单于王使命,呼唤俺那昭君名姓,寡人唤娘娘不肯灯前应,却原来是画上的丹青。猛听的仙音院,凤管鸣,更说甚箫管韶九成。

【蔓青菜】白日里无承应,教寡人不曾一觉到天明,做的个团圆梦境。(雁叫科)(唱)却原来雁叫长门两三声,怎知道更有个人孤另!(雁叫科)(唱)

【白鹤子】多管是春秋高,筋力短;莫不是食水少,骨毛轻?待去后,愁江南网罗宽,待向前,怕塞北雕弓硬。

【幺篇】伤感似替昭君思汉主,哀怨似作薤露哭田横,凄怆似和半夜楚歌声,悲切似唱三叠阳关令。(雁叫科)(云)则被那泼毛团叫的凄楚人也!(唱)

【上小楼】早是我神思不宁,又添个冤家缠定。他叫的慢一会儿,紧一声儿,和尽寒更。不争你打盘旋,这搭里同声相应,可不差讹了四时节令?

【幺篇】你却待寻子卿、觅李陵,对着银台,叫醒咱家,对影生情。则俺那远乡的汉明妃,虽然得命,不见你个泼毛团,也耳根清净。

(雁叫科)(云)这雁儿呵。(唱)

【满庭芳】又不是心中爱听,大古似林风瑟瑟,岩溜泠泠。我只见山长水远天如镜,又生怕误了你途程。见被你冷落了潇湘暮景,更打动我边塞离情。还说甚雁过留声,那堪更瑶阶夜永,嫌杀月儿明。

(黄门云)陛下省烦恼,龙体为重。(驾云)不由我不烦恼也!(唱)

【十二月】休道是咱家动情,你宰相每也生憎。不比那雕梁燕语,不比那锦树莺鸣。汉昭君离乡背井,知他在何处愁听?(雁叫科)(唱)

【尧民歌】呼呼的飞过蓼花汀,孤雁儿不离了凤凰城。画檐间铁马响丁丁,宝殿中御榻冷清清,寒也波更,萧萧落叶声,烛暗长门静。

【随煞】一声儿绕汉宫,一声儿寄渭城,暗添人白发成衰病,直恁的吾家可也劝不省。

(尚书上云)今日早朝散后,有番国差使命绑送毛延寿来,说因毛延寿叛国败盟,致此祸衅。今昭君已死,情愿两国讲和,伏候圣旨。(驾云)既如此,便将毛延寿斩首,祭献明妃。着光禄寺大排筵席,犒赏来使回去。(诗云)叶落深宫雁叫时,梦回孤枕夜相思。虽然青冢人何在?还为蛾眉斩画师。

这个曲子的优点,有目共赏,描摹各人身份,能够恰到好处,真是极大文学!

王元美在《艺苑卮言》上说:"三百篇亡而后有骚赋,骚赋难入乐而后有古乐府,古乐府不入俗而后以唐绝句为乐府,绝句少婉转而后有词,词不快北耳而后有北曲,北曲不谐南耳而后有南曲。"元末有个永嘉人高明,作《琵琶记》,是为南曲之始。

北曲宜丝弦,南曲宜箫管。丝弦用手调弄,操纵自如,箫管用竹运气,转换变化,不及手腕敏活,所以音节上,北曲劲切雄亮,南曲婉转清远。

据当时音韵学家周德清研究,南北曲不同的地方,是在一个没有入声,一个有入声。他说北方只有平上去三声,拿北声作曲,便叫北曲。南方兼有入声,用南声作曲,便叫南曲。

照他这样说法,我们若要区别南曲、北曲,便很容易了。

(五)小说

元代除掉戏曲之外,文学上的最大的贡献,就是小说。《水浒传》《三国志》《西游记》,世称三大奇书,都产生在元末。

这三部小说,不但是小说界中的伟制,也是中国文学史上的杰作,也是世界文学史上的名著。中国的文学,足与世界第一流文学比较而无愧色的,只有白话小说,只有这几部白话小说。

中国书籍销路最大的,不是《文选》《论海》《赋海大观》《骈文大全》,是《水浒传》《三国志》《西游记》。现在国语运动的胜利,不是新青年社几个人提倡的功劳,是这几部白话小说的效果,下面就把这三部小说,分论一下。

《水浒传》,相传是施耐庵作的,是否确实,现在无从考证。它的故事,是由《宣和遗事》里脱化出来的,本来只是有三十六人,作者衍为一百零八人。

相传施耐庵未作《水浒传》之前，先画许多人在壁上，男女老少不一，务求惟妙惟肖，然后着笔作书，所以书中一百零八人，各有各的个性，说得来活灵活现，即真即实，正是极大文学。金圣叹说："《水浒》与《史记》《国策》有同等文学价值。"又说，"施耐庵、董解元与庄周、屈原、司马迁、杜甫，在文学史上占同等位置"，又说，"天下之文章，无有出《水浒》右者；天下之格物君子，无有出施耐庵先生右者"。《史记》是古文当中的第一部书，《水浒》与《史记》有同等的文学价值，则我们可以说：《水浒》是国语当中的第一部书，全书的宗旨，就是："赤日炎炎似火烧，田中禾黍半枯焦。农夫心内如汤煮，公子王孙把扇摇。"

这二十八个字，是感于劳逸不均而作的。

《三国演义》是杭州人罗贯中作的，全书根据晋陈寿《三国志》，杂采其他传记史注，掺入自己理想作成。三国的情形多少复杂，事实多少混乱，人物多少众多，他从容说去，毫不费力，真正难能可贵。这部书，是浅近的文言，有人说你为什么收入国语文学史上来？我以为《三国演义》这种文笔，是一种古文和白话的过渡文字，古文文学史上可收，国语文学史上亦可收，不然，此书绝不能那么普遍。

《三国演义》是中国历史小说当中第一部小说，足比陈寿的《三国志》。《三国志》荀、张曾比之于迁、固，则《三国演义》，亦足比于迁、固。

《西游记》不知何人作？是中国旧小说当中最精密的一部小说，也是世界上神怪小说当中的第一部小说。这一部书，以玄奘取经为中心故事，根据金元戏剧上的材料，无中生有出来的，作者想象力之伟大，真令人敬佩万分。

这部书，讲的虽是神怪的故事，其实是骂人的东西，是发泄牢骚的东西，何以见得？试看孙行者答如来的话，便可明白：

> 猴王说："他——玉帝——虽年劫修长，也不应久住于此。常言道：'交椅轮流坐，明年是我尊。'只教他搬出去，将天宫让与我，便罢了。若还不让，定要搅乱，不得清平。"

他的寄托如何？我们不晓得他，看他这一段的口气，作者牢骚，定然不少。

全书的情节，从大处看起来，也很简单。开首是说孙行者的出世，中段记玄奘取经的缘因，下文历述玄奘路上遭了八十一个难，末了是说取经回来。张书绅序《西游记》总论说："这一部的本旨，只是劝人'诚心为学，不要退悔'。"倒也别解得很好。

第三章　明（西历一三六八到一六四三）

一

元末，物价飞涨，民困思乱，到至正十一年，韩山童起于直隶，刘福通起于江苏，郭子兴起于安徽。子兴死，朱元璋代领其众，灭群雄，逐顺帝，定都于金陵，是为明太祖。

明朝于文学上，没有特色的贡献，它的原因有四：一、恢复科举；二、提倡道学；三、摧残士气；四、国家多事。下面分说一下。

宋以前的科举制度，并不十分精密，所考试的学问，也不过是"诗赋""经史""策论"……科举制度，到太祖时，方才严定条式，举行有定期，考试有定所。所考试的学问，有什么"四书义""五经义""论策"……范围愈狭，用处愈小，束缚思想反而愈甚。想不到这种坏制度，竟有五百多年的命运，自明初通行起，到清末方才废掉。

太祖自统一后，定程朱学说，为教育宗旨。程朱之学，理论未始不好，只是窒碍难行，而明太祖的意旨，又不希望人家发挥光大，只要能够墨守，于愿便足！

明太祖的恢复科举，提倡道学，依我看来，不是本心，不过用以收买人心，牢笼天下。他本是个摧残士气者，比之秦始皇，有过之无不及。这句说话，可于诗人高启被他腰斩于市，文臣宋濂被他远戍而死证之。他又因胡惟庸而杀李善长以下三万人，因蓝玉而杀傅友德以下万五千人，这种虽含有政治作用，然亦是摧残士气之铁证。燕王心更狠毒，因杀方孝孺而株连九族，摧残士气尤酷。在这种嗜杀文人的皇帝治下，有文也不文了。

有明三百年中，内外祸变不绝，内如燕王之篡、宦官之横、党派之争，外如屯先之寇、土木之变、辽沈之患。太平的日子少，吵乱的月份多，心思静不下来，思想自然不能精深。有了这四个大原因，明朝在文学上，没有特色的贡献,也是事所必然。

二

明朝这三百年,是文学史上的一个堕落时代!我们就其大体观察起来,无论哪一方面,都是复古的、摹拟的、因袭的、偷窃的。要找一点创造的、特色的,都找不出。这样看来,就说这一时代没有文学,亦无不可。详细情形,让我慢慢说来。

(一)文

有明一代的文,九十九分是复古的,只有一分是白话的。国初文学,承元季的遗风,宋濂、刘基,最为文章魁首。基在太祖面前论文,以濂为第一,而自拟第二,所以明初古文,要推他们两人。

除开他们两人,便要推到王祎和方孝孺。王祎是宋濂的同学,有一天,太祖对濂说:"浙东人才,惟卿与祎。才思之雄,祎不如卿;学问之博,卿不及祎。"太祖把王祎和宋濂相提并论,那么,亦可想见祎负时望之重了。

方孝孺是宋濂的学生,为人聪明正直。太祖召见孝孺,爱他举止端整,顾太子说:"他是庄士,我遣他辅助你。"后来燕王棣陷京师,授笔札叫孝孺草诏书,孝孺守节不肯,燕王大怒,磔之于市,连株坐死的人,凡八百四十七人。你想,这位燕王,心狠不狠!

永乐以后,三杨最有文名。三杨就是杨士奇、杨荣、杨溥,三杨的诗文,典则古雅,时号"台阁体"。

成化以后,八股文体大盛,上以是求,下以是应。八股文最为束缚思想,抄袭以外无文章,传注以外无议论。明朝三百年的文化,局促于小规模之中而无特色,就是坐因于此。

前一节所说的台阁体,行到成化,差不多普及了。凡事日久生弊,台阁体流到成化,一点没有骨肉,只剩一个空壳,于是弘治、正德之间,李梦阳、何景明起而大唱复古,他们宣言"文必秦汉,诗必盛唐"。这一声叫,文风竟为之一变。当时与何李相唱和的,还有边贡,号"三才子",加上徐祯卿,又称"弘正四杰"。这四杰的文,故意作得艰深,钩章棘句,弄得不可句读。中国人最富崇古心理,当时康海、王九思、王廷相,爱读他们的假古文,友而应之,号"七才子"。除王廷相,加朱应登、顾璘、陈沂、郑善夫四人,又称为"十才子"。"四杰"当中的徐祯卿,又与祝允明、唐寅、文徵明,号"吴中四才子"。上面这些杰子,不是制假古文,便是模拟古文,究其实在,一无发明,因袭的占一半,偷窃的占一半。

在这些杰子复古运动正激烈中,有位王守仁先生,独用白话,录其讲演。我开头说,有明一代的文,只有一分是白话的,这一分便是王守仁先生的《传习录》。

王守仁尝筑书屋于阳明洞讲学,所以世称"阳明先生"。阳明之学,以致良知为教,而以知行合一为归。他说:

> 一点良知是尔自家的准则。尔意念着处,他是便知是,非便知非,更瞒他一些不得。尔只不要欺他,实实落落依着他做去,善便存,恶便去,何等稳当,此便是致知的实功。①

这一段是指示致良知的功夫。又说:

> 今人学问,只因知行分作两件,故有一念发动,虽是不善,然却未曾行,便不去禁止。我今说个知行合一,正要晓得一念发动处,便即是行了。发动处,有不善,就将这不善的念克倒了,须要彻根彻底,不使那一念不善,潜伏在胸中。

---

① 本句通行本为:"善便存,恶便去,他这里何等稳当快乐!此便是格物的真诀,致知的实功。"

这一段是说明知与行本是合一的。

我引上面那两段话的主旨,在证明他"致良知""知行合一"七个字。《传习录》里,精彩的话很多,我再杂录一些。

人若知这良知诀窍,随他多少邪思枉念,这里一觉,都自消融,真个是灵丹一粒,点铁成金。

为学须得个头脑功夫,方有着落,纵未能无间,如舟之有舵,一提便醒。不然,虽从事于学,只做个义袭而取,只是行不著,习不察,非大本达道也。

见得时,横说竖说皆是,若于此处通,彼处不通,只是未见得。

良知只是个是非之心,是非只是个好恶,只好恶就尽了是非,只是非就尽了万事万变。

诸公在此,务要立个必为圣人之心,时时刻刻须是一棒一条痕,一掴一掌血,方能听吾说话,句句得力。若茫茫荡荡度日,譬如一块死肉,打也不知得痛痒,恐终不济事,回家只寻得旧时伎俩而已,岂不惜哉!

阳明的学说,虽本于孟子,实导源象山,所以对于陆子,不知不觉地代他表扬了不少,陆子的学说,与朱子异趣,所以当时研究朱子学说的人,就起来大争,因此称薛瑄这一派为"河东派",王守仁这一派为"姚江派"。比较起来,朱子的学说,似乎空疏一点,虽也相续不绝,究不及王学来得深切明著,所以当时王学派影响较大,后来分了无数派别,如浙中王学派、江右王学派、南中王学派、楚中王学派、北方王学派、粤闽王学派等,传播之速,推行之广,亦可惊了。

嘉靖初,王慎中、唐顺之等,起来大倡古文,以矫李、何之弊,但是心有余,力不足,抄袭摹仿,仅得外貌,后来极力用功,降等学唐,稍稍好些。王、唐又与陈束、李开先、熊过、任瀚、赵时春、吕高,称"八才子",而王、唐名最高。王、唐我已说过,尚且如此,那么,自邻以下,更无足论了。

八才子后一点,有归有光,做古文很有名,说者谓为明代古文中坚,后生小子,多师承之,或以之与王、唐并称"嘉靖三家"。

与"三家"对峙而复倡李、何那一派的,有李攀龙、王世贞、谢榛、宗臣、梁有誉、徐中行、吴国伦七子。这七子,闹的笑话更大,他们持的论调是"文自西京,诗至天宝而下,俱无足观"。其实他们的东西,真是"俱无足观"!公安袁宏道兄弟,诋之为赝古,临川艾南英,排之尤力,他说:"今观其集,古乐府,割剥字句,诚不免剽窃之讥?……杂文更有意佶屈其词,涂饰其字,诚不免如诸家所讥。"

除掉王阳明的《传习录》,这一时代的文学,全是复古的、摹拟的、因袭的、偷窃的,证之上文,更可凭信。而因袭的、偷窃的色彩,在八股文中尤为显明。

(二)诗

大致情形,与文相同,只因唐宋以来白话的倾向有增无减,所以他们嘴上尽管叫诗必盛唐,而纸上写的白话却不少。

当初以诗著称的,为高启、杨基、张羽、徐贲,并称"吴中四杰"。四杰当中,启为第一,他的诗,上自汉魏盛唐,下至宋元诸家,无不出入所好。学汉魏,不为汉魏所囿;学盛唐,不为盛唐所拘;学宋元,不为宋元所缚。所以他的诗,作得不古不今,亦文亦俗,让我引它些来。

古词

妾刀不断机,郎行当早归。
还将机中锦,作郎身上衣。

秋风

秋风屋外来,落叶纷吾旁。
不出门几日,我树如此黄。

但觉成懒性,焉知逝颓光?

朝餐止一盂,夕卧惟一床。

仲尼欲行道,辙迹环四方。

而我何为者,不与世相忘。

移家江别城东故居

人情恋故乡,谁乐远为客?

我行岂得已,实为丧乱迫。

凄凄顾丘陇,悄悄别亲戚。

不去畏忧虞,欲去念离隔。

虽有妻子从,我恨终不释。

出门未忍发,惆怅至日夕。

竹枝歌

枫林树之有猿啼,若个听来不惨凄。

今夜郎舟宿何处? 巴东不在定巴西。

秋柳

欲挽长条已不堪,都门无复旧毵毵。

此时愁杀桓司马,暮雨秋风满汉南。

杨基的诗,颇染元习,诗似铁崖。杨铁崖游吴下,基作《铁笛歌》,逼肖铁崖诗,铁崖看了大喜,对同伴说:"我在吴下,又得一铁,优于老铁。"他的五言古体,清朱彝尊最为推重,我且引几首,介绍给诸位。

陌上桑

青青陌上桑,叶上带春雨。

已有催丝人,呐呐桑下语。

遇史克敬询故园

三年身不到姑苏,见说城边柳半枯。

纵有萧萧几株在,也应啼杀树头乌。

到江西省看花次韵

生色屏风一面开,轻罗团扇合欢裁。

深深院落青青柳,纵是无花也看来。

张羽和徐贲的诗,我也各引两首。

赠琴士(张羽)

有客夜半来山中,横琴坐石弹松风。

松风曲罢抱琴去,落月一声天外鸿。

燕山春暮(张羽)

金水桥边蜀鸟啼,玉泉山下柳花飞。

江南江北三千里,愁绝春归客未归。

青青水中蒲(徐贲)

青青水中蒲,织作团圆扇。

不肯赠旁人,自掩春风面。

农父谣送顾明府由吴邑升常熟(徐贲)

我家茅屋临官道,前种桑麻后梨枣。

年年力作不违时,人有余粮牛有草。

官长下车今五年，老身不到州县前。
乡无吏胥门户静，家家尽称官长贤。
大男入郭买田具，始知官长移官去。
来时忆向官道迎，今日去时须送迎。
攀辕欲留留不止，我民仓皇彼民喜。
殷勤再拜官道旁，愿饮三江一杯水。

高启又因与张羽、徐贲、王行、高逊志、宋克、唐肃、余尧臣、吕敏、陈则，同居北郭，时以诗文相砥砺，号"北郭十友"，除了四杰，余子碌碌，实无足论，他们的诗，我也不引了。

当时足与四杰比较而无愧色的，要推袁凯，何大复甚至于尊他为明初第一诗人，他的诗，我也引几首。

客中除夜
今夕为何夕？他乡说故乡。
看人儿女大，为客岁年长。
戎帐无休歇，关山正渺茫。
一杯柏叶酒，未敌泪千行。

京师得家书
江水一千里，家书十五行。
行行无别语，只道早还乡。

客中夜坐
落叶萧萧江水长，故园归路更茫茫。
一声新雁三更雨，何处行人不断肠。

宋濂、王袆、方孝孺、刘基,也都能诗,先举宋濂的:

越歌

劝郎莫食鉴湖鱼,劝郎莫弃别时衣。
湖中鲤鱼好寄信,别时衣有万条丝。

恋郎思郎非一朝,好似并州花剪刀。
一股在南一股北,几时裁得合欢袍。

越王台下是侬家,一尺龙梭学织纱。
愿郎莫栽梨子树,遮却房前夜合花。

题长白山居图

满地云林称隐居,燕泥污我读残书。
五更风急鸟声散,时有隔花来卖鱼。

再看宋濂同学王袆的诗:

渑池道中

九月忽又暮,吾行只自伤。
秋兼人共老,愁与路俱长。
野果迎霜赤,园花带雪黄。
故人相慰藉,日晚引壶觞。

忆别曲

低低门前两桑树,忆君别时桑下去。
桑树生叶青复青,知君颜色还如故。

桑叶成蚕蚕作丝,络丝织作绫满机。
欲将裁作君身衣,恐君得衣不思归。

孝孺有许多铭,作得极好,我就举他的铭,做个代表：

带
宽则弛,急则促,要厥中,泰而肃。

衣
服不美,人不汝尤；德不美,乃汝之羞。

砚匣
思而后言,其言必传；言而后思,虽悔莫追。

枕
于此思道道必明,于此论事事必成。于此警戒,汝福将大！于此恣肆,其祸将至！

床屏
蔽汝身,毋蔽汝心。

尺度
寻丈之谬,实始毫厘；君子畜德,无忽细微。

瓦
大厦不倾,匪（一）瓦之积；黎庶之安,乃众贤之力。

有德者必有言,我于孝孺信然。

我细细研究刘基的作品,觉着他也是一个倾向作白话文的人,只因当时风气未开,有许多不便,所以他除正经事,作庙堂古文外,其余游戏的、赏玩的诗词,半是白话的。词另引,先看诗:

懊侬歌

白鸦养雏时,夜夜啼达曙。
如何羽翼成,各自东西去。

薤露歌

人生无百岁,百岁复如何。
古来英雄士,各已归山阿。

新春

昨夜东风来,吹我门前柳。
柳芽黄未全,草根青已有。
鹁鸠屋上鸣,劝我尝春酒。
我发日已白,我颜日已丑。
开樽聊怡情,谁能计身后?

绝句漫兴

莫道花开便是春,莫言沙涨即成津。
北风过了东风起,愁杀江头待渡人!

江行杂兴

马当之山中江中,其下乃是冯夷宫。
良宵月出江水底,行人喜甚天无风。

有人尝把明初诗分五派,高启为吴诗派,刘基为越诗派,林鸿为闽诗派,刘崧为江右诗派,孙蕡为岭南诗派。前两派的诗,我们已经引过,下面再把后三派,略说一下。先说闽诗派,闽中善诗者称"十才子"。十才子,就是郑定、王褒、唐泰、高棅、王恭、陈亮、王偁、周玄、黄玄,而林鸿为之魁首。他们的诗,我可各引一二:

饮酒(林鸿)

儒生好奇古,出口谈唐虞。
倘生羲皇前,所谈乃何如?
古人既已死,古道存遗书。
一语不能践,万卷徒空虚。
我愿但饮酒,不复知其余。
君看醉乡人,乃在天地初。

游芙蓉峰(林鸿)

密竹不知路,渡溪微有踪。
悬知石上约,定向松间逢。
物候变黄鸟,菖蒲化蒙茸。
相望不可即,袅袅霜天钟。

夜泊古崎(陈亮)

寒山夜苍苍,清猿数声响。
风生芦苇鸣,水落洲渚广。
月落知潮来,时闻人荡桨。

江上书怀寄周玄林敏(唐泰)

昔年曾共醉兰舟,明月闲情忆旧游。

独客荒村空向暮,异乡多病厌逢秋。
残烟野戍闻塞笛,落日枫林见驿楼。
为报别来憔悴甚,漫因樽酒一消忧。

水竹居(高棅)

清溪入云木,隐处林塘深。
微月到流水,泠泠竹间琴。
虚声起遥听,天影澄远心。
余亦鸾鹤侣,将期此投簪。

车遥遥(王偁)

车轮何遥遥,西上长安道。
不见车上人,空悲道旁草。
君行日已远,恩爱难自保。
忧来当何如?一夕梦颠倒。
岂无中山酒?一浇我怀抱。
但恐三春华,颜色不再好。
车声何辚辚,风吹马蹄尘。
愿随马蹄尘,飞逐君车轮。

村居(王恭)

草径茅扉带软沙,隔林鸡犬几人家。
青山尽日垂帘坐,落尽棕榈一树花。

春雁(王恭)

春风一夜到衡阳,楚水燕山万里长。
莫怪春来便归去,江南虽好是他乡。

伏波初怀古(郑定)

荒祠衰草已凄然,犹有居人话昔年。
铜鼓苔生秋雨后,石墙花落夕阳边。
竹书早著平蛮策,沙井空余饮马泉。
词客经过休感慨,云台麟阁总寒烟。

题秋林泉石图(王褒)

高林颇深邃,远洲亦萦纡。
风景亦何异,中有隐者庐。
阳崖落日明,阴涧浮云虚。
耕野见秋火,扣舷闻夜渔。
揭来尘网中,机务日相拘。
念兹膏肓疾,愧彼泉石图。
抱拙谢簪绂,养素宜琴书。
俯仰天宇宽,所乐恒有余。

河上立春(黄玄)

故国几时别,殊乡今早春。
青阳开霁雪,残日送归人。
渐与云霄隔,空惊岁月新。
不堪零落处,愁泪满衣巾。

题青城图(周玄)

青城辞家仙路遥,秋后白云还见招。
商山老人不归去,岩径松扉长寂寥。

再引岭南诗派孙蕡的诗：

湖州乐

湖州溪水穿城郭，傍水人家起楼阁。
春风垂柳绿轩窗，细雨飞花湿帘幕。
四月五月南风来，当门处处芰荷开。
吴姬画舫小于斛，荡桨出城沿月回。
菰蒲浪深迷白苎，有时隔花闻笑语。
鲤鱼风起燕飞斜，菱歌声入鸳鸯渚。

冬至

冬至至日日初长，久客客怀怀故乡。
梅蕊惟愁雪烂熳，柳条又是春相将。
懒朝达世真自笑，忆远寄书人未央。
海门关外暮云合，应有南还征雁翔。

孙蕡在南海的时候，与王佐、黄哲、李德、赵介，在南园地方结了一个诗社，时号"南园五先生"，他们的诗，亦可各引一二首：

美人红叶图（王佐）

谢家夫人咏柳絮，黄陵女儿歌竹枝。
谁信长门秋色澹？西风黄叶断肠词。

游洪范池与刘文正（黄哲）

洞门斜日照金潭，千尺藤萝挂石龛。
骑马独来高处望，满山松竹似江南。

听雨(赵介)
池草不成梦,春眠听雨声。
吴蚕朝食叶,汉马夕归营。
花径红应满,溪桥绿渐平。
南园多酒伴,有约候新晴。

瑶池(赵介)
宴罢瑶池暮雨红,碧桃花落几番风。
重来八骏无消息,拟逐青鸾入汉宫。

江右这一派的诗,句腴字琢,音格又不甚高,我不引了。

作台阁体的三杨,亦各有诗。三杨比较起来,杨士奇要好些,我就引他的诗,做个代表。

江南行
家住横塘口,船开去渐遥。
归时不愁暮,出浦正乘潮。

偶来长浦里,相伴采莲归。
并船打两桨,溅水湿罗衣。

三十六湾
湘阴县南江水斜,春来两岸无人家。
深林日午鸟啼歇,开遍满山红白花。

过城陵矶
城头水落石层层,石上鱼樔半搭罾。
忽望高楼出城郭,舟人指点说巴陵。

变台阁体的李东阳,诗宗法老杜,白话诗很多,如:

五斗粟

五斗粟,不屈人。

五株柳,不出门。

举世不我容,上作羲皇民。

羲皇梦不见,一枕三千春。

西湖曲

风落平沙稻,霜垂别渚莲。

西湖三百亩,强半富儿田。

西园秋雨咏苔

岂不爱佳客?畏人践我苔。

西园十日雨,三径不曾开。

慈恩寺

水绕湖边树,花垂石上藤。

长来寺前坐,不识寺前僧。

春园杂诗

三月三日佳丽辰,五十五年衰病身。

闭门一枕午时梦,江草江花无数春。

复古派的李梦阳、何景明,宣言文必秦汉,诗必盛唐,非此者则不谈,他们话虽这样说,诗却白话的居多,如李梦阳的:

子夜四时歌

共欢桃下嬉,心同性不合。

欢爱桃花色,妾愿桃生核。

柳条宛转结,蕉心日夜卷。

不是无舒时,待郎手自展。

相和歌

美人罗带长,风吹不到地。

低头采玉簪,头上玉簪坠。

赠何舍人

朝逢康王城,暮送大堤口。

相对无一言,含凄各分手。

夏口夜泊别友人

黄鹤楼前日欲低,汉阳城树乱乌啼。

孤舟夜泊东游客,恨杀长江不向西。

京师春日漫兴

十日不出花尽开,城南城北看花来。

即教闭户从花尽,莫遣看花不醉回。

再看何景明的诗：

河水曲

河水何溅溅,暮采河边兰。

君随河水去,我独立河干!

侠客行

朝入主人门,暮入主人门,思杀主仇谢主恩。主人张镫夜开宴,千金为寿百金钱。

秋堂露下月出高,起视厩中有骏马,匣中有宝刀。

拔刀跃马门前路,投主黄金去不顾。

秋日杂兴

野亭千橘未全黄,青柿红梨尽待霜。

南邻老翁种橡栗,已见儿童收满床。

我看李、何的诗,不类盛唐,比之晚唐,或有几分相似。

当时与李梦阳、何景明同有诗名的,有徐祯卿、边贡,号为"弘正四杰"。徐祯卿的诗,本于白居易、刘禹锡,所以他的诗,大部分是白话的,如:

江南乐代内作

生长在江南,不爱江北住。

家在阊门西,门垂双柳树。

古意

我有木兰舟,欲作三湘客。

不愁湘水深,但畏湘中石。

在武昌作

洞庭木叶下,潇湘秋思生。

高斋今夜雨,独卧武昌城。

重以桑梓念，凄其江汉情。
不知天外雁，何事乐南征？

大道曲
长安楼阁互相望，户户珠帘十二行。
绿水过桥通酒市，春风下马有垂杨。

边贡的诗，也引一首：

重赠吴国宾
汉江明月照归人，万里秋风一叶身。
休把客衣轻浣濯，此中犹有帝京尘。

徐祯卿与文徵明、唐寅、祝允明，又有"吴中四才子"之号。允明号枝山，诗有六朝遗意，尤工书法。唐寅号伯虎，善画，诗先古，后改俗。他们的诗，我也各引一二：

野寺（唐寅）
野寺空林落照低，微钟烟村使人迷。
逢僧只道山门近，不觉穿云又过溪。

雪景
重重楼阁冻云连，烟树苍茫带瀑泉。
一夜空山千丈雪，草玄人在玉壶天。

闲居秋日（祝允明）
逃暑因能暂闭关，不须多把古贤攀。

并抛杯勺方为懒,少事篇章未碍闲。
风堕一庭邻寺叶,云开半面隔城山。
浮生只说潜居易,隐比求名事更艰。

月夜登阊门西虹桥(文徵明)
白雾漫空去渺然,西虹桥上月初圆。
带城灯火千家市,极目帆樯万里船。
人语不分尘似海,夜寒初重水生烟。
平生无限登临兴,都落风栏露楯前。

四子的诗,比之四杰,白话的实较多,而这里引的反较古,是什么缘故呢?这因这些诗,我都是从《四库全书》上抄来的。《四库全书》,虽名之曰全,其实并不全,因为他们编书的时候,加上许多选择的功夫,凡不合他们宗旨的,一概屏之于外,而这四子,我又查不出他们的专集来,因此遂乱抄一些塞责,很对读者不起!

在盛倡复古声浪中,有个杨慎,独自别树一帜,诗虽全非白话,却也不是赝古。例如:

江陵舟中赠田李二子
落月寒沙夜未分,玉箫金管醉中闻。
明朝回首沅江路,愁听青猿和白云。

咏柳
垂杨垂柳管芳年,飞絮飞花媚远天。
金距斗鸡寒食后,玉蛾翻雪暖风前。
别离江上还河上,抛掷桥边与路边。
游子魂销青塞月,美人肠断翠楼烟。

嘉靖初,王慎中、唐顺之等八才子大倡古文,其时与之对峙而复倡李、何一派,主张"文必秦汉,诗必盛唐"的,有李攀龙、王世贞、谢榛、宗臣、梁有誉、徐中行、吴国伦七子,专造赝古。我在文上,已经提起过,他们的诗,我本不想引的,只因他们在嘉靖诗坛上颇占点地位,这里姑引四首做个例。

怀子相(李攀龙)

蓟门秋杪送仙槎,此日开尊感岁华。
卧病山中生桂树,怀人江上落梅花。
春来鸿雁书千里,夜色楼台雪万家。
南粤东吴还独往,应怜薄宦滞天涯。

秋日怀弟(谢榛)

生涯怜汝自樵苏,时序惊心尚道途。
别后几年儿女大,望中千里弟兄孤。
秋天落木愁多少,夜雨残灯梦有无。
遥想故园挥涕泪,况闻寒雁下江湖。

登雪门诸山(宗臣)

山头月白云英英,千峰倒插千江明。
手把芙蓉步石壁,苍翠乱射猿鸟惊。
谁知云外吹紫笙,欲来不来空复情。
天风吹我佩萧瑟,恍疑身在昆仑中。

感旧(徐中行)

自别燕台白日徂,华阳碣石总荒芜。
独留一片西山月,犹照当年旧酒垆。

七子在当时,附和他们的人却不少,反对他们的人亦很多,徐文长、王百谷、王承父、屠长卿都竭力攻击他们,究以寡不敌众,所影响的很少,自袁宗道兄弟出来,高倡白话诗,才推倒他们。在国语文学史上,袁宗道于明代诗坛上,犹如王守仁于明代文坛上,袁氏兄弟最好唐朝白乐天、宋朝苏轼的诗,而他们自己的出产,比之白、苏,尤为通俗,我可介绍些给诸位欣赏欣赏。先举袁宏道的诗:

西湖
一日湖上行,一日湖上坐。
一日湖上住,一日湖上卧。

偶见白发
无端见白发,欲哭翻成笑。
自喜笑中意,一笑又一笑。

横塘渡
横塘渡,郎西来,妾东去,感郎千金顾。
妾家住红桥,朱门十字路。
认取辛夷花,莫过杨柳树。

妾薄命
落花去故条,尚有根可依。
妇人失夫心,含情欲告谁?
灯光不到明,宠极心还变。
只此双蛾眉,供得几回盼。
看多自成故,未必真衰老。

辟彼数开花,不若初生草。

江上

桃花春水满江头,独拥佳人翡翠楼。
谁抱琵琶江口上,声声弹出小梁州。

经下邳

诸儒坑尽一身余,始觉秦家纲目疏。
枉把六经灰火底,桥边犹有未烧书。

归来

归来兄弟对门居,石浦河边小结庐。
可比维摩方丈地,不妨杨子一床书。
蔬园有处皆添甲,花雨无多亦溜渠。
野服科头常聚首,阮家礼法向来疏。

再举袁宗道的诗:

信阳道中

山下无人踪,山上无鸟语。
惟余一片云,见我来游此。

桥上山崚崚,桥边石齿齿。
差畅游人怀,奈伤驭者趾。

山中看云

云学嵯峨山,山似霏霭云。

云山何以辨,云白山色青。

饮小修所携惠泉
昔逢惠山人,曾说惠山好。
季子千里来,同饮惠山水。

可怜白发人,朝朝望游子。
今日忽归来,饮水亦欢喜。

天均洞
洞里无人踪,洞外绝鸟语。
独有风涛声,时出乔林里。

宗道弟中道,诗与乃兄相仿佛,不引了,因为他们是公安人,所以称他们的诗体为"公安体"。他们的诗,和说话完全一样,只有讲古文的人,很看不惯这种诗,所以他们那些顶好的白话诗,《四库全书》和《明诗综》都不入选,唯华闻修修选明诗,大加击赏,叹为卓绝!

与袁同时,有个评《水浒》《三国》《西厢》《西游》的金圣叹,亦有极滑稽、极有趣、极纯粹的白话诗,例如:

咏雪
天公丧母地丁忧,万里河山戴孝兜。
明日太阳来作吊,枝枝节节泪双流。

咏电
墨云团团飞上天,我想天公要吃烟。
何以知其要吃烟,一闪一闪打火链。

思想之奇,措词之妙,真是匪夷所思。

同时有个钟惺,厌憎公安体浅率通俗,另出手眼,变为幽深孤峭,起初声气应求很少,后来谭元春起来附和,蔡一年、张泽、华淑等,闻声响应,于是中无主宰的,又靡然盲从了。因为钟惺是竟陵人,就叫作"竟陵体",他们的诗,也举两首:

舟晚(钟惺)

舟栖频易处,水宿偶依岑。

岸暝江逾远,天寒谷自深。

隔墟烟似晓,近峡气先阴。

初月难离雾,疏灯稍著林。

渔樵昏后语,山水静中音。

莫数归鸦翼,徒惊倦客心。

到底说些什么?我读一遍,简直莫名其妙。

得蜀中故人书(谭元春)

蜀川兵定人静,老友天寒信来。

莫怪草堂深闭,小桥边有门开。

像这一首,还可看看,但亦嚼不出滋味来。自竟陵体成立之后,从前倾向白话的,到这里又回到复古那一条路上去了,然而白话诗亡,而国亦随之亡了!

(三)词

明这一代,作古文的作古文,作古诗的作古诗,作时文——八股文——的作时文,所以白话的词,大家都搁在一边。因此,退化得很,我只能举出下面那些。

长相思(刘基)
草青青,麦青青,草穗高低麦穗平,黄花相间明。
山禽鸣,水禽鸣,禽鸟与人同有情,不堪闻此声。

浣溪沙
半亩荒园自看锄,雨中时复撷新蔬,不须弹铗叹无鱼。
早息机心劳役少,懒闻世事往来疏,清风明月总赢余。

霜天晓角①
竹篱茅屋,一树扶疏玉,客里十分清绝,有人在江南北。
伫目诗思促。翠袖倚修竹。不是月媒风聘,谁人与、伴幽独。

卜算子
春去蝶先知,花落蜂难缀。草绿庭空不见人,愁共天无际。
凿沼种荷看,水浅荷钱细。惟有青苔最可怜,欲上人衣袂。

清平乐·早春
春风欲到,小草先知道。黄入新黄颜色好。图遣王孙归早。
兴来策杖微行。杖头布谷初鸣。喜见儿童相报,墙根荠菜先生。

---

① 此首词应为宋韩玉作品。

一班人评词,都说陈子龙为明代第一词手,但是依我们国语的眼光看来,刘基在明代词坛上,实与王守仁在文坛上、袁宏道在诗坛上,有同等的位置。

转应曲(高启)

双燕双燕,去岁今年相见。往来东舍西家,衔得泥中落花。落花落花,人在暮寒池阁。

沁园春·寄内兄

忆昔相逢,意气相期,一何壮哉。拟献三千牍,叫开汉阙,蹑一双屐,走上燕台。我劝君酬,君歌我舞,天地疏狂两秀才。惊回首,谩十年风月,四海尘埃。

摩挲旧剑生苔,叹同掩衡门昼草莱。视黄金百镒,已随手去,素丝几缕,欲上头来。莫厌栖栖,但存耿耿,得失区区何足哀。心惟愿,对尊中酒满,树上花开。

菩萨蛮(杨基)

水晶帘外娟娟月,梨花枝上层层雪。花月两模糊,隔帘看欲无。　月华今夜黑,全见梨花白。花也笑姮娥,让他春色多。

风入松·戏柬陈以可(文徵明)

春风晴日裛花枝,何处滞幽期?金闾宝馆香云暖,人如玉,高鬐娥眉。纤指竞传冰碗,清歌缓送瑶卮。　醉围红袖写乌丝,字锦墨淋漓。十年一觉扬州梦,还应费多少相思。见说而今老矣,风流不减当时。

临江仙·将至家寄所欢(杨慎)

数了归期还又数,今朝才是归期。独眠孤馆费相思。梦阑鸡叫早,心急马行迟。寄语同心双带结,休教瘦损腰肢。花明月满尽来时。先凭双喜鹊,报与个侬知。

长相思(李攀龙)

秋风清,秋月明。秋雨梧桐枕上惊。秋梦不分明。 秋蛩吟,秋鸟鸣。秋雁行行天际横,秋思最关情。

长相思(葛一龙)

风一村,雨一村,风雨萧萧独闭门。梨花也断魂。 怕黄昏,已黄昏。湿透春衫冷不禁,啼痕共酒痕。

长相思(顾若璞)

梅子青,豆子青,飞絮飘飘扑短亭。风褰罗袖轻。送芳辰,惜芳辰,春事支离些个情。眉峰皱几层。

点绛唇·题金石斋(陈继儒)

有个人家,子云草阁相如壁。空虚生白,云气堆金石。经案茶床,一缕香烟织。风无力,床头树色。遮断游人屐。

清平乐(陈继儒)

有儿事足,一把茅遮屋。若使薄田耕不熟,添个新生黄犊。闲来也教儿孙,读书不为功名。种竹浇花酿酒,世家闭户先生。

柳梢青·春望(陈子龙)

绣岭平川,汉家故垒,一抹苍烟。陌上香尘,楼前红烛,依旧金钿。十年梦断婵娟,回首处离愁万千。绿柳新蒲,昏鸦春雁,芳草连天。

浣溪沙·送春(叶小鸾)

春色三分付水流,风风雨雨送花休,韶光原自不能留。　梦里有山堪遁世。醒来无酒可浇愁,独怜闲处最难求。

菩萨蛮·暮春倒句(叶小纨)

柳丝迷碧凝烟瘦,瘦烟凝碧迷丝柳。春暮属愁人,人愁属暮春。　雨晴飞舞絮,絮舞飞晴雨。肠断欲昏黄,黄昏欲断肠。

浪淘沙·感事(吴易)

成败判英雄,史笔朦胧。兴吴霸越事匆匆。画墨凌烟能几个,人虎人龙。　双鬓酒杯中,身世萍逢,半窗斜月透西风。梦里邯郸还说梦,蓦地晨钟。

兰陵王·秋日书怀(沈自炳)

夏犹昨,忽把秋来迎着。似晴欲雨太无聊,乍热还寒做萧索。梦魂何处托,烟断楚江难泊。抚孤枕倦极偏醒,晓月苍凉衾力薄。　谯楼吹画角,渐云淡天高。万星摇落,祖刘剑气空磅礴。怅中原沸鼎,澄清无术,七尺男儿徒闷缚。奈时序销铄。

龌龊,世皆浊,任鲈鲙堪思,蝇头难却。凭谁借箸筹时略。扪舌在,闲向苍天空嚼。蛮吟荒草,碾秋声问伊悲乐。

(四) 戏曲

明代的戏曲,远不逮元代,它的原因,我们很容易知道,因为明代换功名的东西,是八股文,戏曲不能兑换功名,宜乎少有人去动手。

关于明代的戏曲,我查不出一部总集子。因此,我对于明代戏曲,只能说出下面那几句话:

编《元曲选》的涵虚子,就是明太祖第十六子,名权,他撰有新剧《辨三教》《勘妒妇》等十二种,现已失传,只有《荆钗记》一种,现尚有的买,语很通俗,文极动人。

周宣王的长子,周宪王有燉,作有新剧多种,音律谐美,文俗而雅,欲知其详,可看《诚斋乐府》。他有首《竹枝歌》,我很爱唱,兹录如下:

春风满山花正开,春衫女儿红杏腮。
侬家荡桨过江去,为问阿郎来不来?
巴山后面竹鸡啼,巴水前头沙鸟栖。
巴水巴山郎到处,闻郎又过石门溪。

他的曲词,和此相似,所以我说他的文,俗中带雅的。

《顾曲杂言》上说:"治化间,有陈铎、沈青门等,所作词曲,亦颇绵丽,与马致远直堪伯仲。"

与陈、沈同时的前七子,如王九思、康海,以及吴中四杰的唐寅、祝枝山,亦都能作杂剧,但不甚好。

杨慎亦偶作曲,所著《洞天元记》《陶情乐府》,脍炙人口,然颇不为当家所许,只因为他是四川人,腔调上不免有些不合的缘故。

嘉靖初,八才子中的李开先,亦会作曲,却非当行。比较好一点的,有徐渭的《祢衡》《玉禅师》《木兰》《黄崇嘏》之"四声猿",与梁伯龙的《真傀儡》《没奈何》《浣纱记》诸剧,张伯起的《红拂记》《祝发记》,都有金元本色,可称独步一时!此外陆采的《明珠记》《偷香记》《椒觞记》《分鞋记》,郑若庸的《玉玦记》,沈宁庵的《玉合记》,已落第二三流了。

万历后,有个孙仁孺,他拿了一部《孟子》,撰成《东郭记》四十四出,是骂世的东西,却是一部杰作。

明代曲家,要推汤义仍为第一,他是万历癸未的进士,填词妙绝一时,作有《还魂记》《南柯记》《邯郸梦》《紫钗记》,其《牡丹亭》曲本,尤极情挚,家传户诵,几令《西厢》减色。比义仍后一点,有阮大铖《燕子笺》,名噪一时,但是他的填词，比之义仍，就远不及。

(五)小说

明代小说，我查《明史·艺文志二》，有小说一百二十七部，三千三百七十卷之多，大都是笔记琐谈这一类的东西，全是文言的，白话体裁的一部都未列。

据我所知道的，明代白话小说，有四部大著作，就是《金瓶梅》《封神传》《英烈传》《列国志》。

《金瓶梅》相传是王世贞作的，内容是记一个劣绅淫乱的丑态，作者作这部书，似有骨鲠在喉，不吐不快之慨！原意主惩戒，并不坏，惜被后世文贼，摘去他的长处，取了他的坏处，这样一来，便把一部极有价值的杰作变成一部极罪恶、极下品、极不堪寓目的坏小说了。原意惩淫，后来变成诲淫，因此，有清以来，禁止买卖，对于这种假货，我亦赞同禁卖，可是道地的真货，我看可不必禁。《竹坡闲话》说："凡人谓《金瓶梅》是淫书者，想必伊止看其淫处。"又说，"若我看此书，纯是一部史公文字。"原书宗旨，我看表示在书中开头所引的那首诗上，那诗是：

二八佳人体似酥，腰间仗剑斩愚夫。
虽然不见人头落，暗处教君骨髓枯。

但是另有一种本子，开头这首诗，又是：

江上臭皮囊，昔日桃花面。
而今不忍看，当初恨难见。

于此可见这部书刊本之多了，诸位如要看这部书，最好寻那大字木版的。

《英烈传》：相传是郭勋著的，内容是说元朝一代的事情。

《封神传》：不知谁人著作，内容是记武王伐纣的事情，言极怪诞，但亦有所附会，是仿《西游记》作的，而神怪尤过之。

《列国志》：著者姓名亦不传，述春秋战国事，极为翔实，体裁是追拟《三国演义》的。

除上面所说之外，明代白话小说，想来一定还有，不过我不晓得。但有价值的，要亦不外所举的了！

此外还有一部《万古愁曲》，为弹词之祖，寓发愤之意，内容倒颇可观，是归庄子慕作的。

第四章　清（西历一六四四到一九一一）

一

自从蒙古灭金之后，通古斯族，势久不振，直到明朝中世，在长白山一带兴起，国号满洲。

明末国贫民穷，人心厌苦作乱。崇祯元年，李自成、张献忠乘机起事，四方流贼蜂起应之，及李自成定陕西、河南，下山西，进陷北京，满军趁机入关，改国号叫清。

前清武功，文学之盛，为历代所未有。前清武功：康熙朝，剪灭台湾，征服准部。雍正朝，削平青海，抚有苗疆。乾隆朝，平准噶尔，灭金川，服缅甸，收安南，定回疆，抚西藏，版图之大，与元相等。讲到文学，这一朝代，是古文、白话并进的一个时期。古文昌盛的原因，半是科举的拥护，半是朝廷的奖进。康熙、乾隆两朝，都开博学鸿词科，为科举上极大的一个运动，一时英奇之才，几乎尽被网罗。他如征聘隐逸，搜求遗书，公开四库，编纂图书，设立书院，奖进倡导，不遗余力，虽是意在牢笼，出于政治上的方略，但是影响所及，亦足使文学上呈热闹气象。至于白话，朝廷上并未奖进，效用上又换不来功名，何以亦极繁荣呢？据我考究起来，一半是自然的趋势，一半是民气的伸张。白话是自然的趋势，这一层有文学常识的人都明了，不必说。民气的伸张，怎样讲呢？清以武力，主我汉人，凡我汉人，稍有血性，自多不服，由是口诛笔伐，或显言，或寓言，往往有之，譬如《红楼梦》，就是一个例。

二

前清三百年中，我们拿古文的眼光看起来，实是汉学、宋学的大肖子，汉学的特色，在考据，却有苛碎的弊病。宋学的特色，在义理，又有落空的弊病。

前清讲考据,则精要而不烦,言义理,则具体而可行,能矫正汉、宋的流弊,实汉儒、宋儒所不及。于汉学,康熙朝,有顾炎武、阎百诗、毛奇龄、朱锡鬯、胡渭、惠士奇、江永、何焯等开于先;乾隆朝,有焦循、惠栋、戴震、段玉裁、王念孙、王引之、钱大昕、王鸣盛、阮元、纪昀、汪中、孔广森、孙星衍、洪亮吉、赵翼等昌其焰。于宋学,康熙朝,有孙奇逢、李颙、汤斌、陆陇其、李光地、张伯行、方道、施闰章等衍其传;乾隆朝,有蔡世远、陈宏谋、朱珪、全祖望、姚鼐、彭绍升、罗有高、汪缙等广其流。因此,于宋学,有夏峰、梨洲、二曲、桴亭、杨园、程山、睢州、安溪、平湖、江阴、无锡、白田、闽中、广东、山左、山右、满洲、两湖诸学派。于汉学,有《易经》《书经》《诗经》《三礼》《三传》《论》《孟》《孝经》、小学、算学诸精义之发明。

清与宋,距离五百年,对于性理之学,发挥而光大之,事已不易,清与汉,距离二千年,对于考据之学,辨正而修证之,是真难能可怪。以上虽无关于国语文学,然亦我们所当知道的。

前清的文学,我们为说明便利起见,仍旧分节来说:

(一) 文

前清文学之盛,实导源于明朝遗老,明朝遗老当中,品学最高的,要推黄宗羲、顾炎武、王夫之,他们就是世所称的"国初三先生"。

黄宗羲世称"梨洲先生",他的学问,虽出于姚江派,而以慎独为宗,实践为主,不高谈心性,堕入禅门,对于自己所作的文,好以古文自命。

顾炎武世称"亭林先生",于书无所不读,尤好经世之学,当时称为闳儒。生平耻为文人,现在大家挂在嘴边上的"礼义廉耻,国之四维,四维不张,国乃灭亡",就是这位先生的话。

王夫之世称"船山先生",少负异才,读书十行俱下,生平论学,以宋五子为堂奥,而尤推尊横渠,不自以文名,而文极真挚。

与黄、顾、王同时而以性理学著称者,又有孙奇逢、李颙、陆世仪。孙奇逢,世称"苏门先生",以象山阳明为宗,而通以朱子之说。李颙,世称"二曲先生"——论学以改过自新为极则,与李因、李柏,称"关中三李"。陆世仪与同学陈瑚、盛敬、江士韶相约,为迁善改过之学,恐怕惊世骇俗,深自隐晦,于近世讲学家,最为笃实,世称为"嘉定四先生"。上面这几位先生,都尝设席讲学,故各有语录体的文章,现在我节录陆世仪《思辨录》中的话,来做个代表。

> 切莫做识得破、忍不过的事。
> 闲时忙得一刻,则忙时闲得一刻。
> 切莫为力量所不能为之事,是亦治生一诀也。
> 昼坐当惜阴,夜坐当惜灯,遇言当惜口,遇事当惜心。
> 问吾辈克己,而他人或有加无已,奈何?曰:天下是处,不可让与别人做;天下不是处,何妨让与别人做。
> 昔人有言:天下甚事,不因忙后错了。世仪道:天下甚事,不因怒后错了;怒则忙,忙则错,气一动时,不可不即时检点。
> 眼如日月,须照耀万物,勿为丰蔀所蔽。
> 语有之:"五色令人目盲。"五色,皆我之丰蔀也。
> 读书不能穷理,亦是丰蔀。
> 改过之人,如天气新晴一般,自家固自洒然,人见之,亦分外可喜。
> 古人云:"教孝。"愚谓亦当教慈。慈者,所以致孝之本也。愚见人家,尽有中才子弟,却因父母不慈,打入不孝一边。……教子须是以身率先,每见人家子弟,父兄未尝着意督率,而规模、动定、性情、好尚,辄酷肖其父,皆身教为之也。念及此,岂可不知自省?

世仪的说话,平正无奇,理由切当不易。我们遵而行之,可以迁善,可以改过。我上文说:"清于宋学言义理则具体而可行。"于此可以见其一斑。

遗民当中,古文做得顶好的要算侯方域和魏禧。侯方域叙传得迁、固神理,有《壮悔堂集》行世。魏禧兄弟三人,都善古文,就中魏禧之名最高,为文善发议论,世称雪苑——方域的号——叙传,叔子——禧的号——议论,为清

初文坛双妙。叔子著有《文集》《日录》《左传经世》诸经,其中的《日录》是白话文,我们可引点来看看:

  事后论人,局中论人,是学者大病。事后论人,每将智人说得极愚;局外论人,每将难事说得极易。二者皆从不忠不恕生出。
  人做事极不可迁滞,不可反复,不可烦碎。代人做事,又极要耐得迁滞,耐得反复,耐得烦碎。
  立意说谎人亦少,多因一时要说得好听,便生出无数虚诞,自揣言语之间,其不务好听者鲜矣。
  我不识何等为君子?但看日间每事肯吃亏的,便是。我不识何等为小人?但看日间每事好便宜的,便是。
  古今教人做好人,只十四字,简妙直切,曰:君子落得为君子,小人枉费做小人。……落得者,犹云拾得,言极其便宜也。枉费者,犹言折本,言极其吃亏也。
  人如何谓之立志?先要辨得何等好事是我断做得的,是我必要做的。何等不好事是我不会做的,是我断不肯做的。
  人最不可轻易疑人,今如误打骂人,人可回手回口,若误疑人,则此人一举一动,我十分揣摩,他无一毫警觉,终身冤诬,那得申时。此逆亿所以为薄道也。
  以布施做功德者,斋僧不如济贫;济贫不如建桥、修路、设渡、施茶,诸普济事。行普济事,不如不妄取人财。施冢,不如施棺;施棺,不如施药;施药,不如周济教导,使其不饥寒暑湿,以至于病。大抵先事之功无形,人不见其可感,故人鲜为之。是故施恩者,不必冀可见之功,受恩者,必当思不见之德。

叔子这些说话,都是至理名言,我们应当铭诸座右。

与侯、魏同时以古文鸣世的,还有王于一、陈士业、徐巨源、欧阳宪万①等人,都是明季高尚的遗民,开导前清文学的功臣。

以上所说的是明季遗民文学的大略情形,前清文学之盛,实孕育于这几位遗民身上,所以必须提一提。

我上文说这一朝代,是古文和白话文并进的一个时期,先说古文。

前清古文大家,国初有汪琬、姜宸英、邵长蘅,康熙末,有方苞、刘大櫆、姚鼐、恽敬、张惠言;道咸间,有曾国藩、吴敏树、杨彝珍;清末推康有为、章炳麟、林纾。

方、刘、姚为前清一代古文正宗,世称"桐城派",而导其源者,实为宋、姜,与桐城派对抗作古文的,为恽、张,号为"阳湖派"。道咸间,汉、宋两家,争执甚烈,调和之者,有曾国藩,世号"折衷派"。上面所举的,都是天字号的古文大家,最近章太炎也作起白话文来了,这可说是白话文战胜古文,古文投降白话文的表现。

至于讲汉学讲宋学的人,这一朝代,尤为热闹,我在上面已经提过,与国语文学,无多大关系,毋庸再详说了。再说白话文。

明末讲学的风气很浓厚,国初又诏天下多设书院,因此白话体的语录很多,清前半叶,我们可引汤斌等的来举例。

顺至六年,有位进士叫汤斌,当他丁父忧时,在家教徒自终。这位先生,讲学以诚正为本,论事以忠孝为先,他的语录当中,精彩的话很多,现在随便举一点来做例:

> 人非圣贤,孰能无过?吾辈发愤为学,必须实心改过,默默点检自己心事,默默克治自己病痛,若瞒昧此心,支吾外面,即严师胜友,朝夕从

---

① 原文作"欧阳宪章",当为"欧阳宪万"误。欧阳斌元(1606—1649),字宪万,晚号丽峰居士,江西新建人,世居西山,受姜曰广、杨廷麟等江西籍官员推重。《国朝先正事略》《清史稿》载"斌元有《文集》十二卷"。赵尔巽等撰《清史稿》卷四百八十四《列传》二百七十一《文苑传》有传。

游,何益乎?

彼此讲论,务要平心易气,即有不合,亦当再加详思,虚己商量,不可自以为是,过于激辨,舍己从人,取人为善,圣贤心传,正在于此;否则,虽所论极是,亦见涵养功疏,况未必尽是乎? 尤西川先生云:"让古人,是无志;不让眼前人,是好胜。"

先生临殁,漏下二鼓,犹戒子溥等曰:"孟子言乍见孺子入井,皆有怵惕恻隐之心,汝等当养此真心,真心时时发见,则可……若但依成规,袭外貌,终为乡愿,无益也。"

汤斌学宗阳明,讲求实用,却没有王学放荡的弊病,看了上引,便可信然。与他同时的魏象枢,品学职位,大致相同,所著《庸言》,亦是白话体的,例如:

开口先讲太极,便不是实学,只讲伦理便好。
读书不达世务,真是腐儒;读书不体圣言,真是呆汉。
世间第一种可敬人,忠臣、孝子;世间第一种可怜人,寡妇、孤儿。
成德每在困穷,败身多因得志。
常把自己说得好话,一一自问,你既不行,谁教你说出来?
世人都看戏场,何曾看得一个好人? 好在何处? 我当学他。看得一个不好人,不好在何处? 我不当学他。
市上肥甘之物,一二家不可买尽,须留些与众家一尝,才有滋味,富贵功名等物皆然。
人之存心忠厚者,必立言忠厚,立言忠厚者,必做事忠厚,身必享忠厚之福,子孙必食忠厚之报。

比汤后一点有个程大纯,读书以穷理为本,讲学以力行为先,看他的《笔记》当中所说的话,就可见得,现在也录下几条来做例:

人坏念将起时,只觉得可耻,便有转机。

看他人错处,时时当反观内省。

人不能无差错念头,只要扯得转来。

爱子弟,不教之守本分,识道理,田产千万,适足以助其淫邪之具;即读书万卷,下笔滔滔,亦不过假以欺饰之资。有识者,所当深省。

每见有才气人,说到他人是者,犹多不满,说到自己短处,犹有所长,以此见自反之难。

人要为人,当思异于禽兽者何处?

人一心先无宰,如何整理得一身正当。

著《愿体集》的史典,说理尤为透彻,文体纯是白话,也录下一些来。

行一件好事,心中泰然。行一件歹事,衾影抱愧,即此是天堂地狱。

"尽其在我"四字,可以上不怨天,下不尤人;亦可以仰不愧天,俯不怍人。

凡应人接物,胸中要有分晓,外面须存浑厚。

嗜欲正浓时,能斩断;怒气正盛时,能按纳,此皆学问得力处。

欲人勿闻,莫若勿言;欲人勿知,莫若勿为。

对失意人,不谈得意事;处得意日,莫忘失意时。

临事肯替别人想,是第一等学问。

聪明人,宜学厚。

见遗金于旷途,遇艳妇于密室,闻仇人于垂毙,好一块试金石。

慎风寒,节嗜欲,是从吾身上却病法;省忧愁,戒烦恼,是从吾心上却病法。

我如为善,虽一介寒士,有人服其德;我如为恶,虽位极人臣,有人议其过。

凡人无不好富贵,不知"富贵"二字,岂是容易享受?其上以道德享之,其次以功业当之,又其次以学问识见驾驭之,如道德不足享,功业不足当,学问识见不足驾驭,虽得富贵,何能安享?

经一番折挫,长一番识见;多一分享用,减一分福泽;加一分体贴,知一分物情。

容得几个小人,耐得几桩逆事,过后颇觉心胸开豁,眉目清扬;正如人啖橄榄,当下不无酸涩,然回味时,满口清凉。

做人无成心,便带福气;做事有结果,亦是寿征。

一坐之中,有好以言弹射人者,吾宜端坐沉默以销之,此之谓"不言之教"。

觉人之诈,而不说破,待其自愧可也;若夫不知愧之人,又何责焉。

向人说贫,人必不信,徒增嗤笑耳;人即我信,何救于贫?

人前做得出的,方可说;人前说得出的,方可做。

"不为过"三字,昧却多少良心!"没奈何"三字,抹却多少体面!

待己者,当从无过中求有过,非独进德,亦且免患;待人者,当于有过中求无过,非但存厚,亦且解怨。

我施有恩,不求他报;他结有怨,不与他较。这个中间,宽了多少怀抱?

忍不过时,着力再忍;受不得时,耐心再受。这个中间,除了多少烦恼?

这种说话,我们能多看些,能照它行,于处世接物,不知要顺利多少。

与《愿体集》相仿的集子,有唐翼的《人生必读书》,内容间有采录古今人的说话,而以已所著论的为多,举例如下:

士君子处心行事,须以利人为主;利人原不在大小,但以吾力量所能到处,行方便之事,即是惠泽及人;如路上一砖一石,有碍于足,去之,即是善事。

　　圣贤无他长，只是见得己多未是，所以孜孜悔过迁善，而为圣贤；凶恶之所短，只是见得自己是，而人多不是，所以刻刻怨物尤人，而为凶恶。

　　世人用财，贵明义理，加厚于根本，虽千金不为妄费；浪用于无益，即一金已属奢侈，是以丰俭贵适其宜也。吾见有人，其待兄弟亲戚故旧也，丝毫必计，不肯少假锱铢；及争虚体面为无益之事，以炫耀俗人耳目，则不惜无穷浪费，此全不知本末轻重。

张英的《聪训斋语》里面，也有很好的说话，如：

　　每思天下事，受得小气，则不至于受大气；吃得小亏，则不至于吃大亏，此生平得力之处。

　　与人相交，一言一事，皆须有益于人，便是善人。

　　人处心积虑，一言一动，能皆思益人而痛戒损人，则人望之若鸾凤，宝之如参苓。

　　予之立训，更无多言，止有四语："读书者不贱，守田者不饥，积德者不倾，择交者不败。"

　　不足则断不可借贷，有余则断不可放债。

　　闲适无事之人，镇日不观书，则起居出入，身心无所栖泊，耳目无所安顿，势必心意颠倒，妄想生嗔，处逆境不乐，处顺境亦不乐，每见人栖栖皇皇，觉举动无不碍者，此必不读书之人也。

　　有学问人，如山韫玉，如渊藏珠，虽不现出，而精彩自然光润。

清后半叶，我们可以曾国藩等的来举例。
曾国藩的《书札》《家信》《日记》《家书》上，都有很浅近、很精到的言论，例如：

耐冷耐苦,耐劳耐闲。

方今民穷财困,吾辈势不能别有噢咻生息之术,计惟力去害民之人,以听吾民之自挚自活而已。

带勇之人,第一,要才堪治民。第二,要不怕死。第三,要不急急名利。第四,要耐受辛苦。大抵有忠义血性,则四者相从以俱生。

愚民无知,于素所未见未闻之事,辄疑其难于上天,一人告退,百人附和,其实并无真知灼见,假令一人称好,即千人同声称好矣。

趋时者,恃无识之喜,损有道之真。

治心治身,理不必太多,知不必太杂,切身日日用得着的,不过一两句,所谓守约也。

大局日坏,吾辈不可不竭力支持,做一分,算一分,在一日,撑一日。

大抵世之所以弥乱者,第一,在黑白混淆。第二,在君子愈让,小人愈妄。

坚其志,苦其心,勤其力,事无大小,必有所成。

君子不恃千万人之谀颂,而畏一二有识之窃笑。(以上《书札》)

凡专一业之人,必有心得,亦必有疑义。

士人:第一,要有志。第二,要有识。第三,要有恒。

谁人可慢?何事可弛?弛事者无成!慢人者反尔!

心欲其定,气欲其定,神欲其定,体欲其定。

古之成大事者,规模远大,与综理密微,二者缺一不可。

不慌不忙,盈科后进,向后必有一番回甘滋味出来。

精神愈用则愈出,阳气愈提则愈盛,每日做事愈多,则夜间临睡愈快活,若存一爱惜精神的意思,将前将却,奄奄无气,决难成事。

总须脚踏实地,克勤小物,乃可日起而有功。

天下古今之庸人,皆以一惰字致败;天下古今之才人,皆以一傲字致败。

担当大事,全在明、强二字。

富贵功名,皆人世浮荣;惟胸次浩大,是真正受用。

小心安命,埋头任事。

来信每怪运气不好,便不似好汉声口;惟有一字不说,咬定牙根,徐图自强而已。

自从……大悔大悟之后,乃知自己全无本领。(以上《家书》)

凡言兼众长者,必其一无所长者也。

困时切莫间断,熬过此关,便可少进;再进再困,再熬再奋,自有亨通精进之日。……凡事极困极难之时,打得通的,便是好汉。(以上《家训》)

不为圣贤,便为禽兽;莫问收获,但问耕耘。

天下断无易处之境遇,人间那有空闲的光阴。

百种弊病,皆从懒生。

本日应了之事,本日必了之。(以上《日记》)

胡林翼亦有与曾国藩同样的好话,也引一点来。

智虑生于精神,精神生于安静。

放胆放手大踏步,乃可救人。

不苦撑,不咬牙,终无安枕之日。

凡人总要忧勤,千般苦楚,均要人肯吃。

光绪后,可举左宗棠、梁启超来做代表。左宗棠亦有好话,我也要介绍一点。

见今士气,外愈谦而内愈伪。

学业才识,不日进则日退,须随时随事留心着力为要。

凡事过于求好,转多不妥之处。

天下事，当以天下心出之。

读书时，须细看古人处一事、接一物，是如何思量？如何气象？及自己处事接物时，又细心将古人比拟；设若古人当此，其措置之法，当是如何？我自己任性为之，又当如何？然后自己过错始见，古人道理始出。

左宗棠和曾国藩是近世独一无二的人才，他们的言论，我们固然钦佩，就是他们的德行、功业，尤赫赫在人耳目，《左传》上的"三不朽"，他们都一一做到，自是后世的模范人。

梁启超的著作很多，新闻上、杂志上，所在都有，整部的集子，有《饮冰室丛著》。他五四以前的文章，都是极浅近的文言，我以为白话文在今日的发达，他实颇有功劳，他的文言，换去之乎者也，就是白话。五四以后，他的文，很多白话，我想他的改用白话，绝不是趋时，是必由于了解白话的真价值。

(二)诗

清初诗人，要推钱谦益、吴伟业，他们两人，都是明遗民而尝仕清的，所以论到人格，非常卑污。谦益著有《初学》《有学》两集，乾隆帝尝诏毁之，以励臣节。沈德潜编《清诗别裁》，一首也不录他。然而他的诗，沉郁藻丽，高情逸致，在古诗当中，也占一位置。我选他近于白话的来做例：

识字行·题吴门袁节母册子

母能识节字，儿能识孝字。人生识字只两个，何用三仓四部盈箱筥。羡君佣书养母能不忧，白华洁白充晨羞。牛腰诗卷争传诵，行看绰楔悬乌头。君不见长洲陈五经，抠衣跪母提汲瓶。篱边使者星驰报天子，诏书一夕来青冥。

荷花辞

鱼戏田田隔水知，荷花不语自低垂。

团团碧叶遮如盖,旋迸明珠打鸭儿。

柳絮词
白于花色软于绵,不是东风不放巅。
郎似春泥侬似絮,任他吹着也相连。

无花
客里无花独依楼,讨春无计恨悠悠。
无花亦有便宜处,省却花飞一段愁。

柳溪
烟着层层柳,云生面面溪。
欲寻垂钓处,咫尺使人迷。

杯山
山如一酒杯,湖水尝灌注。
我爱杯中物,还乘此杯渡。

宿云墩
墩深云所归,云去墩仍在。
却疑此非墩,亦是云变态。

伟业的仕于新朝,出于当事者的逼迫,所以情有可原,而他自己,亦以枉节自恨。他的诗胜于钱,白话的很多。如:

古意
欢似机中丝,织作相思树。

侬似衣上花,春风吹不去。

子夜歌

微笑伴牵伴,低头误弄弦。
众中谁卖眼?又说是相怜。

橄榄两头纤,络难一个圆。
纵教皮肉尽,肠肚自然坚。

晚抵梁家乡闸①

十里五里程,三板两板水。
远寺有钟声,胧胧烟树里。
随风渡渚去,已断还复起。
独客此时听,孤灯压篷底。

庐山杂咏

食豆兼食苗,豆苗瘦如缕。
不闻豆花香,惟带豆叶苦。

织女

轧轧鸣梭急,盈盈涕泪微。
悬知新样锦,不理旧残机。
天汉期还待,河梁事已非。
玉箱今夜满,我独赋无衣。

---

① 以下两首诗为查慎行作品。

遇旧友

已过才追问,相看是故人。

乱离何处见?消息苦难真。

拭眼惊魂定,衔杯笑语频。

移家就吾住,白首两遗民。

病后遇竹垞先生斋①

偶因风雨宿君家,倦枕无眠到晓鸦。

起向曝书亭上坐,一池荷叶两三花。

即事

老夫畏暑如酷吏,逃入邻园树影中。

贪趁槐荫成久坐,归来衣上带青虫。

绝句

早桃开后倦游情,春事无端阅凤城。

忽听卖花声到耳,始知明日又清明。

喜德尹至都

三亩原为种稻留,私逋官税苦难酬。

翻因细悉家中事,从此思家又起头。

与钱、吴齐名的,有龚鼎孳,亦是《贰臣传》中人,与钱、吴并称"江左三家",所作比之钱、吴,实远不及。他的诗,恕不引。

除"江左三家"之外,还有陈恭尹、屈大均、梁佩兰,称"岭南三家",他们

---

① 以下四首诗为查慎行作品。

的诗,比之龚,还要逊,更无举引的价值。此外有个古诗人所吐弃的李渔,亦是遗民。他的诗,我看极好,我极爱他,他是一个有意作白话诗的人,比之"江左三家""岭南三家",文俗大不相同,请看他的:

题画杂诗①
一翁沽酒来,一翁抱琴去。
相值断桥边,桑麻话絮絮。

江村晚
我爱江村晚,千帆下白鸥。
沙汀先后集,熟认始为舟。

闺词
何处征肥瘠,湘裙带二条。
已经宽若许,再褪更无腰。

新嫁娘
三朝送茶汤,娇羞难出手。
行到阿姑前,错声呼阿母。

七夕抵家
百事未能做,仍归咬菜根。
入门当七夕,拭竹晒长裈。

---

① 此为王素作品。

垂纶

只少渔人眷属，输他骨肉同心。

妇坐船头晒网，儿蹲石上敲针。

采莲歌

采莲只唱采莲词，莫向同侪浪语私。

岸上有人闲处立，看花兼看采花儿。

人在花中不觉香，离花香气远相将。

从中悟得勾郎法，只许郎看不近郎。

花间美人

同病相怜不忍违，客来才欲转身飞。

天教衣绾蔷薇刺，留待人看不放归。

这些诗，何等通俗，比之陆放翁，何多让焉，意境又何等的美妙，那班吐弃他的人，真不知何意。

顺治初的诗人很多，丁药园、陆圻、柴绍炳、毛先舒、孙治、张纲孙、吴百朋、沈谦、虞黄昊、陈廷会，称"西泠十子"；丁药园与施闰章、宋琬、张谯明、严灏亭、周釜山、赵锦帆，号"燕台七子"。这十六个人当中，尤推施闰章与宋琬的诗名最高，当时有"南施北宋"之目。宋诗以雄浑磊落胜，施诗以温柔敦厚胜，我们要举例，好不过举他们的，先看闰章的诗：

读曲歌

持歌劝欢饮，欢复强侬醉。

歌到懊侬曲，堕侬一生泪。

陇头水

陇头水幽咽,陇头人发白。

陇头人回头,陇头水自流。

山行

野寺分晴树,山亭过晚霞。

春深无客到,一路落松花。

天涯路

天涯望不极,尽是行人路。

日日换行人,天涯路如故。

渺渺白云远,萋萋芳草暮。

来者知为谁?但见行人去。

买舟避兵

偷生何处得?水国静悲笳。

万事数行泪,孤舟八口家。

随风依岸柳,载雪隐芦花。

不是寻源去,虚疑博望槎。

闻橹声

咿轧似哀鸿,听来残梦中。

空江人未语,咽断五更风。

再看宋琬的诗:

从军行送王玉门之大梁

有客有客髯而紫,左挟秦弓右吴矢。
自言家本关中豪,黄金散尽来江沚。
年来倦上仲宣楼,裹粮且访侯嬴里。
腰间匕首徐夫人,河畔荒丘魏公子。
悬知吊古有深愁,慷慨登车不可止。
自从盗决黄河奔,大梁未有千家村。
烽火但增新战垒,尘沙非复古夷门。
短衣聊向将军幕,长剑终酬国士恩。
落日驱车临广武,春风试马出辍辕。
丈夫佩印乃恒事,安能郁郁老丘樊!
王郎顾我深叹息,一见欢喜如旧识。
此行不但为封侯,人生贵在抒胸臆。
江上杨花白雪飞,梁园芳草青袍色。
盾鼻犹堪试彩毫,莺声聊为停珠勒。
醉后狂歌气若云,军中教战容如墨。
春风拂地车斑斑,起看明月揽刀环。
平台宾客久零落,至今汴水空潺湲。
怜予偃蹇风尘际,年来罄折雕朱颜。
已知苦被雕虫误,强弩欲挽不可关。
待尔他年分虎竹,相从射猎终南山。

"西泠十子"中,我举张纲孙做个代表,他有一首《苦旱行》,我最爱读,介绍如下:

田中无水骑马过,苗叶半黄虫咬破。
五月不雨至六月,农夫仰天泪交堕。
去年腊月频下雪,父老俱言水应大。

如何三伏无片云,米价腾贵人饥饿!
大河之壖风扬沙,桔槔无用袖手坐。
林木焦杀鸟开口,鲂鱼枯干沟底卧。
人人气喘面皮黑,十个热病死九个。
安得昊天降灵雨,儿童欢笑父老贺。
高田低田薄有收,比里稍可完国课。
不然官吏猛如虎,终朝鞭扑畤能那!

介乎施、宋之间,为诗兼善众体,为朱彝尊竹垞,他的诗词,白话色彩更浓,故可选的尤多。例如:

荷陂
风过莲叶香,日出钓船去。
不闻鸡犬声,但有鸂鶒语。

柳浪
断岸绿杨齐,浓阴覆水低。
东风吹太急,扶起过桥西。

镜香楼
吾里镜香亭,君家镜香楼。
满池鸳鸯浴,四面芙蓉秋。

清籁居
一夜雨鸣树,不知云几重?
推窗看晓色,对面北高峰。

竹笕

流泉半岭来,续以青竹管。
穿过白花篱,忽注僧厨满。

九溪

寻遍十五寺,九溪鸣淙淙。
下无一寸鱼,上有百尺松。
缘流思濯足,奈此菖蒲茸。

十八涧

暮经南山南,曲涧一十八。
山桥往而复,山路圠兮圠。
夕曛渐催人,延首望香刹。

理安寺

三家村里人静,独木桥边路叉。
竹响惊回鼯鼠,泉香流出松花。

康熙间的诗人,王士禛名最高,实为前清第一个大诗人,他的诗能尽古今之奇变。当时士大夫识与不识,都仰之如泰山北斗。他的诗,我也介绍些给读者。

采莼曲

不食上湖荇,但采下湖莼。
缘流棹歌去,西风愁杀人。

采莼临浅流,采莲在深渚。

欢似莼心滑,那识莲心苦。

即目
苍苍远烟起,槭槭疏林响。
落日隐西山,人耕古原上。

华山道中即事
万山堆里看云松,曲崦幽溪复几重。
为爱泉声过林去,不知烟寺远闻钟。

送胡嵩孩赴长江
青草湖边秋水长,黄陵庙口暮烟苍。
布帆安稳西风里,一路看山到岳阳。

真州绝句
晓上高楼最上层,去帆婀娜意难胜。
白沙亭下潮千尺,直送离心到秣陵。

江干多是钓人居,柳陌菱塘一带疏。
好是日斜风定后,半江红树卖鲈鱼。

九月十五夜哭师儿
滴尽眼中血,骄儿闻不闻?
他乡风雨夜,寂寞一孤坟!

独是中秋月,清光依旧圆。
却将万行泪,送汝向重泉!

寒食棠梨道,纸钱高下飞。
夜台音信断,儿去几时归?

与士禛同时作诗的人,很多很多,而大都是学士禛的,故举了士禛的诗,等而下之,可想见了。在士禛神韵派诗体风行的时候,有个赵执信,独唱异议,作诗以思路巉刻为宗。他的诗,我举一首:

氓入城行

村氓终岁不入城,入城怕逢县令行。
行逢县令犹自可,莫见当衙据案坐。
但闻坐处已惊魂,何事喧轰来向村?
银铛扭械从青盖,狼顾狐噪怖杀人。
鞭笞搒掠惨不止,老幼家家血相视。
官私计尽生路无,不如却就城中死!
一呼万应齐挥拳,胥吏奔散如飞烟。
可怜县令窜何处?眼望高城不敢前。
城中大官临广堂,颇知县令出赈荒。
门外氓声忽鼎沸,急传温语无张皇。
城中酒浓傅饦好,人人给钱买醉饱。
醉饱争趋县令衙,撤扉毁阁如风扫。
县令深宵匍匐归,奴颜囚首销凶威!
诘朝氓去城中定,大官咨嗟顾县令。

同时有位查慎行,诗名亦很高,诗体介于王、赵之间,梨洲尝比他的诗于陆放翁,因为他作诗不用典故,爱发议论,专用白描,也是一个白话大诗人,举例如下:

初入小河

鱼米由来富楚乡,入秋饱啖只寻常。
如今米价偏腾贵,贱买河鱼不忍尝。

昌江竹枝词

棕榈叶瘦芭蕉肥,菜花半开桃李稀。
背山园圃蜜蜂出,近水人家燕子飞。

小儿滩头水没矶,几点雨着行人衣。
草烟迎岸翠扑扑,牧笛未归鹅鸭归。

菱梁

春水绿于头,春花红似掌。
渐次去人遥,凫鸥杂三两。

即事

新烟淡淡柳疏疏,雨洗轻尘出郭初。
远客不知京国好,酒旗风里话田庐。

联鞍缓鞚去逡巡,觅句沉吟苦斗新。
忽漫诗成狂拍手,堕鞭惊起马头尘。

夜宿养素堂东偏

袅袅一枝藤,疏疏几行柳。
篱落吐灯光,邻家犹卖酒。

从磨石口至翠云庵
乱山中有崎岖路,时听征车撼石声。
行过翠云尘乍少,马头麦浪绿初成。

紫溪道中
去城渐远渐青葱,画里溪桥曲折通。
无有一村无好树,歇凉人在小亭中。

王学庵生子走笔贺之
六十生儿似较迟,却缘难得转称奇。
芝田蕙亩从人说,琼树天生只一枝。

汤饼筵前客坐深,掌中擎出是璆琳。
隔帘不用催丝竹,儿笑儿啼尽好音。

乾嘉间的诗人,翁方纲、沈德潜、袁枚、蒋士铨、赵翼等最有名望。这时候,王士祯的"神韵说",已经不通行了。替代它的,有沈德潜的"格调说"、袁枚的"性灵说"。沈德潜说:"诗以声为用者也,其微妙在抑扬抗坠之间。"又说,"诗贵性情,亦须论法,乱杂而无法,非诗也。"他作诗骨子上宗汉魏盛唐,字面上用通俗白话,所以他的诗传极广。我举他的两首来做例:

刈麦行
前年麦田三尺水,去年麦田半枯死。
今年二麦俱有收,高下黄云遍千里。
磨镰霍霍割上场,妇子打晒田家忙。
纷纷落砲白于雪,瓦甑时闻饼饵香。
老农食罢吞声哭,三年乍见今年熟!

讹言行

乌哑哑,狗觫觫,狐狸跳踉坐高屋。讹言一夜传满城,城中居人半号哭。鸡声角角,鼓声断绝,扶男携女出城阙。县官来,太守来,榜示弹压不肯止,荒村深处依蒿莱。讹言煽惑犯王法,唐虞盛世何为哉?探丸恶少纷成群,带刀放火行劫人,平沙古岸荻芦渚,白日往往沉冤魂!告县官,县官谓言唐虞盛世安有此?告太守,太守谓讹言煽惑当诛汝!汝曹奔窜自送死,愚民吞声泪如泚。

袁枚说:"诗者,人之性情也,性情之外,无诗。"人的性情,最为曲折,倘要一一表出,非古文可能,非白话不行,所以袁枚的诗,全是白话的。如:

秋夜杂诗

前年桂花开,一雨天香过。
今年桂花开,雨比前年大。
自从栽桂来,逢开为雨破。
天意竟如斯,对花还默坐。

不朝那有暮,无新不成故。
若云死可悲,当知生已误。
但愁溘然来,未许先营度。
又愁轮回多,耶娘认无数。

书堆至万卷,岂无三千斤。
如何藏之腹?重与凡人均。
我见书中人,与今不相似。
我醉还问书,毕竟何人是?

遣怀

我口所欲言，已言古人口。

我手所欲书，已书古人手。

不生古人前，偏生古人后。

一十二万年，汝我皆无有。

等我再来时，还后古人否？

午倦

读书生午倦，一枕曲肱斜。

忘却将窗掩，浑身是落花。

偶过

偶过青溪上，蒙蒙野水春。

钓鱼竿在地，不见钓鱼人。

读书

我道古人文，宜读不宜仿。

读则将彼来，仿乃以我往。

面异斯为人，心异斯为文。

横空一赤帜，始足张吾军。

寒夜

寒夜读书忘却眠，锦衾香烬炉无烟。

美人含怒夺灯去，问郎知是几更天。

寓目即事

江村白沙明月中,一个鹭鸶一钓翁。
鹭鸶衔鱼忽飞去,钓翁犹立钓鱼处。

消夏诗

浮瓜沉李傍清池,香隔重帘散每迟。
何处凉多何处坐,四时笔砚逐风移。

漂母祠

千金一饭寻常事,不肯模糊是此心。
我受人恩曾报否?荒祠一过一沾襟!

春晴

今岁天公大有情,一冬无雪又春晴。
红梅但觉飞香久,绿草何曾借雨生。
双燕翅如迎晓日,百花心更望清明。
风光如此须行乐,莫管头颅白几根。

伤心

伤心六十三除夕,都在慈亲膝下过。
今日慈亲成永诀,又逢除夕恨如何。
素琴将鼓光阴速,椒酒虚供涕泪多。
只觉当初欢侍日,千金一刻总蹉跎。

袁枚与蒋士铨、赵翼,称乾隆"江左三大家"。士铨、赵翼与袁枚,均极友善,诗文共赏,因此士铨、赵翼的诗,不知不觉也白话了。试看士铨的诗:

岁暮到家

爱子心无尽，归家喜及辰。
寒衣针线密，家信墨痕新。
见面怜清瘦，呼儿问苦辛。
低回愧人子，不敢叹风尘。

哭四儿斗斗八首·录一

函骨棺三尺，呼儿痛一家。
抚尸劳祖母，掩面别娘耶。
戏具都为殉，生平竟有涯。
万千怜惜意，到此不能加。

李家寨晓发

鸡声催落月，客路断魂时。
破庙狐吹火，孤坟鬼唱诗。
晓寒怜仆病，道远惜驴疲。
残梦犹堪续，徐行正未迟。

菉竹亭晚眺

短短柴扉窄窄河，浣衣门巷暮砧多。
一弓桥卧龟鱼水，时有行人倒影过。

读韩昌黎诗

严严气象杂悲歌，浩气难平未肯磨。
自古风骚皆郁勃，人生不得意时多。

这些诗，都是明白如话，所引五律那三首，悽怆激楚，使人心酸。这三大家当中,我最爱赵翼的诗,赵翼的诗纯是白话,能达人所不能达的情,能说人所说不出口的话,至于滑稽百出,尤饶兴趣,让我多引些,给诸位细细欣赏。

生事

生事渐萧然,年荒剩石田。
薪烧连叶树,饭待作碑钱。
僮少将儿使,家空恣犬眠。
微闻奴仆话,列鼎服官年。

野步

峭寒催换木棉裘,倚杖郊原作近游。
最是秋风管闲事,红他枫叶白人头。

论诗

李杜诗篇万口传,至今已觉不新鲜。
江山代有才人出,各领风骚数百年。

只眼须凭自主张,纷纷艺苑说雌黄。
矮人看戏何曾见,都是随人说短长。

晓起

茅店荒鸡叫可憎,起来半醒半懵腾。
分明一段劳人画,马啮残刍鼠瞰灯。

东昌道中

野田有砂有砾,村屋半草半泥。
鸡如鸟能上树,马可当牛驾犁。

牂江道中

虎或当昼出山,牛能截江渡水。
远沙鹭似白人,重雾树如黑鬼。

山高见日常迟,日没又偏觉早。
可怜深谷人家,长是夜多昼少。

枕上

枕上得诗愁健忘,披衣起写残灯光。
山妻窃笑老何苦,儿童读书无此忙。

阅史戏作

闲翻青史坐凉宵,顷刻兴衰阅几朝。
寸烛未残千载过,先生笑比烂柯樵。

舟行绝句

一身充两役,谁道吴娘痴。
襁儿背上卧,摇橹兼摇儿。

米贵

米贵如珠岂易量,午炊往往到斜阳。
老夫近得休粮法,咀嚼新诗诳饿肠。

一蚊

六尺匡床障皂罗,偶留微罅失讥诃。
一蚊便搅人终夕,宵小原来不在多。

买灯十二挂皆旧家物也书示儿辈
十二明灯烂似霞,买来光炫胆瓶花。
豪家下等庄严物,移到贫家便太华。

西湖杂诗
一杯总为断肠留,芳草年年碧似油。
苏小坟连岳王墓,英雄儿女各千秋。

自笑
一瓯薯粥涕沾须,背曝晴檐手拥炉。
试问古来麟阁上,画图可有此形模?

乞活儿
手足俱无裹败鞯,蛇行蠕动路蜿蜒。
怜他生已不如死,犹乞街头活命钱。

鼻涕
扑面风来酒力消,懒残鼻涕挂成条。
却思年少粗豪处,一唾高于二丈桥。

少日
少日伶仃仅一身,儿孙今遂列成群。
人间米贵何关我,百万分中也一分。

大雨志喜
正插秧时大雨来,绿木高下一齐栽。
吴侬相见无他语,万口同声大发财。

西湖晤袁子才喜赠

不曾识面早相知，良会真诚意外奇。
才可必传能有几，老犹得见未嫌迟。
苏堤二月春如水，杜牧三生鬓有丝。
一个西湖一才子，此来端不枉游资。

诸位看了这些诗，做何感想？我未选这些诗之前，体已倦极，及一开卷，精神大振，心里充满快乐，从前的疲倦，不知跑到哪里去了。

翁方纲的诗，宗江西诗派，就温文尔雅了，除出"言之有物"，竟说不出优点来，举一首来做例：

题盱江书院壁

我再来盱江，重借琴城宿。
渊源千载意，瘖瘵筹之熟。
此邦富秀良，天意栽植笃。
山川含粹精，人文聚清淑。
所贵于经术，非为炫巾箙。
必有真光芒，贯串汗青竹。
古人破万卷，所以日三复。
缅惟直讲公，类稿编更续。
况乎集隆平，何减校天禄。
上接匡刘扬，司徒椽所录。
一禀于儒林，陈常树之谷。
后贤当如何？昆峤日剖玉。
中和乐职诗，侁侁遍间族。
风暄讲堂侧，日听弦歌肃。

西江第一郡,陶沿深卷轴。
质厚以为本,箴铭诵山谷。

除出翁、沈及三大家之外,推厉鹗、杭世骏,这两个人,学问极博洽,诗词都工妙,厉鹗有《游仙诗》三百首,兹录三首:

小童汲水煮金芽,药径松蹊仙子家。
只恐无端赚刘阮,洞门不许种桃花。
万里清风万里霞,一丛楼阁一仙家。
不知何处飞来凤,啄落梧桐满树花。
天葩不与世间同,树树长春一色红。
更有紫河香十里,荷花开向雪霜中。

杭世骏自己说:"吾诗学不如厉樊榭。""樊榭"是厉鹗的号。我却以为世骏的诗,比厉鹗的好。当时齐次风,亦特嗜之,举例如下:

湖中看雨
珠点能轻掷,春波肯倒黏。
玉驼钩不住,放下水晶帘。

题松枝
汝有岁寒心,人苦不知耳。
日持作谈柄,便已称名士。

东皋杂诗
东阳几日焙春荄,绿野浮光刺眼来。
近水许多黄蛱蝶,菜花先背小桃开。

东郭人家近野塘,水村南畔足幽香。
今年十日雨八九,苦竹编篱补坏墙。

济宁竹枝词
石佛寺前秋水平,石佛寺后秋草生。
老僧只爱秋色好,夜夜登楼看月明。

丁字帘前郎卖茶,三叉湾口妾捞虾。
日莫得钱同取酒,墙头红压佛桑花。

采菱曲
湖波滟滟不通河,棹出瓜皮疾如梭。
忽露雪肌菱样白,买菱人少看人多。

上面所举这些诗人,都是诗榜上甲等的人物,他们诗中所表现的,主观的居大部分,不是写个人环境的风景,便是写个人胸中的情绪,好亦很好。可是与客观的一比较,价值便要减少。我看这一期有价值的诗,不是诗榜上甲等人物的五绝、七绝、五律、七律,是乙等、丙等人物的古、新乐府,因为这里面所表现的,是客观的、真实的、平民的、社会最下层的,让我引些出来。

打麦词(毕沅)
荒村小姑发垂额,手把竹笳声拍拍。云是今年苦雨多,收得区区几斗麦。昨日割麦,今日打麦。催科在门,饥不及食。大姑回头语小姑,县吏下来酒缗无!汝饥汝饿汝勿呼,阿耶责逋骨髓枯!

芦柴行 (陆炳)
一芦值一钱,无钱断炊烟。芦滩千万顷,樵夫不息肩。樵夫固自苦,无钱竟谁怜？君不见蓬头妇女走江边,拾柴争似拾金钿。

蚕妇吟(邵曾训)

姑采墙下桑,妇采陌上桑。桑叶昨嫩今日老,天气今阴昨日好。守候蚕眠不思卧,麦秋寒觉夜难过。蚕荒舅姑怒,蚕熟新妇苦。今年四月少晴时,蚕病家家不出丝。新丝价长旧丝上,旧丝未赎新丝当。有丝不上身,有丝不卖人。县官征比已赦租,家主只恐臀无肤。

采花妇(汤礼祥)

崇明宜种花,种花如稻粱。七月花已齐,八月采花忙。道逢贫家妇,悽悽复惶惶。采花在沙上,儿女在母傍。自言去年花,一采盈一筐。今年夏不雨,风潮复惊狂。有花半吹落,况乃根已伤。一枝三两朵,疏散不成行。尽采一日花,不抵一宿粮。丁宁小儿女,采白莫采黄。白者卖与人,得钱充饥肠。黄者无人买,装尔旧时裳。到此望已绝,饥来更无方。我闻贫妇言,去去犹彷徨。种花既苦旱,种稻亦亢阳。不见高原田,苗死无余秧。皇天实降灾,江浙同时荒。赤地已千里,乐土竟何乡？

促织谣(邵长蘅)

促织复促织,凉秋八九月,新妇扎扎当窗织。一日织丈余,两日合成匹。婆言无襦,儿言无衣。翁欲易米煮哺糜。县中租吏来,叩门声如雷。阿翁趣办饭,阿婆烹伏雌。持布送租吏,租吏含怒谯言:尔物何轻微！新妇十指出血不得一缕著,房中泪下如缏縻。

乞食翁(陈恭尹)

冥冥青枫林,戢戢归飞翼。飞鸟亦有巢,老翁行乞食。问翁何方人？挥涕答不得。良久前自言:"家在东山侧。薄田五十亩,父子艺黍稷。宿昔天地平,黾勉努筋力。中妇提壶浆,小妇当机织。老妻低白头,扶孙共訇訇。冬日农事歇,斗酒呼亲识。鸡豚稻粱饭,壮我衰颜色。宁知属戎马?秋毫见取索。一岁耕且锄,不足供赋役。芸田倦未起,肢体被鞭策。贫家力已竭,公家求日益。有田以自养,反以速穷厄。欲卖与豪家,乡邻少人迹。当时富贵者,荒草生空宅。归来语孙子,流离任所适。重恐官吏至,岂能受逼迫。黄泉亦相见,何必人间客。欲呼一饭别,盎无半升麦。出门各分手,痛哭醉阡陌。哀哉竟至今,两不闻消息。老身一葛衣,朽烂委荆棘。饿死污人乡,不死长凄恻。昊天泽万物,我独罹斯极。下民日憔悴,上天安可测。"

一点朱(王苏)

长官一点朱,小民一点血。官符出官府,炙手手可热。皂隶东西走,伍伯先后行。莫怨守捉使,朱票有汝名。黑索袖中藏,朱票袖中出。汝若不见信,大令有朱笔。朱笔任意下,不方复不圆。长官一点朱,小民万个钱。

被兵谣(朱观)

寇未来,苦无兵。寇既退,兵临城,昔时华屋今为营。朝持弓,射飞凫,夕揭网,打游鱼,乍往乍来扰里闾。田种麦,苗芃芃。牧马场,于此中。蚕食无遗属望空。民苦饥,兵果腹。既供酒,复索肉,处处贫穷家家哭。

口号(尤侗)

世间怪事无不有,旗兵白昼劫江口。我登江船遭毒手,操刀吓人攫金走。不知将军安在哉?方拥高牙饮醇酒。

纪灾诗·秋雨寒(曹德馨)

五日雨,一日晴,有日不雨亦晦冥。自秋徂冬百五旬,八月早寒天雨霜。晚稻方华短穗僵,冬至以后九九雪,春花胥烂农命毕。

牵儿衣(方授)

牵儿衣,执儿手,卖儿天涯牛马走。不及黄泉得见否?嘱儿悲啼勿在口。有儿可易米一斗,即此以报汝父母。只恐新谷未升斗,米完无儿又卖妇!

卖女词(张云璈)

八岁小女儿,生长在茅屋。去年阿耶死,有母不能育。卖女钱十千,聊以继饘粥。得却手中钱,失却心头肉。女泪盈一把,母钱盈一掬。阿女泪未干,阿母钱已足。

即目书感(吴金蕙)

任尔朱门臭梁肉,一钱不值待如何?富儿饱饭门前看,但道今朝饿死多。

兄告饥(郑世元)

弟为大贾兄告饥,北山采蕨,南山采薇。兄乏食,弟食肉糜。食肉糜,弟口甘,兄心酸。

兄胡独瘦弟独肥,弟胡独饱兄独饥?可怜同生不同命。不怨我弟,怨我父母生我丁此时。

垦荒词(薛所蕴)

亭午炎歊背如炙,无牛拖犁躬自拽。两日才耕一亩田,汗滴焦土浑血色。黄昏归家睡模糊,里胥扣门急索租。熟田旧税完上仓,道是新垦荒田粮。荒田布种未秀实,官家租税从何出?

插秧女(陈文述)

朝见插秧女,暮见插秧女。雨淋不知寒,日炙不知暑。两足如凫鹥,终日在烟渚。种秧一亩宽,插秧十亩许。水浅愁秧枯,水深怕秧腐。高田已打麦,下田还种黍。四月又五月,更盼分龙雨。襁褓置道旁,有儿不暇乳。始信盘中餐,粒粒皆辛苦。

卖菜妇(姚燮)

卖菜妇,街头行。上有白发姑,下有三岁婴。卖菜卖菜,叫遍前街后街无一应。昨日宜单衣,今日宜棉衣。棉衣已典,无钱不可赎,娇儿瑟缩抱娘哭。娘胸贴儿当儿衣,娘背风凄凄。但愿儿暖儿弗哭,儿哭剜娘肉。莫道赎衣无钱,床头有钱。床头有钱三十余,买得一升米,煮粥供堂上姑,余钱买麦饼为儿哺。得过且过,明日如何?明日天晴,卖菜街头行。明日天雨,妾苦不足语。姑苦!儿苦!

哀破屋(黄安涛)

哀破屋,破屋良可哀。三朝天雪蔽天来,屋梁压重枯朽摧。西城毙妊妇,南村殇幼孩,斯人何辜罹此灾。呜呼七尺身,托处一间屋,瓦顶千爿也要福。

过鸡毛房有感(梁道夬)

拾取鸡毛积似山,几人骈卧秽房间。重裀叠褥多嫌冷,岂识贫民一被难?

乞儿行(钱澄之)

乞食儿,勿求饱,如今惟有乞儿好。富人有粮贫有丁,羡尔不闻追呼声。乡里小民难到县,羡尔不见县官面。官家赋税多如麻,汝徒只税篮中蛇。君不见富家翁,朝防吏人夜防贼,通宵有眼合不得。

篮中蛇去值几钱,草堆一夜鼢鼢眠。

我以为这类东西,最有价值。原来文学终极的目的,消极的就是把缺陷的人生摄写出来,以为改造的张本;积极的就是建设一个美满的人生观,以为做人的目标。我以为以后文学的趋向,一定向着这两条路走。

(三) 词

词以五代为最精妙,南宋最极其变,金元中衰,至明大敝,到清蔚然蒸起。国初龚鼎孳、梁清标,最负盛名,而以吴伟业为第一。他们三个人的词,我各引一二于下:

菩萨蛮(龚鼎孳)

子规叫破山花血,银屏香瘦兰衾热。芳草约裙齐,浓愁妒马蹄。

前溪从此渡,记取栖乌树。今夕定何年,人分月恰圆。

罗敷媚·西陵吊苏小小(龚鼎孳)

油车宝马春风路,天付多情。小是花名,占住西陵柳絮城。　幽兰泣露吹罗带,月与身轻。芳草还生,薄幸斜阳看唤卿。

一剪梅·闺情(梁清标)

宛宛冰轮上画楼,听罢更筹。薰罢衾裯,画眉人是旧风流。对面温柔,背面娇羞。　双结灯花两意投,一晌低头。半晌回眸,玉猊烟冷睡还休。倚了香篝,褪了莲勾。

罗敷媚(吴伟业)

低头一霎风光变。多大心肠,没处参详。做个生疏故试郎。　何须抵死催侬去,后约何妨?却费商量。难得今宵是乍凉。

醉春风·春思(吴伟业)

门外青骢骑,山外斜阳树。萧郎何事苦思归?去,去,去。燕子无情,落花多恨,一天憔悴。　　私语牵衣泪,醉眼偎人觑。今宵微雨怯春愁。住,住,住。笑整鸾衾,重添兽炭,别离还未。

同时有个尤侗,词填得极圆转,例如:

山花子·即事

燕子楼中燕子飞。鹧鸪屏外鹧鸪啼。笑看萧郎盘细马,画桥西。
鹅管笙囊调艳曲,凤花箫局试香衣。怪底游人争指道,使君妻。

眼儿媚①

那年私语小窗边,明月未曾圆。含羞几度,已抛人远,忽近人前。
无情最是寒江水,催送渡头船。一声归去,临行又坐,乍起翻眠。

踏莎行

独上妆楼,青山如昨。画眉彩笔春来阁。休弹红雨湿花梢,泪珠自向心头落。　　可恨东风,年年轻薄。天涯不管人漂泊,漫将薄幸比杨花,杨花犹解穿罗幕。

继之而起有"前七家""前十家"。前七家,就是宋征舆、钱芳标、顾贞观、王士禛、沈丰垣、彭孙遹、成德。他们的词,让我一一引来:

柳梢青(宋征舆)

杨柳梢青。东郊十里,啭尽流莺。碧玉楼头,绿纱窗底。春睡初醒。

---

① 此为朱彝尊作品。

天涯自有人行。目断处,长亭短亭。记得当时,香车宝马,寒食清明。

忆秦娥·杨花(宋徵舆)

黄金陌,茫茫十里春云白。春云白,迷离满眼,江南江北。　来时无奈珠帘隔,去时着尽东风力。东风力,留他如梦,送他如客。

浣溪沙(王士祯)

北郭清溪一带流。红桥风物眼中秋。绿杨城郭是扬州。　西望雷塘何处是。香魂零落使人愁。淡烟芳草旧迷楼。

忆江南(王士祯)

江南好,画舫听吴歌。万树垂杨青似黛。一湾春水碧于罗。懊恼是横波。

浣溪沙(王士祯)

记得相逢亚字城,留仙裙底步莲轻。吴家小女字盈盈。　眉语似通还匿笑,目成难去且徐行。个侬无赖可怜生。

浣溪沙(顾贞观)

不是图中是梦中。非花非雾隔帘栊。窄衫低髻镇相同。　清脆铃声檐鸽夜,悠飏灯影纸鸢风。此时携手月溟濛。

南湘子·捣衣(顾贞观)

嘹唳夜鸿鸣,叶满阶除欲二更。一派西风吹不断,秋声,中有深闺万里情。　廊上月华明,廊下霜华结渐成。今夜戍楼归梦里,分明,人在回廊曲处迎。

踏莎行·春暮(彭孙遹)

莺掷金梭,柳抛翠缕。盈盈娇眼慵难举。落花一夜嫁东风,无情蜂蝶轻相许。　　尺五楼台,秋千笑语。青鞋湿透胭脂雨。流波千里送春归,棠梨开尽愁无主。

生查子(彭孙遹)

薄醉不成乡,转觉春寒重。鸳枕有谁同,夜夜和愁共。　　梦好却如真,事往翻如梦。起立悄无言,残月生西弄。

忆少年(钱芳标)

小屏残烛,小窗残雨,小楼残梦。铢衣已烟散,只蘅芜香重。　　锦瑟华年愁里送,便凄凉也无人共。伤心白团扇,画秦娥箫凤。

蝶恋花(成德)

萧瑟兰成看老去,为怕多情,不作怜花句。阁泪倚花愁不语,暗香飘尽知何处。　　重到旧时明月路。袖口香寒,心比秋莲苦。休说生生花里住,惜花人去花无主。

如梦令(成德)

纤月黄昏庭院,语密翻教醉浅。知否那人心,旧恨新欢相半。谁见?谁见?珊枕泪痕红泫。

菩萨蛮(成德)

萧萧几叶风兼雨,离人偏识愁滋味。欹枕数秋天。蟾蜍早下弦。　　夜寒惊被薄。泪与灯花落。无处不伤心。风吹壁上琴。

前七家的词,各有各的长处,大概宋征舆的俊逸,钱芳标的哀婉,顾贞观的词极情之至,奄有众长。王士祯的词,绵邈悱恻,逼近后主。彭孙遹和成德的词,含蓄不尽,悽惋动人,直追南唐。其中沈丰垣的词,我找不到,只得从阙。这前七家,加上李雯、沈谦、陈维崧,就是前十家。李雯的词,语多哀艳;沈谦的词,柔丽多情;陈维崧的词,音节宏亮,激昂善变,声教极广。他们的词,我各引一二首来:

虞美人·惜春(李雯)

蜂黄蝶粉依然在,无奈春风改。小窗微切玉玲珑,千里行尘不惜牡丹红。　西陵松柏知何处?目断金椎路。无端花絮上帘钩,飞下一天春恨满皇州。

浪淘沙(沈谦)

弹泪湿流光,闷倚回廊,屏闲金鸭袅余香,有限青春无限事,不要思量。　只是软心肠,蓦地悲伤,别时言语总荒唐。寒食清明都过了,难道端阳。

清平乐(沈谦)

鬟云低袅,淡画双眉小。磨得菱花秋月皎,病里何曾草草。　闷看金鸭香浮,妆成独坐空楼。百遍不如郎意,旁人都道风流。

忆江南·岁暮杂咏(陈维崧)

江南忆,少小住长洲。夜火千家红杏幕,春衫十里绿杨楼。头白想重游。

江南忆,懊恼是西湖。秋月春花钱又赵,青山绿水越连吴,往事只模糊。

减字木兰花·秋雨过红板桥(陈维崧)

当年此地,销魂人记销魂字。妙舞清歈,不是柔奴定态奴。　西风古道,二十年来人渐老。漠漠迢迢,秋雨重经红板桥。

同时与维崧齐名的,为朱彝尊。当时朱、陈的词,流遍海内,凡言词的,莫不以朱、陈为范围。他的词,我也引些来。

苍梧谣

寻,帘外分明坠玉簪。笼灯觅,休待落花深。

桂殿秋

思往事,渡江干,青蛾低映越山看。共眠一舸听秋雨,小簟轻衾各自寒。

采桑子·梧宫咏古

何年越客千丝网,网住西施。看杀吴儿,贮馆娃宫得几时。　离筵白纻歌才罢,抛了西施。远去黄池,冷笑夫差真个痴。

清平乐·马邑道中

客何为者,日日风尘惹。燕子春来秋又社,万事不如归也。　家书字字行行,秋深只道还乡。不信行人更远,黄沙白草茫茫。

南乡子

明日别离人,未恋今宵月似银。只愿五更风又雨,飞到暮。啼杀杜鹃催不去。

一叶落

泪眼注,临当去,此时欲住已难住。下楼复上楼,楼头风吹雨。风吹雨,草草离人语。

鹊桥仙

一箱书卷,一盘茶磨,移住早梅花下。全家刚上五湖舟,恰添了、个人如画。　月弦新直,霜花乍紧,兰桨中流徐打。寒威不到小篷窗,渐坐近、越罗裙衩。

长相思·红桥寻歌者沈西

石桥西,板桥西,遥指平山日未西,舟来莲叶西。　人东西,水东西,十里歌声起竹西,西施更在西。

风中柳·戏题竹垞壁

有竹千竿,宁使食时无肉,也不须、更移珍木。北垞也竹。南垞也竹。护吾庐,几丛寒玉。　晚来月上,对影描他横幅。赋新词,竹山竹屋郫筒一束,笋鞋三伏。竹夫人,醉乡同宿。

十六字令·春暮

愁,别后花时独上楼。风吹雨,春肯为人留。

江南好

三春暮,看竹到贫家。高树夕阳连古巷。小桥流水接平沙,把酒话桑麻。

康熙年间,为清代文学最盛的一个时期。词坛方面,有朱、陈二大词手主持其间,尤为热闹。当时的大诗人、古文家、小学家,兴到时,都咿咿唔唔地填词。现在举毛奇龄等的作品来代表。

南歌子·古意(毛奇龄)

铁镬生梁子。铜枢种枣花。杨柳正藏鸦。闭门春昼静,是谁家。

浣溪沙(宋琬)

乍暖犹寒二月天,玉楼长傍博山眠,沉香火冷少人添。　　残雪才消春鸟哗,画阑干外草芊绵。几时青得到郎边。

鹧鸪天(宋琬)

咄咄书空唤奈何,自怜身世转蹉跎。长卿已倦秋风客,坡老休嗟春梦婆。　　朝梵荚,暮渔蓑,闲中岁月易消磨。谁言白发无根蒂,只为穷愁种得多。

春去也(沈时栋)

恨匆匆一番花草,怪雨盲风,打叠三春好。红鹅村畔柳眉低,为恼春归鞚未了。　　约略脂香全杳,仿佛翠鬟争绕。碧酣绛敛奈何春,惜春人共东风老。

谒金门咏愁(沈时栋)

来无据,黏着人儿如絮。玉箸千行流不住,两眉频斗聚。　　已染鬓丝千缕,又减腰围如许。兀自襟怀消不去,酿成肠断句。

朱、陈的词,在康熙末乾隆初这六十年当中,学、仿他的人,也不知有多少,厉鹗等是宗朱的,郑燮等是法陈的,独有王时翔等,填词逸出他们两家之外,而以晏、欧为宗,词亦悽惋感人。王时翔的词,我亦可引一首来做例。

踏莎行

嫩嫩烟丝,轻轻风絮。绛旗斜飐秋千处。花枝照得画楼空,薄情燕子和人去。　　冷落阑干,凄清院宇。夕阳西下明残雨。一双红豆寄相思,远帆点点春江路。

与王词相近,而更进步的,为史承谦。填词自出杼轴,独抒性灵,体正字纯,语工有味,例如他的:

一萼红·桃花夫人庙

楚江边,旧苔痕玉座,灵迹是何年。香冷虚坛,尘生宝靥,千秋难释烦冤。指芳丛,飘残红泪,为一生颜色,误婵娟。恩怨前朝,兴亡闲梦,回首凄然。　　似此伤心能几?叹诗人一例,轻薄流传。雨飒云昏,无言有恨,凭阑罢鼓神弦。更休题、章台何处。伴湘波、花木暗啼鹃。怊怅明珰翠羽,断础荒烟。

乾隆以后,词分两派。厉鹗主浙西派,张惠言主常州派。厉鹗词宗彝尊,颇得其神。末流趋于堆砌,遂无价值可言。厉鹗的词,我也引一首来做例。

齐天乐·吴山望隔江霁雪

瘦筇如唤登临去,江平雪晴风小。湿粉楼台,酽寒城阙,不见春红吹到。微茫越峤,但半冱云根,半销沙草。为问鸥边,而今可有晋时棹。

清愁几番自遣,故人稀笑语,相忆多少。寂寂寥寥,朝朝莫莫,吟得梅花俱恼。将花插帽,向第一峰头,倚空长啸。忽展斜阳,玉龙天际绕。

在朱词就衰的日子,张惠言起而振之,词极沉郁痛快。例如他的:

相见欢

年年负却花期。过春时,只合安排愁绪,送春归。梅花雪,梨花月,总相思。自是春来不觉,去偏知。

传言玉女

多谢东风,吹送故园春色。低晴浅雨,做清明时节。昨夜花影,认得江南新月,一枝枝漾,春魂如雪。　却问东风,怎都来、共阒寂。绮屏绣陌,有春人浓觅。闲庭闭门,判锁一丝愁绝。梦儿无奈,又随春出。

当时学张词的人很多,他的朋友,如恽敬、钱寄重、丁履恒、陆继辂、黄景仁辈,亦都是一时作家,受他的影响都不少。我且举黄景仁的词,来代表一下。

丑奴儿慢

日日登楼,一换一番春色。者似卷如流春日,谁道迟迟,一片野风吹草,草背白烟飞,颓墙左侧,小桃放了,没个人知。　嫣然一笑,分明记得,三五年时。是何人挑将竹泪,黏上空枝。请试低头,影儿憔悴浸春池。此间深处,是伊归路,莫惹相思。

张惠言同周济、龚巩祚、项鸿祚、许宗衡、蒋春霖、蒋敦复称"后七家"。七家之中,项、龚的作品,最为幽艳哀断,我们可举项、龚的词做例:

清平乐(项鸿祚)

画楼吹角,酒醒灯花落,梅未开残风又恶。今日元宵过却。　更更更鼓凄凉,翠绡弹泪千行,并作一江春水,几时流到钱塘。

鹊踏枝·过人家废园作(龚巩祚)

漠漠春芜春不住。藤刺牵衣,碍却行人路。偏是无情偏解舞,蒙蒙扑面皆飞絮。　绣院深沉谁是主?一朵孤花,墙角明如许。莫怨无人来折取,花开不合阳春暮。

七家合以姚燮、张琦、王锡振,是为"后十家"。这三个人,不及七家,更不如张惠言,但是在道咸间,亦是铁中铮铮,这里我举姚燮和王锡振的词,来做个例:

江城子(姚燮)

绣恩六曲夕阳残。梦漫漫,泪潸潸。桃叶东风,吹绿满阑干。莫怨春红迟二月,便开了,有谁看?

湘春夜月·花影(王锡振)

夜朦胧,天边新月如弓。卷起一桁帘波,流影入芳丛。者是玉京魂魄,被西风吹落,拂地烟浓。算红销翠蚀,芳情不断,只在虚空。　　画楼西畔,金炉香烬,露冷霜重。步屧廊回,蓦忆得,阑干慵倚,双鬟蓬松。重门掩静,又谁教,短梦惺忪。且收起、待明蟾落尽,心头眼底,依旧无踪。

前清的词人,何止千百,而我独爱李渔的词。因为他的词,最明白、最和谐、最新颖、最有趣、最婉转。他的词,都是眼前事,口头语,真是国语文学史上的好资料,且让我引些来。

昭君怨·赠友

无故去家十里,结个茅庵近水。儿女尽相抛,对离骚。　　有客寻来懒见,屋后开门一扇。潜步入邻家,且看花。

利锁名缰身外,绿水青山家在。即此是神仙,莫登天。　　说起耕田不惯,提起作诗尤懒。事事得便宜,有贤妻。

女冠子·客至

人来恰好,厨下黄鱼正炒。只添杯。独饮愁无伴,孤吟正想陪。浮生同饮啄,前定欲何为?醉来歌一曲,放君归。

减字木兰花·田家乐

父耕子读,一岁秋成诸事足。风雨关门,除却看花不出村。　今年欠好,只勾输粮官事了。莫怨耕田,度却荒年有熟年。

黄茅盖屋,每到秋来增几束。增过三年,只戴黄茅不戴天。　邻居盖瓦,三岁两遭冰雹打。争似侬家,风雨酣眠夜不哗。

人月圆·初冬

满天风雨将寒造,尚未造成时。脱衣愁冷,着衣嫌热,一刻三时。侍儿不解,因辞半臂,各惹情思。主人赢得,两番冒认,就里天知。

三字令·闺人送别

临别话,怕愁伊,不多提。提一句,泪千垂。望君心,如妾愿,早些归。　归得早,你便宜。免重娶,生儿女。早和迟,没多言,三字令,与君知。

忆秦娥·离家第一夜

秋声搅,夜长容易催人老。催人老,终年独宿,自无烦恼。不堪身似初分鸟,凄凉倍觉欢娱好。欢娱好,昨愁不夜,今愁不晓。

双调望江南·不寐

千个事,齐集枕头边。片刻忽周三四载,如何只说夜如年。总为不成眠。　求睡着,须待四更天。一枕蒙眬犹未醒,相思才断又谁连?梦作藕丝牵。

一丛花·题画

绝无人处有人家,不畏虎狼耶。因避人间苛政苦,才甘受,猿鸟波喳。还怕招摇,只愁牵引,不敢种桃花。　　主人闲出课桑麻,带便饵鱼虾。钓竿闲着何曾使。为看云,忘却生涯。笑指溪山,叮咛童子,切莫向人夸。

送我入门来·得信

不望书来,但求人至。从来闺阁真情,口与心违。故作问书声,闻人说起平安字,觉星眼斜窥不愿听。及至开缄细阅,未定归期迟早。有信无凭,掷向妆台,留付夜来灯。几番报信喜来空信,怪檐鹊灯花没正经。

满庭芳·相思味

一种相思,几般滋味,不经尝遍谁知。乍逢情淡,淡亦味滋滋。及至交深病起,甘心受,只觉如饴。淡加甜,如白受采,文质两相宜。后来增一味,无中觅有,自乞邻醋。一酸随变苦,渐觉难支,万种猜疑毕集,姜同醋,永不相离,到如今,酸甜苦辣,才是和匀时。

玉楼春·双声

爱爱怜怜还惜惜,曲衷细语甜如蜜。问他曾否对人言,附耳回云密密密。问他失约待如何,俯首招承责责责。从来说话少单声,道是情人都口吃。

这种极妙好词,有目共赏。李渔的词,妙在都是人人心中所要说的话,都是人人心中所要说的而说不出的情,在前清三百年中,和袁枚、赵翼的诗,在国语文学史上,占有同等的位置。这样的词,较之柳七,何多让焉?他的词,全是一气如话,非似选择别人的词,要下很精密的选择功夫。欲知其详,可看他的《一家言》。

这一期的词我所引的,以小令居多数,这也有个缘故,因为前清的词,小令最来得好。

(四) 戏曲

戏曲,莫盛于元,就衰于明,复振于清。清初文人亦偶然作戏曲,如吴伟业、王夫之、吴石渠、毛大可、尤侗等,都有作品,不过比起他们自己的文,或是专门曲家,稍逊一点,故不出名。归庄的《万古楼》,宋琬的《祭皋陶》,虽胜一筹,却总不及李渔的《十种曲》来得通行。《十种曲》就是《风筝误》《蜃中楼》《凰求凤》《意中缘》《比目鱼》《玉搔头》《慎鸾交》《巧团圆》《奈何天》《怜香伴》,都是喜剧,意境文采,自成一家,不拾唾余,情文相生,滑稽百出,又是用白话作的,所以妇孺都解,因此,极为通行。

此外作曲的人很多,《桃花扇》《小忽雷》等传奇,出自孔尚任手。《长生殿》《天涯泪》《四婵娟》诸剧,出自洪升。蒋士铨则作有《香祖楼》等九种曲。黄燮清则作有《倚晴》等七种曲。余如金农的《冬心自度曲》,陈烺的《玉狮堂传奇》,董恒岩的《芝龛记传奇》,杨潮观的《吟风阁词曲谱》,桂未谷的《后四声猿》,顾天石的《南桃花扇》,舒铁云的《瓶笙馆修箫谱》,钱思沛的《缀白裘》,都是一时佳制,就中尤以《桃花扇》《长生殿》最为杰作。

《桃花扇》,假了侯、李的故事,描写南朝的兴亡,如印印泥,刻画入微,写到哀的地方,好像着雨梨花;写到艳的地方,好像临风桃蕊。绘影绘声,惟妙惟肖,书成之日,京师官绅,争相传抄,舞台排演,月无虚日,其价值可想而知了。

《长生殿》,一共五十出,初次扮演,置酒高会,名流咸集。自后朱门堂会,妓院歌唱,都必奏它,舞台排演,座必卖满,受欢迎到这步田地,其美善也可知了。

(五) 小说

小说到清代,已极其发达,在清史未编以前,我虽没有晓得它的确数多少,但是从图书馆的书目上一看,至少比明要多一倍。还有一个好的气象,就是白话的,要多于文言的。

　　文言小说,最著名的,为蒲松龄的《聊斋志异》、纪昀的《阅微草堂笔记》等,我们不必去细说它。

　　白话小说,有《东汉演义》《隋唐演义》《前汉演义》《秦汉演义》《廿四史演义》《七侠五义》《续小五义》《小侠五义》《隋炀艳史》《说岳全传》《施公案》《彭公案》……这些还是第二三流的作品。第一流的,有曹雪芹的《红楼梦》、吴敬梓的《儒林外史》、李渔的《镜花缘》①、魏秀仁的《花月痕》、刘铁云的《老残游记》、李伯元的《官场现形记》、吴趼人的《二十年目睹之怪现状》。这些小说,或写儿女,或写社会,或记官场,或记腐儒,都能描摹入微,穷形尽相,看的时候,都能与人绝大的刺激,看过之后,都能使人留深刻的印象。至于文字方面:布局之严密,结构之巧妙,措辞之美洁,体裁之良善,尤富文学的质味。这几部小说的优点,大家都习知,这几部小说的内容,大家都看过,所以我不必再多说空话。

---

① 《镜花缘》作者现一般认为是李汝珍。

第五章　小结

　　我在第二编第十章上说："自宋到清为第三期,第三期的文学,是偶然的,游戏的。"这话怎样讲法？要证明它,极其容易。要晓得过去的中国人,是以显亲扬名、升官发财为人生观的,要做到这个人生观,有条很简便的路,就是作古文去应科举。你看这一期的大作家,哪一个不是科举出身？哪一个不是牧民的官？哪一个不是古文好手？北宋六大家——欧、曾、王、三苏——他们坐的是什么交椅？他们正经事情用的散文,是怎样的？他们偶然作乐的诗词,是怎样的？江西诗派的老祖宗——黄庭坚——他有意做人家的诗祖,他作诗多少郑重,但是他逢场作戏的词,是怎样的？南宋的四大家——尤、杨、范、陆——他们坐的是什么交椅？他们上皇帝的奏议,对小民的文告,是怎样的？他们玩山游水,高兴起来欢呼的诗,是怎样的？道学先生——朱、陆——注书用的,是什么文？对小学生讲书用的,是什么文？元好问不是金之一代文宗吗？他的文,古香古色,着实文雅,他的诗词,又怎样？元代特色的文学,是戏曲、小说,请问戏曲、小说是正经文章呢,还是游戏笔墨？至于明朝做军师的刘伯温,他的文,多少权奇宏古,诗与词,又何等的浅明？做刑部尚书的王世贞,主文盟二十年,而他的《金瓶梅》,是怎样的？公安派——袁氏兄弟——的文,我不甚看得懂,他们辞官回去,游吴越名山水的诗,是怎样的？清的李渔、袁枚、赵翼,他们用之换饭的古文骈体,简老绮丽,颇为可观,但是他们拿来作乐的诗词、小说,有如村妪谈话,都极明白。总之,这一期的文人,在庙堂上作的,都是古文,离开庙堂,在山川间游玩,和知己朋友谈笑,或是在家里抱儿女,或是因失意陷于烦闷中,在这种种时候,高兴起来,欢呼几声,无聊起来,偶然遣闷的出产品,都是用白话的。所以我说这一期的国语文学,是偶然的、游戏的。

第六编　中华民国

一

一九一一年秋,革命军起义于武昌,各省闻风响应,不到一年工夫,便告成功。先是设临时政府于南京,推孙文为临时总统,等到清帝退位,移政府于北京,举袁世凯为总统。民国三年欧战起,北京设了一个筹安会,想把中华民国改作中华帝国。日本得知了这个消息,一面利诱,一面威逼,强迫地订下"二十一条"中日协约。

袁世凯死,共和恢复,黎元洪依法做了总统,做了没有多时,军阀因为利害关系,发生冲突,督军团倪嗣冲等宣言独立,张勋带兵进京,把黎元洪赶走,抬出宣统,请他复辟。

后来段祺瑞出来反对,又把张勋赶走,冯国璋代理总统。七年,军阀又另组织政府,南方数其罪,宣言自主,出兵护法,因此又有南北之战。其后直皖之战、湘鄂之战,以及最近直奉之战,奉败,徐世昌宣言自退,黎元洪复职。

二

我在第二编说过,"王帝与科举,是古文唯一的拥护,是国语莫大的对头。元代把科举停了,白话便蓬蓬勃勃兴起来。清末科举停了,白话又蓬蓬勃勃兴起来。光复之后,加以言论自由,载在约法,所以白话到这个时候,已是瓜熟蒂落,不容不发达了。自从民国六年胡适在《新青年》上发表了一篇《文学改良刍议》,接着陈独秀又发表一篇《文学革命论》,以新文学相号召以来,就把数千年古文的壁垒冲破,把从前游戏的偶然的白话文的趋向,引导到有意的故意的路上去了。

到现在,小学的学生,读的课本,是白话文;大学的教授,编的讲义,是白话文。新闻上、杂志上、书本上,白话文更多了。现在提倡白话的人,作白话文,固然不必说,就是从前反对白话的人,亦作起白话文来了。从前的白话文,仅限于论说、小说,到现在,书信上、公文上,作诗词,作联对,作寿文,也都用白话了。放眼国中,文坛上,凡是光明的所在,都是白话的领域。

从民国六年到现在,为时虽然不久,然而可以供给作《国语文学史》的材料,已是不少,让我分段说来:

（一）文

《新青年》第二卷第五号上,登着一篇胡适的《文学改良刍议》,这篇东西,是白话文运动的第一次宣言书;《新青年》的第二卷第六号上,接着又发表了一篇陈独秀的《文学革命论》;到了七年四月,就是《新青年》第四卷第四号,胡适又发表了一篇《建设的文学革命论》。自从这三篇文章发表之后,学界上引起了一个极大的波澜。当时杂志这一类书很少,《新青年》在当时社会上很受欢迎,自从新文学运动的旗帜竖起,表同情的固然很多,反对的也不少,因为有了反对的和赞成的二派,便起了争论,于是白话文就成了一个极大的问题。结果,白话战胜文言,到现在,凡是新出版的印刷品,差不多都有白话了。这里因为例子太多了,反而有些不便举,好在如商务印书馆的《白话文范》等书,大家都知道,不再介绍了。

（二）诗

自从新文学运动以来,诗的方面,起了一个大革命,结果,产出一种新体诗。这种新体诗,是旧诗的解放,是很自由的,是不拘定格律的,有什么话作什么诗,有多少话作多少长的诗。篇无定句,句无定字,它的形式,似散文而有音节,似旧词而无定字,大约介乎旧诗词曲三者之间。新体诗,可分三个时期,第一期的作品,大约都得力于旧诗词曲有根底,让我引些来做证明。

民国六年胡适在《新青年》第二卷第六号上发表八首白话诗,录下三首:

朋友

两个黄蝴蝶,双双飞上天。不知为什么,一个忽飞还。剩下那一个,孤单怪可怜。也无心上天,天上太孤单。

他
你心里爱他,莫说不爱他。要看你爱他,且等人害他。倘有人害他,你如何对他！倘有人爱他,又如何待他？

江上
雨脚渡江来,山头冲雾出。雨过雾亦收,江楼看落日。

胡适的八首白话诗,有些人说是新体诗的鼻祖,这话我不敢附和。这种白话诗,我在民国三年,就见过,在什么书上见到,和什么人作的,都已经忘了,诗尚记得,可写出来：

骂狗
我讨我的饭,与你甚相干？可恨势利狗,但咬破衣衫。

吟雪
阵阵北风寒,天公大吐痰。明朝太阳出,便是化痰丸。

无题
转过街头转巷湾,倚门有个小云鬟。怕侬瞧见娇模样,扑的一声门忽关。

送穷
劳君相陪已几年,今朝祖饯特开筵。一盆豆腐斋羹饭,三炷清香下草船。对你磕头当速去,饶我活命莫多缠。从今好把阮囊洗,等待明年贮老钱。

我在民国四年，也作过白话诗，只是卑劣得很，现在也举两首出来：

狂风

半夜忽然起狂风，吹得门户叽咕哝。梦中糊涂未细辨，惊呼有贼撬墙洞。

城站酒家

城站一带酒家多，生意盛衰竟若何？炉前如有年少妇，可断酒客必满座。

自从胡适的八首白话诗出世之后，《新青年》上接着又介绍了许多西洋诗，那些西洋诗，便是新体诗的一个极大的暗示。到了民国七年，新体诗就成立了，就脱离旧体诗五言七言的形式了。如：

鸽子（胡适）

云淡天高，好一片晚秋天气。有一群鸽子，在空中游戏。看它们，三三两两，回环来往，夷犹如意。忽地里，翻身映日，白羽衬青天，鲜美无比。

人力车夫（沈尹默）

日光淡淡，白云悠悠，风吹薄冰，河水不流。出门去，雇人力车。街上行人，往来很多，车马纷纷，不知干些什么？人力车上人，个个穿棉衣，个个袖手坐，还觉风吹来，身上冷不过。车夫单衣已破，他却汗珠儿颗颗往下堕！

老鸦（胡适）

我大清早起，站在人家屋角上哑哑地啼。人家讨嫌我，说我不吉利。

我不能呢呢喃喃讨人家的欢喜。

落叶(沈尹默)

黄叶辞高树,翩翩翻翻飞,大有惜别意。两三小儿来,跳跃东西驰,捉叶叶坠地。小儿贪游戏,不知怜落叶。旁人冷眼看,以为寻常事。天公不凑巧,雨下如流泪。一雨一昼夜,叶与泥无异。黏人脚底上,践踏无法避。如叶有知时,旧事定能记。未必愿更生,春风幸莫至。

游香山纪事诗(刘半农)

渔舟横小塘,渔父卖鱼去。渔妇治晨炊,轻烟入疏树。

学徒苦(刘半农)

学徒苦,学徒进店,为学行贾。主翁不授书算,但曰:"孺子当习勤苦。"朝命扫地开门,暮命卧地守户。暇当执炊,兼锄园圃。主妇有儿,曰:"孺子为我抱抚。"呱呱儿啼,主妇震怒,拍案顿起,辱及学徒父母。自晨至午,东买酒浆,西买青菜豆腐。一日三餐,学徒侍食进脯。客来奉茶,主翁倦时,命开烟铺。复令前门应主顾,后门洗缶涤壶。奔走终日,不敢言苦。足底鞋穿,夜深含泪自补。主妇复惜油火,申申咒诅。食则残羹不饱,夏则无衣,冬衣败絮。腊月主人食糕,学徒操持臼杵。夏日主人剖瓜盛凉,学徒灶下烧煮。学徒虽无过,"塌头"下如雨。学徒病,曰:"孺子敢贪惰,作诳语。"清清河流,鉴别发缕。学徒淘米河边,照见面色如土。学徒自念:"生我者,亦父母!"

春水(俞平伯)

五九与六九,抬头见杨柳。风吹冰消散,河水绿如酒。双鹅拍拍水中游,众人缓缓桥上走,都说春来了,真是好气候。

过桥听儿啼,牙牙复牙牙。妇坐桥边儿在抱,向人讨钱叫阿爷。

说道住京西,家中有田地。去年决了滹沱口,丈夫两男相继死。弄得家破人又离,剩下半岁小孩儿。

催军快些走,不愿再多听。日光照河水,清且明。

三弦(沈尹默)

中午时候,火一样的太阳,没法去遮拦,让它直晒着长街上。静悄悄少人行路,只有悠悠风来,吹动路旁杨树。谁家破大门里,半院子绿茸茸细草,都浮着闪闪的金光。旁边有一段低低土墙,挡住了个弹三弦的人,却不能隔断那三弦鼓荡的声浪。门外坐着一个穿破衣裳的老年人,双手抱着头,他不声不响。

这些诗,我们初看去,似乎是簇崭全新的,其实仔细一研究,仍在旧体诗词窠臼中,如《人力车夫》《学徒苦》是从《孤苦行》里化出来的,《游香山纪事诗》是五绝,《落叶》是五言古,《春水》是五言七言的混合体,极似古乐府,《鸽子》《三弦》的音节,是用的词调,这是很显明的。

从上文看起来,民国六年的诗,形式是五绝和五律,民国七年的诗,形式是长短句的词。我以为这是新体诗的第一期。

第一期的新体诗,既是仍在旧诗词的窠臼中,所以旧诗词没有根底的人,要想作出好的新体诗来,是不可能的。

民国八年这一年中,新文学最热闹。作新体诗的人也特别多,文学以观摩而益进,因此新体诗的程度不知不觉地提高了不少,我们仍旧拿《新青年》上——兼采新潮——的来举例:

生机(沈尹默)

枯树上的残雪,渐渐都消化了。那风雪凛冽的余威,似乎敌不住微和的春气。园里一树山桃花,它含着十分生意,密密地开了满枝。不但这里,桃花好看,到处园里,都是这般。刮了两日风,又下了几阵雪。山桃虽是开着,却冻坏了夹竹桃的叶。地上的嫩红芽,更僵了发不出。人人说天气这般冷,草木的生机恐怕都被挫折。谁知道那路旁的细柳条,它们暗地里却一齐换了颜色!

一颗星儿(胡适)

我爱你这颗顶大的星儿,可惜我叫不出你的名字。平日黄昏时候,霞光遮尽了满天星。今天风雨后,闷沉沉的天气,我望遍天边,寻不见一点半点光明。回转头来,只有你在那杨柳高头依旧亮晶晶的。

鸟(陈衡哲)

狂风急雨,打得我好苦!打翻了我的破巢,淋湿了我美丽的毛羽。我扑折了翅翮,睁破了眼珠,也找不到栖身的场所!

窗里一只笼鸟,倚靠着金漆的栏杆,侧着眼只是对我看。我不知道它还是忧愁,还是喜欢?

明天一早,风雨停了。煦煦的阳光,照着那鲜嫩的绿草。我和我的同心朋友,双双地随意飞去。忽见那笼里的同胞,正扑着双翼在那里昏昏昏地飞绕——要想撞破那雕笼,好出来重做一个自由飞鸟。

它见了我们,忽然止了飞,对着我们不住地悲啼。它好像是说:"我若出了牢笼,不管他天西地东,也不管他恶雨狂风,我定要飞他一个海阔天空!直飞到筋瘦力竭,山尽水穷,我当请那狂风,把我的羽毛肌骨,一丝丝地都吹散在自由的空气中!"

树与石(陈建雷)

河岸边生了一枝小小的树,却被一块石头架住了。树在底下压得透不出气,气呼呼地叫道:"石儿!倘若我被你压坏了,我恐怕你也当落水了,你永久地住在水里,未必有人拔起你。那时全身冷得不堪,我之新枝儿却生出来了。"

上山（胡适）

"努力！努力！努力往上跑！"我头也不回,汗也不揩,拼命地爬上山去。"半山了,努力,努力往上跑。"上面已没有路,我手攀着石上的青藤,脚尖抵住岩石缝里的小树,一步一步地爬上山去。"小心点,努力！努力往上跑。"树桩扯破了我的衫袖,荆棘刺伤了我的双手,我好容易打开了一条路,爬上山去。"好了！上去就是平路了！努力！努力往上跑！"上面果然是平坦的路,有好看的野花,有遮阴的老树。但是我可倦了,衣服都被汗湿遍了,两条腿都软了。我在树上睡倒,闻着那扑鼻的草香,便昏昏沉沉地睡了一觉。睡醒来时,天已黑奇,路已行不得了,"努力"的喊声也灭了。……猛省！猛省！我且坐到天明,明天绝早跑上最高峰,去看那日出的奇景！

春水船（俞平伯）

……对面来了个纤人的,拉着个单桅的船徐徐移去。双橹挂在船唇,皱面开绞,活活水流不住。船头晒着破网,渔人坐在板上,把刀劈竹拍拍地响。船口立个小孩,又憨又蠢,不知为什么,笑迷迷痴看那黄波浪……

拿八年的诗,比七年的诗,一望而知其进步许多了。七年的新诗,从旧诗词里面变化出来,是很容易指出的。八年的新诗,有一大部分,已脱离旧诗词的范围,若是要我硬指出某新诗是某旧诗里变化出来的,我便敬辞不敏了。但是我敢冤枉它们一句,它们脱离了中国旧诗词的范围,却又传染了西洋诗、东洋诗的色彩了。这只要多看几首西洋诗、东洋诗,便可看出它们同化的性质来。就是他们自己,有许多人,也诚实地申明诗中某句是从西洋诗或东洋诗某诗中引来的,变化出来的。

民国八年新诗中,还有一个消息,我应报告一下。就是这一年中,产生了许多长诗,二三千字的很多,就中以周作人的《小河》最为杰作。这里一来怕诸君讨厌,二来太占篇幅,故没有引来。

民国九、十、十一年的新诗,大都是外国化的,让我逐年引来。

民国九年,有新体诗的集子了,就是胡适的《尝试集》,这部诗集命名的旨趣,可在第一首《尝试篇》看出:

尝试篇

"尝试成功自古无!"放翁这话未必是。我今为下一转语:"自古成功在尝试!"请看药圣尝百草,尝了一味又一味。又如名医试丹药,何嫌六百零六次?莫想小试便成功,那有这样容易事。有时试到千百回,始知前功尽抛弃。即使如此已无愧,即此失败便足记。告人"此路不通"行,可使脚力莫枉费。我生求师二十年,今得"尝试"两个字。作诗做事要如此,虽未能到颇有志。作《尝试歌》颂吾师,愿大家都来尝试!

这首诗,是民国五年作的,所以极似七古。

再举他的:

小诗

也想不相思,可免相思苦,几次细思量,情愿相思苦。

我的儿子

我实在不要儿子,儿子自己来了。"无后主义"的招牌,于今挂不起来了!

譬如树上开花,花落偶然结果。那果便是你,那树便是我。树本无心结子,我也无恩于你。

但是你既来了,我不能不养你、教你,那是我对人道的义务,并不是待你的恩谊。

将来你长大时,莫忘了我怎样教训儿子。我要你做一个堂堂的人,不要你做我的孝顺儿子。

再就别人的举几首来:

秋夜玄庐
(一)在家园里
竹外青天,天上缀着一轮月。微风吹动竹梢头,影上粉墙三十尺。这样秋光,把心灵照得十分透彻。从那里来也,一声长笛?

(二)在野坂底
几棵大树黑簇簇,树下几间茅草屋;板门关得静悄悄,家家困得稀烂熟。其时月光横过茅屋顶。茅屋顶上抹落几堆大树影,月亮亮清清,树影阴森森,有人为"车夜水"开出门,砰的一声门闩落,惊起邻家小儿哭。

秋风(周作人)
一夜的秋风,吹下了许多树叶。红的爬山虎,黄的杨柳叶,都落在地上了。只有槐树的豆子,还是疏朗朗地挂着。几棵新栽的菊花,独自开着各种的花朵。也不知道它的名字,只称它是白的菊花,黄的菊花。

泥菩萨(双明)
你那伟大的身躯庄严的相貌,什么也轮不到你消耗?只可惜你满腔抱着的灵苗,反不如料草。料草落肥田,会变黄金似的稻。你偏偏朝也香花,暮也烛爆。渠们雕镂你、粉饰你、供养你的,也无非贪图一饱。但是你要知道,仰仗你的饱了几个,却饿了多少!从今后愿你碎碎纷纷,回到垄上田间,作成些春华秋草!就算你眼前挨着人家笑,将来你也免得人家吊。泥菩萨呵!渠们替你做成的噩梦,你到几时醒了?

登香港太平山（刘复）

香港太平山，高出海面二千丈。登山四望，丛岚绕足，白云漫漫。下不能见地，上不能见青天。山水溅溅，山树摩肩。偶从云淡树疏处，窥见远海远山。海大不如镜，山大不如拳。稚儿欢笑奔我前，山风吹短发飘荡白云间。

民国十年，又有一本新诗集，书名叫《女神》，是郭沫若作的。他作这本诗集的时候，人在日本，所以他的作品，不免要受点日本诗的影响。他的诗，也引些来：

晨兴

月光样的朝暾，照透了这蓊郁着的森林，银白色的沙中交横着迷离疏影。松林外海水清澄，远远的海中岛影昏昏，好像是，还在恋着它昨宵的梦境。携着个稚子徐行，耳琴中交响着鸡声鸟声，我的心琴也微微地起了共鸣。

晴朝

池上几株新柳，柳下一座长亭，亭中坐着我和儿，池中映着日和云。

鸡声、群鸟声、鹦鹉声，溶流着的水晶一样！粉蝶儿飞去飞来，泥燕儿飞来飞往。

落叶翩跹，飞下池中水。绿叶翩跹，翻弄空中银辉。

一只白鸟，来在池中飞舞。哦，一湾的碎玉！无限的青蒲！

新月与白云

月儿呀！你好像把镀金的镰刀。你把这海上的松树斫倒了，哦！我也被你斫倒了！

白云呀！你是不是解渴的冷水？我怎得把你吞下喉去,解解我火一样的焦心？

民国十一年,郭沫若和几个同志出了一种季刊,叫作《创造》,内容也是谈新诗的。康白情出了一部《草儿》,俞平伯出了一部《冬夜》,潘汉华、冯雪峰、应修人、汪静之四人合出了一本《湖畔》,中国新诗社里出了一种《诗》,《诗》和《湖畔》是十一年的新产儿,《草儿》《冬夜》虽出版在十一年,内中实都九、十年的东西。这许多新出品,必定是大家知道的,我不多引了。

从民国八年起,到什么时候止,我说不定,总之是外国化的新体诗,我以为这是新体诗的第二期。我以为第一期、第二期的新体诗,是新体诗的儿童期,将来中外诗结婚之后,产出来的新诗,上不像诗,中不像词,下不像曲。介乎诗词曲之间,而兼有诗词曲之长的新体诗,是为新体诗的第三期,是为新体诗的成人期。

有许多人对于新诗,还很怀疑,或很反对,我们也不必多辩。写到这里,我有句话要说:新诗是要有旧诗(包括古今中外)做根底的,不是没有素养的人所能动手的,不要轻易发表那未成熟的作品,授予反对者的口实。

此外还出版了许多儿童文学的书,内容有的专谈诗歌,有的专谈故事,有的兼谈诗歌、故事、小说、戏剧,也是国语文学史上有关系的新事实。

还有两篇好东西,不可不收到国语文学史上来。一篇是《多少箴》,不知何时何人作,意思极好,词曰:

少饮酒,多啜粥;多茹菜,少食肉;少开口,多闭目;多洗浴,少梳头;少群居,多独宿;多藏书,少积玉;少取名,多忍辱;多行善,少干禄。

一篇是《寿诗》,今年北京林彦京替他父亲开蓦做寿,林长民送了他一篇白话寿诗,语多不恭维而规戒,全文如下:

世俗爱做寿,近来尤喧哗。人人征诗文,称述他爹嬤。爹比古贤人,嬤是今大家。若是做双寿,鸿光来矜夸。我那儿有空,下笔恭维他。彦京好孩子,孝敬老太爷。表章两三事,事实倒不差。分笺来索诗,我诗太槎枒。贻书三先生,认识我的爹。我小的时候,常听爹咨嗟。称赞文恭后,个个有才华。后闻先生显,更乘东海槎。我时在日本,仿佛迎公车。一览已无余,公言无乃夸。前事一转眼,沧海填平沙。先生六十岁,我发也成华。六十不为老,公健尤有加。我爹早下世,楸树几开花。彦京诸兄弟,你真福人呀!做寿来娱亲,用意良可嘉。倘若举音觞,那么就过奢。门外多饥寒,日暮啼无家。孝子要惜福,亲寿祝无涯。

(三)楹联

用白话作楹联,由来已久,随处留心起来,为数很多。从前朱竹垞有施粥厅联可以做例:

同是肚皮饱者不知饥者苦　一般面目得时休笑失时人

近来看见的也很多,随便举出些来:

育婴堂
我是一片婆心把个孩儿送汝　你做百般好事留些阴骘与他

杂联:

吃得苦中苦　方为人上人
富从勤中得　贵自俭里来

大着肚皮容物　　立定脚跟做人

能受苦方为志士　　肯吃亏不是痴人

心术不可得罪于天地　　言行要留好样与儿孙

言易招尤对朋友少说几句　　书能益智劝儿孙多读数行

事有机缘不先不后刚刚凑巧　　命若蹭蹬走来走去步步踏空

今年六月在报上见到一副白话挽联,是宁波一个苦秀才作的,是挽老婆的,语极沉痛,录如下:

二十年夫妻有苦无甘空嫁我　　四五个儿女大啼小哭乱寻娘

(四) 词

这几年来,作词的人很少,除出胡适之外,我很少见。胡适有白话词,可惜不多,我引些来:

采桑子·江上雪

正嫌江上山低小,多谢天工,教银雾重重,收向空蒙雪海中。江楼此夜知何梦?不夜骑虹,也不梦屠龙,梦化尘寰做玉宫。

生查子

前度月来时,仔细思量过。今夜月重来,独自临江坐。风打没遮楼,月照无眠我。从来没见他,梦也如何做?

沁园春·生日自寿

弃我去者,二十五年,不可重来。看江明雪霁,吾当寿我。且须高咏,不用衔杯,种种从前,都成今我,莫更思量更莫哀。从今后,要那么收果,先那么栽。宵来一梦奇哉!似天上诸仙采药回。有丹能却老,鞭能缩地，芝能点石，触处金堆。我笑诸仙，诸仙笑我。敬谢诸仙我不才。葫芦里，也有些微物，试与君猜。

词，我看今后要衰落了。衰落的原因：第一，因为词的音节和格律，极为严格，不通音韵，不通词谱，是不许乱填的，在诗体放声中，一般人决不肯易明趋难去填词的。第二，新体诗的形式和音节，实多似词，词的位置，在无形中已让给新体诗了。因此，我敢断定今后"词"必退化了。

（五）小说

革命以来，到现在，不过十年，据我调查，小说已经出了一千多种了。小说何以能够这样发达？何以世人这样欢迎？依我看来，何非得力"文字浅近，容易看得懂；趣味浓厚，能引人入胜"。因此学生、妇女、商店伙计、学校教员，都爱看小说。社会上既然欢迎小说，书坊家就竞卖小说，小说家就争编小说，或者创作，或者翻译。到了现在，无论大书局小书摊，"四书""五经"或许没的卖，小说是包有的买的。无论读过书的未读过书的，问他"四书""五经"，或许不知道，小说总看过一二的。这是民国以来小说发达的原因，也是历代小说发达的原因。

民国以后出版的小说，和民国以前出版的小说不同，我们用文学史的眼光看起来，民国以前的小说，以历史的、神怪的、笔记的居多，民国以后的小说，以侦探的、社会的、黑幕的居多，这是显而易见的。

讲到这十年来的小说，可先列一个表。

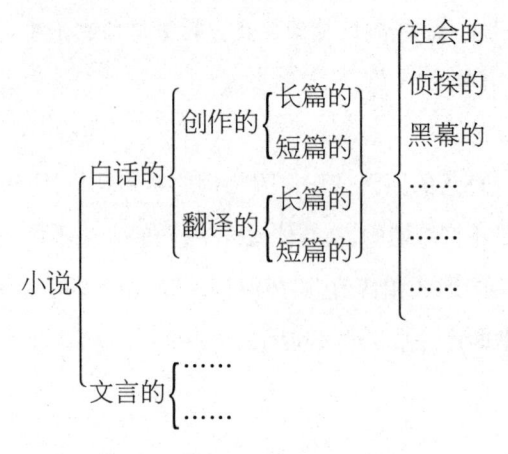

```
              ┌─创作的┬长篇的┐ ┌社会的
              │      └短篇的┤ │侦探的
      ┌白话的─┤              ├─┤黑幕的
      │      │      ┌长篇的│ │……
小说─┤      └翻译的┴短篇的┘ │……
      │                        └……
      │      ┌……
      └文言的┤
              └……
```

文言的小说　翻译的只要查一查商务印书馆的《图书汇报》小说类林纾的,就尽够了,创作的实在不多。

白话的小说　有翻译的、创作的两种。杰作虽然很多,卑鄙的、拙劣的、害人心术的也不知多少。民国以来的小说,在文学上,说不出什么大价值。

民国以来的小说家和清末的小说家,作小说的动机不同。清末的小说家,作小说在出气,把眼睛所看不惯的、耳朵所听不惯的形形色色,实记下来,消消肚皮里的气。近来的小说家,作小说是卖钱,只求其长,可以多卖些钱,东拼西凑,无病呻吟,连篇累牍,千篇一律,因此很少独到的地方,很少精彩的地方!我这话是从大处批评,若是拣出那好的一部或一段来说,自然不可一概而论的。

世界上的事情,最怕一个"懒"字,若是不懒,能各出心裁去创作,迟早不同,必有很满意的作品产生。况且世界上好的东西,都是从坏的改良出来的,我们不必因现在的不好而抱悲观,我们应该因现在的不好努力改进。这一点,我们大家应该互勉。

(六) 戏曲

从民国元年到十一年六月止,据我所知,翻译的有《易卜生集》和《俄国戏曲集》十种,就是:《巡按》《雷雨》《村中之月》《黑暗之势力》《教育之结

《海鸥》《伊凡诺夫》《万尼亚叔父》《樱桃园》《六月》。

著作的，分传奇、弹词两种。传奇有林纾的《蜀鹃啼》《合浦珠》《天妃庙》三种。弹词有天虚我生的《自由花》《潇湘影》、程瞻庐的《哀梨记》《藕丝缘》《明月珠》《孝女蔡蕙》、程文梭的《同心栀》、李东垫的《孤鸿影》、无名氏的《九美夺夫》这几种。

以我的眼光看起来，著作的不及翻译的有价值，翻译当中，我尤爱《易卜生集》。

此外还有几部，因未见其内容，不敢多所论列，诸位欲知其详，请查教育部通俗教育研究会的《通俗教育汇刊》。

第七编 结论

中国，是一个最古的国家。在这样长的历史、这样大的范围当中，什么状态都经过，什么人才都出过，什么文学都产过，所以从文学的"量"上讲起来，在世界各国当中，恐怕是没有一国比得上呢！

中国，是以文立国的。自来谊辟明君，莫不抑武之七德，仰文之九功；一班学士文人，又都以立言为不朽盛事，文章为经国大业。所以从文学的"质"上讲起来，在世界各国当中，排起位置来亦不会很低。

因为中国文学，有那样的"质""量"，所以无体不备，无美不备，无格不备。

先说体裁。散文方面，可分：论辩、序跋、奏议、书牍、赠序、诏令、传状、碑志、哀祭、小说、典章、杂记十二大类。

论辩类中，可分：论、设论、续论、广论、驳、难辨、义、说、策、程文、解、释、考、原、对问、喻、言、语、旨、诀。

序跋类中，可分：序、后序、序录、序略、表序、跋、引、书后、题后、题词、读、评述、例言、疏、谱。

奏议类中，可分：奏、议、驳议、谥议、册文、疏、上书、上言、章、书、表、贺表、谢表、降表、遗表、策、折、札子、启、笺、对、封事、弹文、讲义、状、谟、露布、呈、咨。

书牍类中，可分：书、上书、简、札、帖、奏记、亲书、移、揭、状、笺、札子。

赠序类中，可分：序、寿序、引、说。

诏令类中，可分：诏、即位诏、遗诏、令、遗令、谕、书、玺书、御札、敕、德音、口宣、策问、诰、告词、制、批答、教、册文、谥册、哀册、赦文、檄牒、符、九锡文、铁券文、判、参评、考语、勤农文、约、榜、示。

传状类中，可分：传、家传、小传、别传、外传、补传、行状、合状、述、事略、世家、实录。

碑志类中，可分：碑、碑记、神道碑、碑阴、墓志铭、墓志、墓表、墓版文、□表、刻文、碣、铭、杂铭、杂志、题名。

哀祭类中，可分：告天文、告庙文、玉牒文、祭文、谕祭文、哀词、吊文、诔、骚、祝、祝香文、上梁文、释奠文、祈、谢、叹道文、斋词、愿文、醮辞、冠辞、祝嘏辞、赛文、赞飨文、告文、盟文、誓文、青词。

小说类中,可分:伦理、科学、冒险、侦探、言情、爱情、哀情、义侠、社会、历史、述异、神怪、军事、实业、政治、滑稽、寓言。内中还可分:白话、文言、章回、笔记等体。

典章类中,可分:官礼、律例、公注、仪注。

杂文类中,可分:记、纪、志、录、序、述、经、契约、履历、口供。

韵文方面,可分:箴铭、颂赞、辞赋、诗词四大类:

箴铭类中,可分:箴、铭、戒、训、规、令、诏。

颂赞类中,可分:颂、赞、雅。

辞赋类中,可分:赋、辞、骚、操、七、偈、歌、行、连珠、哀诔、占繇。

诗词类中,可分:风、赋、比、兴、雅、颂、古体、今体、排句、集句、绝句、雅言、口号、回文。词中可分:檃栝、回文两体。

此外还有散韵相兼的戏曲、传奇、弹词、新诗……你看可观不可观?齐备不齐备?

再说美质。大概散文主智的多,它的美质,只可意会,不可言传。若强言之,就是"气息深厚""用字稳妙""结构严密"。韵文主情的多,它的美质,长短相伴,声调谐和,每以最少的字,表现最曲的情,与现在的美学经济学的原则,都暗暗相合,真正是文的极致!

讲到格调,《元首》《股肱》,何等地盛!《采薇》《麦秀》,何等的衰!《大风》《垓下》,何等的雄!《短歌》《微吟》,何等的泰!《箜篌》《子夜》,何等地悲!《盘铭》《江南》,何等的奇!《孤儿行》《卖菜妇》,何等的贫苦!《陌上桑》《美女篇》,何等的富艳……抚遗文而追往事,觉气象各有不同。

总之,中国的文学,无论从哪一方面看,表现的手腕并不拙劣,如能细心去研究,趣味着实好!所引为遗憾的,是因中国文学的出产,太多太杂太深了,我们没有那种大时间去细读,说到这里,"整理国故",实在是"当务之急"了。

一味恭维中国的文学如何如何的好,也不是一个道理。依我寻起漏洞来,中国的文学,有两个大毛病:第一,是"太格摹仿",第二,是"好用典故"。中国的文学,自从犯了这两个大毛病之后,以致没有什么大动变、大进步,这是很可叹的!

中国四千多年当中,也不知有多少的文人?据我观察起来,他们只有两个目标,唐以前一个,唐以后一个。唐以前的目标,就是"五经""语""孟",唐以后的目标,就是"唐宋八大家"。唐以后,历宋、元、明、清四朝,这四朝的文人,都是用意摹仿八家。高一等的,从文气上摹拟;下一等的,从字面上摹拟,这些我们上文已经说得很详,不必再细说了。唐以前,由隋溯到秦,这六朝的文人,都是用意摹仿"五经",扬雄、王莽这班人不必说,就是唐宋的八大家,亦各有所从出,昌黎直法《典》《谟》,庐陵善学《春秋》,柳州兼摹子长,南丰酷似更生,临川以《周礼》参《管》《韩》,三苏出于《国策》《孟子》,大苏得力于庄周,这种痕迹,很是鲜明,尽管向后追的文学,怎能叫它进步!

中国文人,最喜欢用典故,以为搬得出典故,就是最有学问的人。其实搬典故,是极容易的事,譬如读了一部《幼学琼林》,就可搬出许多的典故来了。这种文料书,其初的意思,不过备遗忘,而其极也,遍行于考场,因为可省记忆劳苦,而得盖栖腹的丑态,事至便利,然每因此,有的数典忘祖,有的袭谬因讹,原书不看,错误迭出,常有张冠李戴,闹出许多笑话!在这种文学中,求能通顺明切已难,更何望乎其他!

上面这些说话,是从古文文学里看出来的,国语文学并不如此。我们只要从韵文一看,便可见得。诗,最初以四言为定式,后来改五言,改六言,改七言,改歌行,改杂体,改乐府,改词,改曲,改传奇,改弹词,改新诗,是继续不断地改进的。赵翼有首《论诗》说得好:

> 李杜诗篇万口传,至今已觉不新鲜。江山代有才人出,各领风骚数百年。

文学要它新鲜，只有与时俱进，这个时代，有什么情形，就表现什么情形；这个时代怎样说话，就怎样写在纸上。必定要这样的文学，在当时，才通行得出，在后世，才有研究的价值，我这几句话，不仅是借题发挥，也是历史的教训！要办到这两层，就不许摹仿，不许用典故，所以国语文学，是中国全部文学当中的一种完善的文学，没有缺点的文学。

有些人说，中国的文学，是没有代表时代精神特质的。我敢断定发这话的人，是研究古文文学的人。假使研究国语文学，在周经、楚骚、汉赋、唐诗、宋词、元曲、明清小说当中，白话的那一部分，随处可以见到，这又是国语文学比古文文学好的地方。

我们中国的文学，本来是国语的，我在第二编第八章上，说得很详，从战国末秦初起，才分出一条古文的支路来。据我研究，这条支路，也是应该有的，也是必须有的。要晓得唐虞之世，版图不过百里，人口不过几千，其后逐渐开拓，逐渐繁殖，到秦的时代，版图已大，人口渐增，当此老死不相往来，交通还未便利的时代，要大家使用言文一致的国语，决不是事实上所许可的。大家能够用一种较古的文字做标准，交换意见，通情达意，亦是很好的一件事情。后来交通稍稍便利，这条支路，本可让它荒芜，却被王帝用科举的法子拥护牢了。然而它的趋势，还是朝着白话走的，试拿古文与今文（指文言文）一比，便可看出。古文质，今文华；古文简，今文繁；古文短，今文长；古文深奥，今文明畅；古文雄厚，今文平衍；古文含蓄不尽，今文曲尽无遗。我们从这种地方一看，很可见得文言的改白话，是一个自然的倾向。

这话诸位假使有所怀疑，我还可用一个反证证明它。我们从中国文学史全部看起来，从秦起，不是历代都有古文运动吗？假使文学的趋向，是朝着古文的，又何所用其运动？他们之所以要运动，正见得文学的趋向，一天一天地倾向到白话方面去，非运动挽回它不转来。

现在有许多人，以为国语是新文学，是某某几个人提倡出来的。我们研究了文学史，晓得他们那话是错的。国语是有很长很曲的历史，常言道："雄鸡一声天下白。"天已发白，人睡已足，得雄鸡一声叫，大家都醒转来。不是因为雄鸡一声叫,天色就白,人就苏醒,那些大声疾呼倡导国语的人,正好比雄鸡的那一声叫,不能说他们一点功劳都没有,也不能说全是他们的功劳。

《国语文学史》的第一任务,在说明过去。我对于说明过去,就到此告终了。《国语文学史》的第二任务,在根据过去,推测将来,改进将来的文学。国语文学将来趋势,到底怎样?应该怎样?依我个人推测起来,可分几项说明:

文　现在的国语文,依我看起来,有四样大毛病:

废语太多　国语文最容易拖长,若再无病呻吟加上许多废语,那就讨厌极了、不经济极了,费纸费墨,费作的人工夫,费看的人工夫。

没有实质　现在有一种小说体的国语文,堆上了许许多多的形容词,常有全文读完,得不到一点意思的。

看它不懂　现在有许多人,主张国语欧化,这种欧化的国语文,在不懂西文的人,不容易看得懂。我以为作诗文,讲求文法,亦是一件要紧事体。西洋有西洋的文法,中国有中国的文法。文法是国语的历史和习惯规则,况且我们中国的国语文法,并非是不好的,简直是世界上顶好的,又何必一定要舍己从人,弄得大家看不懂呢?

滥调套语　滥调套语,最为可厌。现在的新名词用得得当,用得自然,诚然很好!可是现在有许多人,喜欢诗文中硬嵌新名词。新名词到了这种地方,就成了新滥语、新套语,亦使人讨厌得很!

这四样大毛病,本来是文言的死症,不幸现在的国语,也传染来了。我看非早排除了它们不行。要矫正这四个弊病,胡适之有四个意见,倒是很好。

要有话说,方才说话。

有什么话,说什么话,话怎么说,就怎么说。

要说我自己的话,别人说别人的话。

是什么时代的人,说什么时代的话。

诗　普通的诗,不外写情写景两种。至于记事的、谈理的、评论的……较少,只可算为例外。所写的景,不外天然风景、家庭琐景;所写的情,不外儿女私情、个人性情。依我望过去，将来的诗，所表现的，仍不外这几种。不过内容上，还要再加几种。

　　社会最上层的情形，

　　社会最下层的情形，

　　民族的精神，

　　时代的精神，

　　哲学家的理想，

　　宗教家的玄想。

戏曲和小说　　旧戏曲大都取材于旧小说，戏曲和小说是合二为一的，所以只要把小说说明白，戏曲就包括在内了。

我看中国旧小说，有个不约而同的主旨。这个主旨，就是"劝善惩恶"。这个主旨，谁都不敢说坏。可是世界上的事情，往往有因极好而果极恶的，小说即其显例，所以论到他的结果，谁都不敢说好！这话从何说起？且听我道来。

不论哪一种小说，它对于善的方面，每每"轻描淡摹"几句话就交代过去了；对于恶的方面，却必穷形尽相，表现入微，不仅没有遗蕴，且多形容过甚：这是就编者方面观察。至读者方面呢，亦是这样一个态度：对于善的方面，每每等闲视之；对于恶的方面，则聚精会神，细细阅览，一若极有滋味。因之，善倒未劝成，恶倒已学会。每把劝善惩恶的"惩"字，轻轻换了一个"诲"字，你想可叹不可叹！

清以前的小说，旧虽旧一点，还是抱定"劝善惩恶"的主旨的。清以后的小说，新是新一点，却是索性善不劝而诲恶了。所以依我说起来，今后文学上第一件应该建设的，不是诗，不是文，是小说。

旧小说的编法，也有一个通例，就是都是和绍兴戏一样，都是原原本本的、全始全终的、有因有果的。我们求学，应该要探本源的、我们做事，应该全始全终、我们做人，应该想到结果，慎种原因。至于编撰小说，大可不必如此。我以为越没有本源的越好，越没有始终的越好，越没有因果的越好，因为单单只有中断,好让人去寻原因,去溯源头,去下评论,去想解决方法。

  我根据上文,对于今后小说的意见,以为应该:

  少去描写恶的部分;

  竭力表彰善的部分;

  提出问题,越多越好;

  不要消极地破坏,应该积极地建设。

后 记

《新著国语文学史》目前可见的有两种版本,分别是商务印书馆1923年2月初版本和1923年6月再版本。本次整理的底本是国家图书馆馆藏初版《新著国语文学史》。

需要说明的是:第一,本书在整理时,尽量保持原貌。书中所引诗词,多有与现代通行本不同之处,此系版本异同问题,整理时不作改动。如孔融《临终歌》"三人存市虎,浸浸解胶漆",张说《醉中作》"醉后无穷乐,全胜未醉时。动容皆是舞,出口总成诗",李白《长干行》"门前送行迹"、《山寺问答》"问予何意栖碧山"、《望天门山》"碧水东流直北回"、《将进酒》"朝如青丝暮如雪",杜甫《石壕吏》"听妇前致辞"、《负薪行》"十有八九负薪归""至老双鬟只垂头",王维《相思》"秋来发故枝"、《杂诗》"寒梅着花未",司空曙《梁城老人怨》"共染濠城水",杜荀鹤《经青山吊李翰林》"何谓先生死",杨士奇《过城陵矶》"城头水落石层层",杜牧《赠别》"但觉樽前笑不成",项斯《江村夜泊》"日落江村黑",梁清标《一剪梅·闺情》"半晌回眸"等,此种情况在本书中较为普遍,为保持原书面貌,尽量不作改动。

又,如题为宋之问《有所思》的,应为刘希夷《代悲白头翁》;题为崔颢《江南意》的,应为王湾《次北固山下》;题为聂夷中《古风》二首的,应为李绅《悯农》二首,题为苏轼《西湖》的,应为杨万里《晓出净慈寺送林子方》等,皆不作改动,必要时加以注释说明。

第二,本书引文未完全严格遵从原著,如叙述周文学时引《史记》,"《史记》上说:'武王已平殷乱,天下宗周,伯夷、叔齐耻之,义不食周粟,采薇首阳山,饿且死,作歌。'"引文与《史记》原文不完全一致,不过当时著作引文多有同此者,不影响文意,故保留。又如,叙述三国文学引用诸葛亮《隆中对》,"曹操拥百万之众,挟天子而令诸侯,此诚不可与争锋。孙权据有江东,国险而民附,此可以为援而不可图也。荆州用武之国,益州险塞,沃野千里,若跨有荆、益,保其岩阻,抚和戎越,结好孙权,内修政治,外观时变,则霸业可成,汉室可兴矣。"引文与《三国志·诸葛亮传》所引不一致,类似情况还有引用严羽《沧浪诗话》、杜牧《李戡墓志》、《宋史》列传第一百六十八卷等,皆不作改动,必要时加以注释说明。又,一些名称与通常说法有异,如"《三国志演义》"简称"《三国志》",部分诗词名称与通行本有异,如徐幹《室思》称《杂诗》,寒山《城中蛾眉女》称《杂诗》等,这类异文因对文意没有大的影响,今皆从其旧,不作改动。

第三,原书有一些排印错误或笔误,皆径改。如杜牧《秋水》当为《秋夕》,"罪隐"当为"罗隐",阎选《临江仙》"梦惊亦艰难"当为"惊梦亦艰难";第五编第一章论述南宋文学时,引用朱子语录"只是平易欲道理"应为"只是平易说道理",李清照《行香子》"云阶月地,关锁千里"应为"云阶月地,关锁千重",赵秉文《春游》"皱作风前万垒秋"应为"皱作风前万叠秋",元好问《古意》"寒饥几何人"应为"饥寒几何人";第五编第二章论述元代文学时,"贯柳"应为"柳贯",《汉宫秋》曲词中"内宦""内宫"应作"内官","偏成似替昭君思汉主"应为"伤感似替昭君思汉主",曲牌【么篇】应为【幺篇】。他如"陈述"应为"陈术","张书坤"应为"张书绅","宋应登"应为"朱应登","陈东"应为"陈束","高游志"应为"高逊志"等,皆径改。

第四,原书繁体字均改为简体字,一些异体字径改,如"闇"改为"暗"、"桉"改为"案"等。涉及译名时,与现代译名不同的,尽量不作改动,如元代文学章节中涉及的"马可孛罗"("马可波罗")、"阿剌比亚"("阿拉伯")等。又,书中历史纪年与通行的历史纪年有不同之处,如秦自公元前246年(秦王政元年)始,非通行的公元前221年(秦统一);隋自公元589年(灭陈)始,非通行的公元581年(北周静帝禅让)。为保留原书的时代面貌,不作改动。

由于整理者水平和学养有限,文中恐有不少错误或疏漏、失妥处,恳请读者批评指正。